Tamar Myers, deren Eltern Missionare in Belgisch-Kongo waren, verbrachte die ersten sechzehn Jahre ihres Lebens in Afrika. Sie stammt aus einer amisch-mennonitischen Familie und lebt heute in South Carolina mit ihrem Mann, ihren Kindern und zwei Katzen.

Dieses Buch wurde auf chlor- und säurefreiem Papier gedruckt.

Deutsche Erstausgabe November 1995

Titel der Originalausgabe »Too Many Crooks Spoil the Broth«

Originalverlag Doubleday, New York
Umschlaggestaltung: Agentur ZERO, München
Satz: Ventura Publisher im Verlag
Druck und Bindung: Clausen & Bosse, Leck
Printed in Germany
ISBN 3-426-67089-5

5 4 3 2 1

Tamar Myers

Zu viele Köche verderben den Brei

Ein pennsylvanisch-deutscher Kriminalroman mit Kochrezepten

Aus dem Amerikanischen von Isabel Schmidt

Knaur

Meinem treuen Ehemann Jeff

Danksagung

Dank all denen, die mich ermutigten und meine Arbeit unterstützten.

Besonderer Dank gilt meinem Freund Yael, der mich darin bestärkte, daß ich es schaffen könnte; Marcie Banks, die mir sagte, daß ich es tun sollte; und Nancy Yost, meiner Agentin, die mir sagte, daß ich es tun würde.

Auch meiner Herausgeberin, Judy Kern, bin ich für ihre Unterstützung dankbar.

Da es sich kaum vermeiden läßt, muß ich wohl auch meine Kinder würdigend erwähnen, da ihre Störmanöver die Sache zwar erschwerten, aber nicht gänzlich unmöglich machten. Ganz zu schweigen von meinen zwei Katzen, deren häufige Überquerungen der Tastatur meinem Schriftstellerleben den nötigen Kitzel verliehen. Und natürlich verdanke ich in letzter Konsequenz alles meinen Eltern. Dank dir, Mutter, für dein amisch-mennonitisches Erbe. Und übrigens, Dad, ja, das Buch wird *tatsächlich* veröffentlicht!

1

Ich wußte sofort, daß es Susannahs Schrei war. Ihre Schreie sind außergewöhnlich hoch, und wenn sie auch keine Gläser zerspringen lassen, lassen sie doch die Milch sauer werden und halten die Hühner vom Eierlegen ab.

Als ich hinkam, stand Susannah noch in der Gästezimmertür, hatte allerdings aufgehört zu schreien. Ihr Mund öffnete und schloß sich jedoch weiterhin mit der Regelmäßigkeit eines Pumpventils. Wenn ich darüber nachdenke, schrie sie vielleicht auch immer noch, allerdings so hoch, daß ich es nicht mehr hören konnte.

Mir war sofort klar, wo das Problem lag. Über das Kastenbett ausgestreckt und halb in Mamas beste Dresdner Mustersteppdecke drapiert, lag eine Leiche. Eine Leiche, nicht einfach eine Tote. Das ist schon ein Unterschied, wissen Sie.

In den dreiundvierzig Jahren meines Lebens habe ich einige Tote gesehen, aber dies war meine erste Leiche. All die Toten waren Menschen, die wußten, daß sie sterben würden und mit sich selbst im Frieden waren, als ihre Zeit gekommen war. Sie vor Augen zu haben war schon hart genug.

Eine Leiche ist etwas anderes, weil da jemand vor einem liegt, der in geistigem und physischem Todeskampf gestorben ist. Dies ist natürlich meine eigene Definition, aber ich bin mir sicher, daß Sie mit mir einer Meinung sind.

Selbst aus der Entfernung war klar, daß es sich um eine

Leiche handelte. Sie hatte nicht den leeren, starren Blick, den man üblicherweise mit dem Tod verbindet. Die Augen dieser Toten schienen wütend zur Decke gerichtet, obwohl ich bei einem kurzen Blick in diese Richtung lediglich ein paar dünne Spinnweben entdeckte, die Susannahs Besen entgangen waren.

Auch der geöffnete Mund der Toten sagte einiges aus. Ich weiß, daß die meisten Leute mit geöffnetem Mund sterben, aber diese Tote hatte die Lippen zurückgezogen, und zwar so, daß es mich denken ließ, sie mußte beim Sterben geflucht haben. Vielleicht stießen diese Lippen auch immer noch stille Flüche aus, ähnlich Susannahs lautlosen Schreien.

Und dann die Hände. Im allgemeinen stirbt man mit geöffneten Händen. Ich meine, wenn man stirbt, entspannen sich die Muskeln und lassen alles los, was sie festgehalten haben. Nicht jedoch diese Leiche. Sie umklammerte Mamas Steppbett so fest, daß ich befürchtete, wir könnten Decke und Leiche nur mit der Schere wieder voneinander trennen. Wobei ich natürlich die Finger durchschneiden würde, nicht etwa die Decke.

Was nicht heißt, daß die Steppdecke in gutem Zustand gewesen wäre. Augen und Nase verrieten mir, daß zumindest *ein* Körperteil der Leiche sich entspannt hatte.

»Himmel, Arsch und Zwirn!« rief ich aus. Ich schwöre, daß das der ärgste Fluch ist, den ich kenne. Susannah begann Geräusche von sich zu geben, die weder Schreien noch Worten glichen.

»Schau, daß du das in den Griff bekommst!« ermahnte ich sie. »Ich rufe die Polizei, aber inzwischen läufst du hinunter und siehst nach, ob wir Borax in der Wäschekammer haben. Wenn nicht, geh los und besorg welches. Wenn die Decke ruiniert ist, muß jemand sie ersetzen!«

Mir ist klar, daß das ein wenig gefühllos klingen mag, aber man muß hart sein, wenn man im Geschäftsleben erfolgreich sein will. Und alles in allem hatte ich erstaunlich viel Erfolg.

Wir waren Farmer gewesen, verstehen Sie. Mennonitische Farmer in den Allegheny Mountains in Südpennsylvania. In erster Linie war es eine Milchfarm, die Papa mit der Hilfe eines Verwandten, Mose Hostetler, betrieb. Mama und Freni, Moses Frau, kümmerten sich um den Garten und die Hühner. In manchen Jahren verdiente Mama mehr Geld mit dem Verkauf der Eier als Papa mit dem Verkauf von Milch.

Ich bin mir sicher, es würde Sie nur verwirren, wenn ich Ihnen sagte, daß Mose und Freni Cousins dritten Grades und beide irgendwie mit Papa verwandt waren, Freni übrigens auch mit Mama. Ich nehme an, es würde Sie sogar noch mehr verwirren, wenn ich erwähnte, daß Mose und Freni keine Mennoniten im eigentlichen Sinne, sondern Amische Mennoniten waren. Ich beschränke mich also darauf, zu erwähnen, daß die Hostetlers gleichermaßen Angestellte und Familienangehörige waren. Der gewohnte Gang unserer Farm, die Liebe unserer Familie und das feste Fundament unserer Kirche ließen mich vermuten, daß ich mich mein ganzes Leben absolut sicher fühlen würde. Vielleicht sogar ein wenig gelangweilt. Dann geschah eines Tages ein tragischer Unfall, der mein Leben völlig durcheinanderbringen sollte.

Mama und Papa waren auf dem Weg nach Somerset, als im Allegheny Tunnel von hinten ein Fahrzeug auf sie auffuhr. Es handelte sich um einen Sattelschlepper, der bis obenhin mit dem heutigen Stand der Technik entsprechenden Laufschuhen vollgeladen war. Der Fahrer des Lkws wiederum war bis obenhin mit Mogen David 20/20 abgefüllt. Die

Behörden glaubten, meine Eltern hätten den Unfall überlebt, wäre da nicht ein weiterer Lkw vor ihnen gewesen. Unglücklicherweise war dies jedoch der Fall; es handelte sich um einen glänzend silbernen Tankwagen. Mama und Papa starben völlig unnötig in einem Mischmasch von Joggingschuhen und pasteurisierter Milch.

Das war vor zehn Jahren, als ich dreiunddreißig und meine Schwester, Susannah, dreiundzwanzig war. Zu unserem Glück war die Farm schon Generationen zuvor abbezahlt worden, aber wir mußten immer noch all die Kühe und Hühner durchfüttern. Die Hostetlers hatten schließlich doch fast das Rentenalter erreicht, und wir konnten ihnen nicht die ganze Arbeit aufbürden. Vielleicht hätten wir vier es gemeinsam schaffen können, aber Susannah, die sowieso die Arbeit nicht erfunden hat, rannte davon und heiratete einen Presbyterianer – etwas, was sie nie getan hätte, wenn Mama und Papa noch am Leben gewesen wären.

Dann bekam ich eines Tages eine Zeitschrift in die Hand, in der ein Artikel über Frühstückspensionen stand, und da ging mir ein Licht auf. Warum sollte ich nicht zwei Schritte weiter gehen und zusätzlich Mittag- und Abendessen anbieten? Um es kurz zu machen, das war der Anfang des Penn-Dutch Inn.

Im nachhinein bin ich verblüfft, wie schnell sich alles zusammenfügte. Freni Hostetler war natürlich gegen den Einfall, aber sie ist ganz allgemein allergisch gegen Veränderungen. Mose hingegen fand die Idee großartig. Normalerweise vermischen sich Amische Mennoniten, selbst liberalere wie Mose und Freni, nicht gerne mit Außenseitern, aber Mose sagte die Vorstellung, alle unsere Kühe allein melken zu müssen, noch weniger zu. In null Komma nichts hatten wir alle Kühe bis auf zwei verkauft, die Hühner auf eine überschaubare Zahl reduziert und an die Farm angebaut.

Im bereits vorhandenen Haus mußte sehr wenig verändert werden, außer der Küche, um die Gesundheitsvorschriften zu erfüllen, und den Sanitärinstallationen, die erneuert werden mußten. Ich machte mir nicht die Mühe, neu einzurichten. Alle Möbel von Mama waren schon seit Jahren Familienbesitz, einige seit Generationen, und wenn ich auch fand, daß sie nichtssagend und alt wirkten, so waren sie für die Außenwelt doch Antiquitäten. Selbst Mamas Hobby, das Nähen von Steppdecken, machte sich schließlich bezahlt, denn wir hatten genügend davon, um eine auf jedes Gästebett zu legen.

Und obwohl ich nicht wirklich ans Glück glaube, wurde es mir zuteil. Ich hatte sowohl in Pittsburgh als auch in Philadelphia in Zeitungen annonciert, und unter meinen ersten Gästen befand sich eine Yuppie-Kritikerin, die von sich selbst behauptete, eine Kennerin der Amerikana zu sein, insbesondere der Deutschamerikaner Pennsylvanias. Es machte nichts, daß sie glaubte, unsere einfache Lebensart sei nur gespielt und Frenis blaue Wollkleider und ihre Gebetshaube aus weißem Tüll nur eine Kostümierung. Entscheidend war, daß sie uns eine begeisterte Kritik widmete und damit einen Ansturm von betuchten, hochgestochenen Gästen auslöste, der danach nicht mehr nachlassen sollte.

Natürlich tat ich das einzig Vernünftige und erhöhte die Preise. Echte Kenner sind nur dann glücklich, wenn sie viel bezahlen. Seit dieser ersten, schicksalsträchtigen Kritik habe ich die Tarife sechsmal angehoben, und meine Voranmeldeliste wird trotzdem immer länger.

Die nächste Aktion bestand darin, die alte Arbeitsmoral wieder zum Leben zu erwecken. An die Wand des Empfangszimmers hängte ich eine Stickerei mit dem Vers aus dem 1. Korintherbrief: »Wir leben von unserer Hände harter

Arbeit.« Daß der Vers aus seinem Kontext gerissen ist, spielt keine Rolle – Yuppies sind nicht so bibelfest. Der Punkt ist, daß von meinen Gästen erwartet wird, daß sie ihre Zimmer jeden Tag selber putzen und sogar bei den Gemeinschaftsräumen aushelfen. Es scheint sie kein bißchen zu stören, solange sie davon überzeugt sind, daß dies Teil unserer Kultur ist, was bei den meisten der Fall ist. Für diejenigen, die nicht bereit sind, so tief in das amisch-mennonitische Erbe einzutauchen, sind Susannah und ich gerne willens, den Dienst zu übernehmen. Natürlich gegen eine Extragebühr. Sie würden staunen, wieviel die Leute bereit sind, dafür zu bezahlen, daß man sie ausnutzt, sofern sie es als kulturelle Erfahrung einstufen können.

Jedenfalls gelang es uns bei unseren niedrigen Betriebskosten und unserem erstaunlich hohen Einkommen, den neuen Gebäudeflügel sehr rasch abzubezahlen und einige Scheinchen zu horten. Mein Ziel ist es, eines Tages an all die interessanten Orte zu reisen, von denen unsere Gäste stammen. Eigentlich möchte ich die ganze Welt sehen, jeden einzelnen Quadratmeter – außer den Erdteilen, die ständig mit Schnee und Eis bedeckt sind.

Aber vorerst, solange ich nicht eine kompetentere Vertretung finde als Susannah – die sich von ihrem Presbyterianer hat scheiden lassen und nach Hause zurückgezogen ist –, muß ich mich damit begnügen, die Welt durch Bücher kennenzulernen und mit den Augen unserer Gäste zu sehen. Seit Mamas und Papas tragischem Unfall haben sich meine Aussichten drastisch geändert. Aber schließlich kann es gar nicht anders sein, wenn in der eigenen Welt das Unterste zuoberst gekehrt wird.

Jetzt verstehen Sie sicher, warum die Leiche auf dem alten Kastenbett mich zwar aus der Fassung brachte, allerdings nicht so sehr wie die Tatsache, daß dadurch Mamas

Dresdner Mustersteppdecke beschmutzt worden war?! Sicher war es zunächst einmal vor allem mein Fehler. Ich war zu beschäftigt gewesen und hatte meine Gäste für das erste Wochenende der Jagdzeit nicht mit der üblichen Sorgfalt ausgewählt. So geschah, was geschehen mußte.

2

Sie begannen am Sonntag nachmittag einzutrudeln, am Sonntag nach Thanksgiving. Die Rotwildjagd sollte mit der Dämmerung des nächsten Tags beginnen. Normalerweise versuche ich in dieser Zeit Hirschjäger bei mir aufzunehmen, obwohl ich persönlich die Vorstellung, ein Lebewesen zu erschießen, abstoßend finde, außer es hätte versucht, mich auszurauben. Ich nehme Jäger aus rein biblischen Erwägungen auf. Hat nicht der Prophet Ezechiel gesagt, für alles gebe es den richtigen Moment und die richtige Jahreszeit? Obwohl das PennDutch Inn mindestens sechs Meilen vom staatlichen Jagdrevier Nr. 48 entfernt ist, wird unser Land Jahr für Jahr von Jägern geradezu überrannt. Ich finde, wenn schon einer meiner Stammgäste es riskiert, eine verirrte Kugel einzufangen, dann sollte es wenigstens ein Jäger sein.

Ich war besonders zufrieden mit der Gesellschaft, die ich dieses Jahr ausgewählt hatte. (Sie können sich gar nicht vorstellen, wie lang meine Warteliste ist, und glauben Sie bloß nicht, daß ich nach dem Motto auswähle, wer zuerst kommt, mahlt zuerst.)

Vier der Wochengäste würden Frauen sein. Jägerinnen, stellen Sie sich das mal vor! Nicht, daß Frauen nicht auch jagen könnten, aber es war das erste Mal, daß überhaupt Frauen auf ihre Anmeldung geschrieben hatten, sie wollten jagen. Mit Ausnahme jener einen Frau, bei der sich herausgestellt hatte, daß sie in Wahrheit ein Jagdgroupie auf der Suche nach einem zweibeinigen Bock mit möglichst viel

Knete war. Aber das ist lange her und ist eine andere Geschichte.

Wie dem auch sei, ich war gerade aus der Kirche nach Hause gekommen und hatte noch nicht einmal die Zeit gefunden, mir eine Kleinigkeit fürs Mittagessen zu richten, als die erste dieser vier Frauen unerwartet auftauchte. Eincheckzeit ist um drei Uhr nachmittags, und es war erst kurz nach zwölf, als diese Kreatur an der Eingangstür erschien, also kann man mir wohl kaum vorwerfen, daß ich mich etwas auf den Schlips getreten fühlte.

Außerdem hasse ich es, wenn man mich erschreckt. Leute, die sich von hinten anschleichen, verdienen einen besonderen Platz in der Hölle, selbst wenn es nicht ihre Absicht ist, einen zu erschrecken. Ich weiß, daß es furchtbar ist, so etwas zu denken, vor allem an einem Sonntag, aber seit mein Cousin Sam, als ich ein Kind war, sich von hinten an mich angeschlichen und mir plötzlich eine lebende Kletternatter vors Gesicht gehalten hat, wodurch ich die Kontrolle über meine Blase verlor, hege ich hinterlistigen Leuten gegenüber einen besonderen Groll. Natürlich weiß Susannah dies und quält mich mit ihrem Wissen. Eines Nachts, es ist gerade ein Jahr her, öffnete ich die Tür von meinem Schlafzimmerschrank und fand Susannah dort hinter meinen Kleidern. Sie hatte ihr Kinn auf die Bügelstange gelegt, die Zähne gefletscht und hielt eine Taschenlampe so, daß sie sie von unten beleuchtete. Außerdem trug sie diese blöden Plastikzähne, die sich Kinder an Halloween in den Mund stecken. Natürlich schrie ich und machte möglicherweise meinen Schlüpfer ein wenig naß, wobei Susannah brüllte vor Lachen. Und dies bei einer Frau, die die sonnige Seite der Dreißig nie wieder erleben wird!

Aber zurück zu der Lady an der Eingangstür. Hätte sie geläutet, geklopft oder auch nur irgendwelche Geräusche von sich gegeben, als sie hereinkam, hätte es mir nicht so viel ausgemacht. Aber sie stand einfach da draußen, wie eine riesige, gegen das Gitter der Pforte gedrückte Motte. Sie sah sogar so aus. Alles an ihr war graubeige. Helles Aschbraun nennt man das, glaube ich. Ich nenne es mausgrau. Wäre sie dicker gewesen, hätte sie in der Fundgrube im Untergeschoß des Heilsarmeeladens leicht einen Job als gebrauchtes Sofa bekommen können. Hätte sie wenigstens einen großen grünen Hut getragen, hätte man sie für einen Baum halten können. Sie wissen, was ich meine.

»Was wollen Sie?« fragte ich, vielleicht ein wenig zu scharf.

Die Riesenmotte flatterte nicht weg. »Ich komme, um mich in Ihrem Gasthof anzumelden.«

Ich war sprachlos. Normalerweise organisiere ich eine kleine Show für meine Gäste. Schließlich kommen die meisten, um Atmosphäre zu schnuppern. Nun war es wohl zu spät, den Akzent herauszuhängen oder einfachere Klamotten anzuziehen. »Sind Sie nicht ein bißchen früh dran, Miss?« fragte ich so freundlich, wie ich konnte. »Ich meine, Einchecken ist erst in drei Stunden.«

Die mausgraue Motte öffnete ihre mittelgroße Pfote, und eine gefaltete Fünfzigdollarnote kam darin zum Vorschein. »Für Ihre zusätzliche Mühe«, sagte sie mit nichtssagender Stimme.

»Kommen Sie doch herein, meine Liebe«, rief ich warm. »Darf ich Ihnen bei Ihrem Gepäck behilflich sein?«

Aber sie hatte nur einen braunen, mittelgroßen Koffer und bestand darauf, ihn selbst zu tragen.

»Ihr Name, bitte?« fragte ich, als wir am Empfang angekommen waren.

»Heather Brown.«

»Das paßt.«

»Wie bitte?«
Ich mußte zu einer leichten Lüge greifen, um meine Grobheit zu kaschieren. Gott, da bin ich mir sicher, versteht das. Vielleicht machen zwei schlechte Taten noch keine gute, aber manchmal bleibt einem gar nichts anderes übrig. »Was ich meine, ist, Sie waren der erste Gast dieser Woche, der reserviert hat, und nun sind Sie auch die erste, die eincheckt. Ich meine, wer die besten Brocken bekommen will, muß früh aufstehen, wie man so sagt, und Sie haben sich gerade eines der größeren Zimmer im neuen Flügel gesichert.«
Statt erfreut zu sein, wirkte Miss Brown eher, als hätte sie sich an dem Brocken verschluckt. »Das ist doch *das* Penn-Dutch Inn, oder? In Hernia, Pennsylvania?«
»Jawohl, so ist es«, sagte ich mit verständlichem Stolz.
»Und ich war die erste, die für diese Woche reserviert hat?!«
Angesichts der immensen Beliebtheit des Gasthofs unter betuchten Kultursuchenden, vor allem von der Ostküste, bestehe ich darauf, daß alle Gäste mindestens eine Woche im voraus bezahlen. Es hilft dabei, beim Waschen von Bettlaken Einsparungen zu machen.
Miss Brown begann, in ihrer kamelhaarfarbenen Tasche nach etwas zu kramen. »Nun, ich bin sehr überrascht. Ich meine, ich habe mich erst vor ein paar Wochen angemeldet, und mir wurde gesagt, Ihr Gasthof sei sehr populär, vor allem bei den ›Schickimickis‹.« Sie lachte das harmlose Lachen, das man auch eingeblendet in Fernsehshows zu hören bekommt.
»Natürlich ist es das«, versicherte ich ihr.
»Ich habe sogar gehört, daß manchmal Kinostars hier wohnen.«
»Barbra Streisand war nett«, sagte ich bescheiden.
»Und da Sie nur ein paar Stunden von Washington D.C.

entfernt sind, nehme ich an, daß Sie auch von dieser Seite eine hübsche Zahl Gäste empfangen?«
»Da können Sie Ihren Hintern drauf verwetten! In der Tat erwarten wir heute den Kongreßabgeordneten Ream und Frau.« Ehrlich gesagt, ich wollte gar nicht, daß mir diese Art von Information entschlüpfte. Wenn es um meine Gäste geht, sind meine Lippen normalerweise so versiegelt wie bei einem Essiggurkenfresser. Aber es war etwas an Miss Brown, vielleicht war es ihre Gleichgültigkeit, das mich dazu brachte, sie beeindrucken zu wollen.
Woran kann man sehen, daß eine Motte beeindruckt ist? Miss Brown sagte: »Himmel, wie aufregend«, aber sie wirkte etwa so aufgeregt wie Susannah, wenn ich sie darum bitte, mir dabei zu helfen, die Wäsche zusammenzulegen. Ich mag Leute, die ohne Betonung sprechen, fast genausowenig wie solche, die sich von hinten anschleichen.
»Wählen Sie den Modus der amischen Lebensart?« fragte ich sie dennoch freundlich.
Miss Brown hatte aufgehört, in ihrer kamelhaarfarbenen Tasche zu kramen, und zog ein Bündel Scheine heraus, das so groß war, daß es selbst mir die Fußnägel hochklappte. »Für die Begleichung meiner Rechnung«, sagte sie. »Und vor allem möchte ich jetzt bitte in Ruhe gelassen werden.«
»Sicher, Miss Brown.« Schließlich war sie nicht übel gelaunt, und im allgemeinen wird ja auch nichts so heiß gegessen, wie es gekocht wird.
»Nun, wo soll ich mein Auto parken?«
»Lassen Sie es einfach, wo es ist, und ich erledige das für Sie«, erwiderte ich. Zu stolz zu sein, um Trinkgelder anzunehmen, ist schon an sich eine Sünde.
Ich brachte Miss Brown auf ihr Zimmer, nach einem kurzen Hin- und Hergezerre an ihrem braunen Koffer, bei dem sie bedauerlicherweise gewann. Anders als die meisten Gäste

schien Miss Brown die kuriose Umgebung überhaupt nicht zu bemerken. Selbst die unmöglich steile Treppe, die zum zweiten Stock führt, schien sie nicht zu stören. Es war offensichtlich, daß sie nicht wegen der Atmosphäre gekommen war, dennoch konnte ich nicht die geringste Spur von einer Jagdausrüstung entdecken.

»Soll ich Ihre Jagdgewehre mit hereinbringen, wenn ich den Wagen wegfahre?« erkundigte ich mich.

Zum ersten Mal sah ich eine Gefühlsregung über ihr Gesicht huschen – vielleicht amüsierte sie sich. »Ich habe keine Gewehre.«

»Aber auf Ihrer Anmeldung schrieben Sie doch, daß Sie jagen?« Mennoniten sind im Jagen nicht groß, aber wenn es jemand anders tat, konnte es ebensogut eine Frau sein. Eine Jägerin würde meiner Meinung nach einfach ihren Hirsch abschießen und anschließend nach Hause gehen. Sie brauchten keine männliche Verbrüderung und mußten sich nicht die Hucke mit Bier zuschütten. Für einige Männer dagegen entspricht es einer wochenlangen religiösen Erfahrung, einer eigenen komplizierten Liturgie, einen Bock zur Strecke zu bringen. Es kann wohl nur jemand mit männlichen Geschlechtsdrüsen hoffen, zu verstehen, was dabei wirklich passiert. Vor einigen Jahren erlaubte ich törichterweise Susannah, zur Dekoration einen Keramikhirsch auf den Rasen zu stellen. Am ersten Tag der Jagdzeit wurde er durch Schüsse in seine kleinsten Bestandteile zerlegt. Und dabei hatte Susannah ihn rosarot angemalt!

Trotzdem war ich enttäuscht, als mich Miss Brown darüber informierte, daß sie niemals Rotwild gejagt und auch gar nicht die Absicht hatte, dies zu tun. Sie sei Fotojäger, sagte sie, und ihre Tasche sei randvoll mit einer teuren Fotoausrüstung. Sie war gekommen, um Bilder von den Jägern zu schießen, wenn sie Hirsche abschossen, als Fotoreporterin einer Zeitschrift, die die Bezeichnung »Illustrierte« im Titel trug. Ob ich ihre Referenzen sehen wolle oder vielleicht sogar daran interessiert sei, einen ihrer Artikel zu lesen?

Ich war es nicht. Aufgrund des enormen Erfolgs vom Penn-Dutch beim Geldadel hatte ich mich an berühmte Leute so ziemlich gewöhnt, und die fade kleine Miss Brown zählte sicherlich nicht dazu. Wenn nun Paul Theroux mir sein neuestes Manuskript hätte zeigen wollen, das wäre etwas anderes gewesen!

»Und ich nehme meine Mahlzeiten nicht hier ein«, erklärte Miss Brown. »Ich habe das auf meiner Anmeldung vermerkt, erinnern Sie sich?«

Nun erinnerte ich mich und war dankbar dafür. Miss Brown aß vermutlich wie eine Motte, und was Motten auch immer essen mögen, ich bin mir sicher, daß Freni es nicht kocht. Ich machte mir im Geist eine Notiz, die Bettwäsche von Miss Brown vor ihrer Abreise auf Löcher zu untersuchen.

Ich parkte freudig das Auto für sie und erhielt dafür, wie erwartet, ein nettes, dickes Trinkgeld. Miss Browns Wagen war, wie es der Zufall wollte, etwa genauso auffällig wie sie selbst. Es war sicherlich nicht die Repräsentationslimousine einer Starreporterin. Offen gesagt, war es häßlich wie die Sünde, sogar wie eine von Susannahs Sünden. Ich kenne mich mit Fahrzeugausstattungen nicht aus, aber diese war asphaltgrau mit schmutzigbraunen Sitzen. Vermutlich war es ein so hohes Risiko, diesen Wagen an einem nebligen Tag zu fahren, daß höchstens ein Bungeespringer sich darauf einlassen würde. Obwohl ich ihn selbst geparkt hatte, schaute ich auf den Weg zurück ins Haus ein- oder zweimal zurück, nur um sicherzugehen, daß er noch da war.

Als Miss Brown verstaut war und still in ihrem Zimmer saß, aß ich schnell ein Sandwich und wandte mich dann meiner liebsten Sonntagnachmittagsaktivität zu – dem Mittagsschlaf. Wenn das Timing stimmt und die Dinge wie geplant ablaufen, kann ich zwischen dem Kirchgang und dem Eintreffen meiner ersten Gäste eine zweistündige Siesta einlegen. Natürlich schlafe ich nicht die ganzen zwei Stunden; das wäre zu dekadent, selbst an einem Sonntag. Normalerweise lehne ich mich nur in meinem Lieblingsschaukelstuhl zurück, döse, lese ein Buch und mache mir Sorgen um Susannah, alles abwechselnd. Diesen Sonntag jedoch war mein Zeitplan wegen des frühen Eintreffens von Miss Brown durcheinandergeraten, und der plötzliche Tumult an der Eingangstür setzte ein, als ich mitten am Dösen war.

Mir war sofort klar, daß die zwei Frauen, die um Punkt drei durch die Verandatür stolperten und von denen jede einen großen und einen kleinen Koffer trug, auch keine Jägerinnen waren. Noch nicht einmal Groupies. Der längste Aufenthalt dieser Frauen im Freien war sicherlich ihr Gang von der Einkaufspassage zu dem außerhalb befindlichen Parkplatz gewesen.

Ich räumte augenblicklich meinen Lieblingsschaukelstuhl und schlenderte zum Empfang hinter der Theke. Mein Büro besteht nur aus der linken Ecke des Hauptaufenthaltsraums, dem ersten Raum, den man betritt, wenn man von der vorderen Veranda aus hereinkommt. In früheren Zeiten war dies das Eßzimmer, wo sich unsere Großfamilie regelmäßig zu den Mahlzeiten versammelte.

Mama würde es nicht mehr wiedererkennen. Der alte, massive Eichentisch, den hochzuheben es vier Mann bedurfte, ist weg. Die Möbel, die nun an den Wänden stehen, sind ein Mischmasch aus den alten Schaukelstühlen und harten Stühlen mit hoher Lehne. Nur einer davon ist bequem, und ich sichere ihn mir immer, wenn sich die Gelegenheit bietet. Zwischen den Stühlen stehen das von Zeit zu Zeit benutzte

Spinnrad, ein Butterfaß und ähnliches. Fest an der Wand montiert, so daß sich niemand Gedanken darum zu machen braucht, sind Dinge wie Waschbretter, Pferdegeschirre und sogar eine Zweimannbaumsäge. Im allgemeinen schnappen die Leute, die diesen Raum zum ersten Mal sehen, nach Luft und murmeln Komplimente, in denen die Begriffe »anheimelnd« und »malerisch« vorkommen.

Die zwei Frauen stolperten von der Veranda herein und schienen ihre Umgebung gar nicht zu bemerken. Aber man mußte kein Genie sein, um herauszufinden, daß sie miteinander gestritten hatten.

»Guten Nachmittag«, sagte ich hinter der Theke. Ich bin immer darum bemüht, meine Stimme nicht zu freundlich klingen zu lassen, weil Leute, die viel bezahlen, zumindest ein wenig Herablassung erwarten. Warum, glauben Sie wohl, ist Paris so beliebt?!

»Wir sind die Parker-Gruppe«, sagte die ältere der zwei Frauen. »Ich bin Jeanette Parker, und dies ist meine Freundin, Linda McMahon.«

»Willkommen in se PennDeutsch«, sagte ich mit deutschem Akzent. »Ich bin Magdalena Yoder, die Wirtin.« Verstehen Sie mich recht, ich hasse es, mit einem falschen deutschen Akzent zu sprechen, und was die »Wirtin« betrifft, klingt das nicht wie ein Nachtjob, den einige Frauen annehmen, wenn sie in die Großstadt ziehen? Aber meine Gäste scheinen es zu lieben.

Mrs. Parker war nicht beeindruckt. »Sie müßten unsere Reservierungen vorliegen haben. Für zwei Zimmer. Im neuen Flügel.«

Ihre Begleiterin begann von einem Fuß auf den anderen zu treten und wurde im Gesicht ganz rot. »Ich – äh – ich denke, ich habe für uns nur ein Zimmer reserviert, Jeanette.«

»Du hast was?!«

»Es sollen sehr große Zimmer sein. Stimmt das nicht, Mrs. Yoder?« Sie schaute mich flehentlich nach Bestätigung heischend an.

»Miss, nicht Mrs.« Ich ließ den Akzent fallen. Es ist zu schwierig, ihn mitten in einem Konflikt aufrechtzuerhalten, und ich konnte den aufkommenden Konflikt förmlich riechen, so sicher, wie ich es rieche, wenn Freni an einem heißen Sommertag Sauerkraut kocht.

»Wie?« fragte die ältere Frau. Sie war Mitte Vierzig und schien sehr selbstsicher. Aus irgendeinem Grund schüchtern mich rote Haare ein, und die karottenrote Frisur dieser Frau machte da keine Ausnahme.

Ich schluckte einige Male. »Miss, nicht Mrs., ich war nie verheiratet.« Susannah ist es ein Vergnügen, mich immer wieder daran zu erinnern.

Mrs. Parkers blaue Augen starrten mich kalt hinter ihren blaßroten Wimpern an. Es war der starrende Blick, den einem Lehrer zuwerfen, bevor sie einen beschuldigen, ein Naseweis zu sein. »Ich bin an Ihrem Familienstand nicht interessiert. Haben Sie zufällig noch ein freies Zimmer?«

»Aber Jeanette, ich habe das schon überprüft, als ich die Anmeldung schrieb. Es ist kein Zimmer mehr frei.« Die junge Frau, die vielleicht Anfang Zwanzig war, war immer noch rot. Offen gesagt besserte die emotional verursachte Rotinfusion ihr ansonsten anämisches Aussehen.

»Ist das wahr? Sind Sie restlos belegt?«

»Technisch gesehen, ja«, erwiderte ich.

»Technisch gesehen – was soll das heißen?«

»Nun, ich nehme an, ich könnte Ihnen das Zimmer meiner Schwester geben. Es liegt im neuen Flügel. Aber das wäre ein Aufwand.«

»Würde es den Aufwand mindern, wenn ich den doppelten Preis bezahlen würde?«

»Es macht überhaupt keine Mühe«, sagte ich und lächelte süß. Es sollte sich herausstellen, daß es mehr Mühe machte, als die Sache wert war.

Seit ihrer Scheidung hatte Susannah sich in einem der drei Zimmer des neuen Flügels häuslich niedergelassen. Dies sind die größten, bequemsten Zimmer des Gasthofs und natürlich auch die teuersten. Der Grund, weswegen ich keinen Streit wollte, war, daß die einzige vernünftige Alternative darin bestand, daß Susannah zu mir zog.

Bevor ich Ihnen den Eindruck vermittle, ich jammere nur herum, lassen Sie mich das mit Susannah erklären. Sie ist ohne Zweifel die schlampigste Erwachsene auf der ganzen Welt. Susannah wäre eine Quelle der Inspiration für jeden Halbwüchsigen. Zusätzlich zu dem Durcheinander und der Tatsache, daß Susannah unmoralisch spät zu Bett geht, ist da noch ihr Hund. Wenn es wenigstens ein richtiger Hund wäre, wie ein Schäferhund oder ein Collie. Aber Susannahs Hund gehört zu diesen rattengroßen Exemplaren, die unaufhörlich mit ihrer Fiepsstimme jaulen, wenn sie einem nicht ständig an den Fersen kleben. Ich muß sogar zugeben, daß ich mehr als einmal versucht war, dabei nachzuhelfen, den Hund auf mysteriöse Weise verschwinden zu lassen, aber leider ist Susannah nie weiter als zwei Meter von ihm entfernt.

»Linda, bezahl ihr das Zimmer, damit wir reinkönnen«, befahl Mrs. Parker.

»Nun, ist Ihnen klar«, sagte ich schnell, »daß es einige Minuten in Anspruch nehmen wird, bevor das Zimmermädchen dazu kommt, das Extrazimmer zu reinigen?«

»Sie kann solange in meinem Zimmer warten«, meinte Mrs. Parker irritiert. Ich glaubte, den Anflug eines Lächelns auf Lindas liebenswertem, aber eher gewöhnlichem Gesicht zu sehen. »Linda, bezahl und setz dich in Bewegung!«

Linda beeilte sich, zu gehorchen, und bot mir sowohl ihre Visa- als auch ihre Mastercard an. Ich wählte eine der Karten. »Wünschen Sie den Modus der amischen Lebensart zu Ihrem Zimmer?«

»Wie bitte?«

»Wir machen keine Motelzimmer sauber«, sagte Mrs. Jeanette Parker kurz angebunden.

Ich notierte mir das, indem ich den Preis anhob. »Vollpension?«

Sie nickte brüsk bestätigend. »Für mich vollvegetarisch und für Linda lakto-vegetarisch.«

»Sie meint, wir essen kein Fleisch«, sagte Linda rasch. »Ich esse Milchprodukte, aber weder Eier noch Fisch. Jeanette ißt nur Obst und Gemüse. Und natürlich Körner.«

Ich versuchte zu lächeln, aber ich wußte, daß Freni einen Anfall bekommen würde. Sie kocht alles für das PennDutch, und zwar auf ihre Weise. Die Mahlzeiten werden als Hausmannskost serviert, und man hat die Wahl zwischen Fett und Stärke. »Ich werde sehen, was sich machen läßt.«

»Was meinen Sie damit, Sie werden sehen? Linda, du hast das doch auf der Anmeldung vermerkt, oder?«

Linda kaute nervös auf einem Fingernagel herum. »Ich bin mir ziemlich sicher.«

Ich war mir ziemlich sicher, daß sie das nicht hatte, grub aber, nur um ihnen zu beweisen, daß sie sich täuschten, ihre Anmeldung aus meinen Akten und breitete sie auf der Theke aus.

»Sehen Sie, da«, sagte Mrs. Parker triumphierend.

Ich studierte das Blatt Papier. Sicherlich erschienen dort die Begriffe »Lakto« und »Veg.«, allerdings hinter ihren Namen. Man kann mich doch wohl kaum rügen, weil ich ihre Bedeutung nicht erkannte, oder? Zumindest bei einem Drittel aller Anmeldungen tauchen hinter den Namen Buchstaben auf, aber bisher hatte ich immer angenommen, daß sie für Titel oder akademische Grade stünden. »Ich werde mit der Köchin sprechen«, sagte ich kleinlaut.

»Sehr gut«, erklärte Mrs. Parker edelmütig. »Bitte lassen Sie den Pagen das Gepäck sofort nach oben bringen.«

Wir haben keinen Pagen. Der einzige Mann in unserem Betrieb ist Mose, und ich würde keinem Dreiundsiebzigjährigen Koffer aufladen, die zwei gesunde Frauen selbst tragen konnten.

»Es gehört zum Modus der amischen Lebensart, die Koffer selbst zu tragen«, sagte ich nüchtern. »Pagen kosten einen Aufpreis.«

»Setzen Sie es auf die Rechnung.«

Ich tat, wie mir geheißen. Dann ging ich um die Theke herum, hob die zwei mir am nächsten stehenden Taschen hoch und steckte mir die kleinere unter den Arm. Anschließend nahm ich die übrigen zwei. Langsam richtete ich mich auf. »Folgen Sie mir.«

»Wir können sie nicht alles tragen lassen«, hörte ich Linda flüstern. »Sie ist zu alt dafür!«

Ich machte den Rücken noch ein wenig gerader und führte sie den Weg durch die hintere Halle und die unglücklich steile Treppe hinauf. Kaum etwas kann auf einen Körper mittleren Alters verjüngender wirken als ein Adrenalinstoß, und Miss McMahon und Mrs. Parker versorgten mich ausreichend mit Energie.

Wie ich mir schon gedacht hatte, bekam meine Verwandte Freni fast einen Tobsuchtsanfall, als ich ihr sagte, daß sie an diesem Abend zwei Vegetarier würde bekochen müssen. Frenis Laune funktioniert genau wie ein Dampfkochtopf. Der Dampf baut sich langsam und stetig auf und kann, wenn er außer Kontrolle gerät, mit schrecklichen Konsequenzen explodieren.

»Ich mache Hühnchen mit Knödeln, und sie können es essen oder es bleiben lassen.«

»Hühnchen und Knödel ist für den Rest von uns in Ordnung«, sagte ich besänftigend. »Aber für diese beiden sollten wir uns einige Gemüsegerichte ausdenken.«

»In der Hühnerbrühe sind Karotten, Zwiebeln und Sellerie. Wenn du willst, werfe ich ein oder zwei Kartoffeln hinein, obwohl das nicht die richtige Art ist, Knödel zu machen. Und außerdem gibt es eingelegte rote Bete und Eier dazu.«

Ich lächelte ermutigend, obwohl ich schon seit Jahren versuchte, Freni davon zu überzeugen, daß Eier kein Gemüse waren. »Das ist ein Gedanke in der richtigen Richtung, Freni, aber ich fürchte, sie wollen, daß ihr Gemüse außerhalb der Hühnerbrühe gekocht wird.«

»Fein.« Aber natürlich war es das nicht. An der Art, wie die Linien an Frenis Mund zu verschwinden begannen, konnte ich sehen, daß sich Druck aufbaute. Unklugerweise ging ich noch etwas weiter. Gefangen zu sein zwischen Freni und Mrs. Parker war kein bequemer Platz, aber zumindest wußte ich, wo Frenis Grenzwerte lagen.

»Was ist mit Obst, Freni? Servieren wir irgendwelches Obst?«

»Es gibt Apfelbutter zum Brot und Apple Pie mit Käse zum Nachtisch.«

Ich hatte schon vor langer Zeit den Versuch aufgegeben, Freni klarzumachen, daß Käse kein Obst ist. Für Freni fielen die schwer einzuordnenden Nahrungsmittel – und das schloß Eier, Körner und Milchprodukte ein – in die Kategorie des Essens, mit dem sie oft serviert wurden. In logischer Folge zählte sie Makkaroni und Käse zum Obst, eine Entscheidung, bei der Freni keinen Widerspruch duldete.

»Und es gibt Sahne zum Kaffee!« fügte Freni triumphierend hinzu.
»Wie wäre es damit, etwas gedämpftes Obst aufzutischen? Vielleicht von dem schönen Kompott, das du im September eingemacht hast?«
Die Linien um Frenis Mund verschwanden im Eiltempo, und ich wußte, daß ich in etwa so weit gegangen war, wie ich wagen konnte. »Noch etwas, Magdalena?«
Ich wollte gerade verneinen, als ich mich daran erinnerte, wie mich Mrs. Parkers kalte blaue Augen hinter den blaßroten Wimpern angestarrt hatten. »Ich kann wohl nicht davon ausgehen, daß du irgendein Kompott ohne Zucker gemacht hast?« Ich begann, rückwärts die Küche zu verlassen. »Und könntest du einen Schwung Hafer- oder Vollkornbrot aufbacken?« Ich sprintete fast zum Wohnzimmer.

Ich hatte mich gerade wieder in meinem Schaukelstuhl niedergelassen, als der nächste Gast eintraf. Es war ein sehr großer, dünner Mann mit eierschalenfarbenem Teint, der von Kopf bis Fuß in blauen Köper gekleidet war. Selbst seine Schuhe bestanden aus diesem Material. Obwohl er gebrechlich wirkte, war er fast schneller an der Rezeption als ich. Er trug keinerlei Koffer, nur einen kleinen Rucksack.
»Guten Nachmittag. Willkommen in se PennDeutsch Inn«, sagte ich mit deutschem Akzent.
»Reids du jiddisch?«
Ich bereitete dem falschen Akzent ein Ende und öffnete das Zimmerverzeichnis. »Sie sind Mr. …?«
»Teitlebaum. Joel Teitlebaum. Ova.«
»Magdalena Yoder. Komet Merkur.«
»Ich meine damit, daß ich Eier esse. Aber natürlich weder Fisch noch Milchprodukte.«
»Natürlich. Fleisch?«

Joel Teitlebaum wurde blaß und schwankte vielleicht sogar ein wenig. »Selbstverständlich nicht.«
Ich nickte. Zumindest hatte ich selbst herausgefunden, daß wir einen weiteren Vegetarier vor uns hatten. »Wünschen Sie den Modus der amischen Lebensart?« fragte ich tapfer. Diese Gäste waren nicht so, wie ich es gewohnt war.
»Ja, gerne.«
Ich lächelte erleichtert. »Sie finden Besen, Schaufel und Staublappen in Ihrem Zimmerschrank. Das gleiche gilt für die Badezimmervorräte. Die Zimmer und Betten müssen vor dem Frühstück geputzt bzw. gemacht werden. Sie wünschen Vollpension, oder?«
»Sind Ihre Eier biologisch?«
Ich nickte ermutigend, was nicht ganz einer Lüge gleichzusetzen war; schließlich weiß ich, daß Eier nur dann nicht biologisch sind, wenn sie aus Marmor sind und in Geschenkeboutiquen verkauft werden.
»Sie haben Zimmer Nummer drei in diesem Flügel, im zweiten Stock.«

Als ich Joel sein Zimmer gezeigt hatte und wieder zurückkam, fand ich eine Gruppe von drei Personen, die bei mir an der Rezeption warteten. »Gut Aftanuhn!« rief ich freundlich. Glauben Sie mir, zwangsweiser Beifall ist eine Kunst, die erlernbar ist, egal wie mißmutig das einen auch macht. Ich wußte sofort, daß diese Gruppe aus dem Kongreßabgeordneten Garrett Ream, seiner Frau, der zu den oberen Zehntausend zählenden Lydia Johns Ream, sowie dem Berater des Kongreßabgeordneten, Soundso James, bestand. Ich wußte das, weil es diese Woche nur eine einzige Dreiergruppe gab, aber auch weil ich Dutzende Male Fotos der beiden Reams in der Zeitung gesehen hatte.
Garrett Ream hatte nur noch ein Jahr bis zur Wiederwahl,

und jeder wußte, daß sein nächster Schritt der in den Senat sein würde. Es galt auch als sicher, daß der Senat der Vereinigten Staaten nur eine weitere Stufe auf dem Weg zum Weißen Haus war. Garrett Ream war groß, dunkelhaarig und gutaussehend mit einem IQ, der höher war als die Raumtemperatur, und so schien alles für ihn zu sprechen. Vor allem seine Frau.

Lydia Johns Ream war niemand anders als die Tochter von Senator Archibald Johns und der reichen Erbin Margaret Lyons Needmore. Schon als Lydia noch ganz klein war, wurde gesagt, daß derjenige, der sie einmal heirate, eines Tages Präsident der Vereinigten Staaten sein würde. Die Hand, die Lydia wiegte, wurde sicherlich von den Eltern einer zukünftigen First Lady beschäftigt.

»Willkommen in se PennDeutsch Inn«, sagte ich. Ich verbeugte mich sogar leicht.

»Lassen Sie das, deutsches Fräulein«, sagte der Kongreßabgeordnete Ream. »Schicken Sie jemanden, der die Koffer holt. Ist der Hotelmanager da?«

Ich muß zugeben, daß mir der Mund weit genug offen stehenblieb, daß man sogar einen von Frenis Knödeln hätte hineinstopfen können, aber das war keine Entschuldigung für das, was er als nächstes sagte: »Du sprechen Englisch?«

»Wie es scheint, etwa so gut wie Sie«, konnte ich mir nicht verkneifen zu erwidern. Ich stand immer noch unter Schock. Dieser Mann war eine gewählte Person, die im öffentlichen Leben stand, und obwohl ich nicht in seinem Wahlbezirk lebte, war es ziemlich unverschämt von ihm, so grob zu sein. Nächstes Jahr, wenn er für den Senat kandidierte, würden wir sehen, wer von uns beiden zuletzt lachte.

»Nun, wenn Sie Englisch sprechen, Miss, dann machen Sie sich an die Arbeit und holen Sie den Manager und den Pagen her, aber bitte etwas dalli, wenn ich bitten darf!«

Ich starrte ihn an und tat so, als sei ich Mrs. Parker und er ich. »Ich bin der Manager, Mi-ster!«
»Sie?!«
»Darling«, sagte seine Frau, machte einen Schritt nach vorne und umfaßte seinen rechten Arm mit beiden Armen. »Laß uns einfach die Anmeldung hinter uns bringen, ja? Es war eine lange Fahrt.«
An ihrer Art zu sprechen konnte ich sehen, daß die Lady Stil hatte. Alles an ihr flüsterte – natürlich ein weiches, kultiviertes Flüstern. Die Art, wie sie sich bewegte, war reine Klasse. Vom Scheitel ihres elegant frisierten Haars bis zur Spitze ihrer Schuhe, die selbst Imelda Marcos vor Neid hätten erblassen lassen, war sie eine einzige Demonstration des guten Geschmacks. Was aber tat sie dann mit einem solchen Trottel? Außer, daß er gut aussah?
»Ich kann mich darum kümmern, Liebling«, murmelte der Trottel leise.
Das Klasseweib schien ihn nicht zu hören. »Wir sind der Kongreßabgeordnete Ream und Frau«, sagte sie gewandt. »Und dies ist Mr. James, der Berater meines Mannes. Für uns müßte reserviert sein.«
Ich tat so, als forste ich das Zimmerverzeichnis durch. »Ach ja, Mrs. Ream. Hier stehen Sie. Sind Sie Voll-, Lakto- oder Ova-Vegetarier?«
»Wir sind Mitglieder der Episkopalkirche.« Ein leichtes Lächeln überflog die Winkel ihres perfekt geschminkten Mundes.
»Ich verstehe. Wünschen Sie den Modus der amischen Lebensart oder wollen Sie, daß das Zimmermädchen in Ihren Zimmern herumschnüffelt?«
Wieder lächelte sie leicht. »Nun, ich denke, es würde Spaß machen, zur Abwechslung einmal primitiv zu leben. Notieren Sie für uns alle diesen amischen Modus.« Ich sollte hier

erwähnen, daß die Reams drei Zimmer reserviert hatten. Ehepaare ihres Standes paaren sich wohl gelegentlich, wohnen aber nie zusammen.
»Vollpension?«
»Auf jeden Fall. Ich freue mich auf Ihre berühmte amische Küche.« Bingo! Das war eine Frau nach meinem Herzen, die vielleicht sogar auf Frenis Lippen würde ein Lächeln zaubern können.
»Sehr wohl, Mrs. Ream. Ach, da ist noch etwas anderes. Abgesehen davon, daß ich die Hotelmanagerin und Wirtin bin, bin ich auch der Page. Nun, ich würde mich glücklich schätzen, all Ihre Koffer selbst hineinzutragen, außer daß …«
»Sie brauchen nichts hinzuzufügen. Bitte, Delbert, seien Sie ein Schatz und holen Sie die Koffer.« Sie hatte sich halb Delbert James zugewandt, der ungerührt im Hintergrund stand. Nun drehte sie sich wieder zu mir: »Das hier ist ein ganz bezauberndes Haus, das Sie da besitzen, Mrs. …?«
»Yoder. Miss Yoder. Magdalena Yoder. Danke.«
»Bitte, bitte. Wenn Sie einen Augenblick Zeit haben, können Sie mir vielleicht alles über das Leben hier in Hershey, Pennsylvania, erzählen.«
»Wir sind hier in Hernia.« Ich warf einen verstohlenen Blick auf den Kongreßabgeordneten, der mich, wie es der Zufall wollte, aus seiner sicheren Position leicht hinter seiner Frau finster anblickte.
»Wie bitte?«
»Hershey ist die Schokoladenstadt. Das PennDutch befindet sich in Hernia, Pennsylvania.«
Nun lachte Lydia Ream. Eigentlich war es eher ein Kichern, aber Menschen ihrer Klasse kichern nicht, oder?
»In diesem Fall würde ich liebend gerne etwas über Hernia erfahren.«

In diesem Augenblick kam der teilnahmslos wirkende, aber nicht schlecht aussehende Delbert James mit der ersten Ladung Gepäck herein. Widerstrebend nahm ich die drei entsprechenden Schlüssel und zeigte ihnen den Weg durch die hintere Halle und die unglückselige Treppe hinauf. Mr. Ream folgte direkt hinter mir, und die ganze Zeit über war ich mir der Tatsache bewußt, daß ich weder Größe 36 noch Schuhe in Kleinkindgröße trage und mich nicht mit der Grazie einer Ballerina bewegen kann. Aber was kann ich dagegen tun, daß meine Vorfahren Bauern waren?
Und bei meinem Pech schaffte ich diesmal natürlich noch nicht einmal den ganzen Weg zurück zum Wohnzimmer, bevor der nächste und auch letzte Gast dieses Tags eintraf. Ich wünschte, es wäre anders gewesen.

3

Als ich zurück ins Wohnzimmer kam, waren Susannah und ein Mann an der Rezeptionstheke in eine angeregte Unterhaltung vertieft. Sofort geriet mein Blut in Wallung. Glücklicherweise bin ich nicht wie Freni, die lange braucht, bis sie unter Dampf steht und dann, manchmal mit schrecklichen Folgen, explodiert. Ich hingegen explodiere ständig – in winzig kleinen Schnaufern, die, wie Blähungen, zwar ungesund, aber auf Dauer unschädlich sind.

Wenn es um Susannah geht, mögen die Schnaufer lauter sein, aber das ist stets gerechtfertigt. Susannah, und es tut mir leid, das sagen zu müssen, ist eine schlampige, faule Nutte. Ich weiß, daß es schrecklich ist, so etwas über die eigene Schwester zu sagen, und Mama und Papa würden sich beide im Grab umdrehen, wenn sie mich hören könnten, aber es ist die volle Wahrheit.

Es war schlimm genug, als Susannah den Presbyterianer heiratete, aber als sie sich von ihm scheiden ließ, fing sie an, mit anderen Männern zu schlafen, und wurde in den Augen meiner Kirche und den Augen fast aller, die in der Umgebung von Hernia, Pennsylvania, lebten, eine richtiggehende Ehebrecherin.

Susannah ist die erste in meiner gesamten Familiengeschichte, die sich hat scheiden lassen, eine Geschichte, die sich bis zu ihren Schweizer Wurzeln im sechzehnten Jahrhundert zurückverfolgen läßt. Glauben Sie mir, ich verurteile sie nicht. Wenn sie sich scheiden lassen mußte, dann mußte es eben sein. Aber was sie anschließend hätte tun sollen, war, sich aus der Öffentlichkeit zurückzuziehen und sich darauf einzustellen, hier im Gasthof zu arbeiten. Nicht so Susannah!

Susannah rennt ständig in der Gegend herum, nicht nur in Hernia, sondern bis nach Somerset und Bedford. Sie kaut Kaugummi wie eine Kuh Luzernen. Sie trägt Make-up, hat dauergewelltes Haar und lackiert sich sogar die Nägel! Im Sommer trägt sie oft kurzärmelige Kleider, und einmal erwischte ich sie doch tatsächlich dabei, wie sie Shorts trug! Und Sie ahnen natürlich, wo diese Ideen herkommen – vom Fernsehen! Susannah hat einen tragbaren Fernseher in ihrem Zimmer, obwohl ich ihr nicht erlaube, eine Antenne zu montieren.

Bitte verstehen Sie mich nicht falsch. Es ist nichts Unmoralisches daran, sich zu wünschen, in die Welt hinauszugehen. Wie Sie schon wissen, wünsche ich mir selbst, eines Tages zu reisen. Es ist jedoch möglich, sich mit Bescheidenheit und Anstand vorwärtszubewegen. Und natürlich sollte man nie außerhalb des Bundes der Ehe mit einem Mann schlafen. Ich spreche hier nicht nur von dem Risiko, sich Aids einzufangen, sondern von Sünde, von der Susannah behauptet, sie finde sie wunderbar.

Ich wäre vielleicht sogar in der Lage, mit einer sündig-sexy Susannah zurechtzukommen, aber zusammen mit ihrer Schlampigkeit ist das einfach mehr, als man ertragen kann. Susannah wird nie freiwillig eine Hand heben, es sei denn, um die Finger der anderen zu lackieren. Somit erledige ich neunzig Prozent der Arbeit im PennDutch selbst, abgesehen von Mose und Freni. Das, wozu ich Susannah bewegen kann, wenn ich ihr so lange zusetze, bis sie es tut, muß im allgemeinen ohnehin von mir neu gemacht werden, also was soll's?

Gott sei Dank haben Mama und Papa in ihrer irdischen Weisheit die Beaufsichtigung der Farm mir überlassen. Vielleicht hatten sie eine göttliche Eingebung, was den anstehenden Presbyterianer betraf. In jedem Fall wären wir beide auf der Straße gelandet, wenn ich die Zügel nicht so fest in der Hand hielte – oder zumindest eine von uns würde ihren Lebensunterhalt dort verdienen.

Damit wird verständlich, daß mein Blut anfing zu kochen, als meine Schwester, die gerade von der vergangenen Nacht nach Hause kam, im Wohnzimmer stand und mit einem unehrenwerten Individuum sprach.

»Hinweg mit dir, Satan«, sagte ich laut genug, daß Susannah es hören konnte. Die Versuchung, sie zu erwürgen, war fast unwiderstehlich.

Susannah lachte und versuchte albern, eine halb aufgerauchte Zigarette in ihrer Handtasche zu verstecken. »Das, Billy«, sagte sie, um mich vorzustellen, »ist meine große Schwester, Magdalena. Aber Sie können Sie Mags nennen. Das tun alle.«

Obwohl der Kerl, den sie nach Hause geschleift hatte, unehrenwert wirkte, hatte er mehr Manieren als sie. »Ich freue mich, Sie kennenzulernen, Ma'am«, sagte er.

»Miss Yoder, mein Name«, sagte ich scharf.

»Billy Dee Grizzle, Ma'am.«

»Mr. Grizzle.« Ich erkannte seine Höflichkeit an. Schon als ich seinen Namen aussprach, wußte ich, daß er mir vertraut klang, und ich wußte auch wieso. William D. Grizzle war der letzte Name auf der Zimmerliste des heutigen Tages, der noch nicht abgehakt war. »Sie sind nicht etwa ein Freund von Susannah?« fragte ich einfältig. Vielleicht betonte ich das Wort »Freund« nur ein bißchen zu sehr.

Billy Dee lächelte übers ganze Gesicht und zeigte eine Reihe erstaunlich weißer Zähne. Erstaunlich, weil Billy Dee eher wie einer wirkte, der Tabak kaut. »Miss Susannah und ich haben uns gerade miteinander bekannt gemacht, Ma'am. Sie ist eine sehr liebenswerte junge Dame, aber wir sind noch nicht miteinander befreundet.«

Es lag daran, wie Billy Dee »jung« sagte, daß ich rot wurde. Als ob Billy Dee sagen wollte, er könne sich von jemandem, der so jung sei wie Susannah, gar nicht gestört fühlen.

Susannah mußte es auch bemerkt haben. »Ich lasse euch beide allein, damit ihr auf weiteren Details der Angelegenheit herumreiten könnt«, sagte sie. Sie wollte wohl witzig sein, aber für mich klang es nur rüde.

»Bye, Ma'am. Es hat mich gefreut, Sie kennenzulernen«, erklärte Billy Dee ernsthaft.

»Nicht so schnell«, sagte ich zu Susannah. »Da ist etwas, das du wissen solltest.«

»Mags, ich will nur noch heiß duschen, bevor ich mich in die Falle haue. Kannst du den Vortrag auf Tonband aufzeichnen, damit ich ihn mir später abspielen kann?«

Ich versuchte, meine Irritation nicht zu zeigen. »Du duschst besser auf meinem Zimmer und haust dich dort in die Falle. Zimmer fünf ist vergeben.«

Susannah sagte ein Wort, das zu wiederholen ich mich weigere, setzte sich nach hinten in Bewegung, aber ich stoppte sie. »Du mußt erst Zimmer fünf von deinen Sachen leerräumen. Und wisch kurz drüber.« Damit war ich sehr gnädig, denn eigentlich hätte ich ihr sagen sollen, sie solle ihr Zimmer planieren und dann abfackeln.

Susannah begann zu protestieren, aber ihr Gejammere wurde von Geräuschen aus ihrer Handtasche überdeckt.

»Was, um alles in der Welt, ist das?« fragte ich.

»O Schnuckelchen«, jammerte sie. »Es tut Frauchen so leid!« Offensichtlich war in ihrer Handtasche nicht gleichzeitig Platz für die noch brennende Zigarette und dieses

merkwürdige Exemplar von Töle, von der ich schon berichtet habe.
Susannah floh auf der Suche nach Wasser und ließ eine schwache Rauchspur hinter sich.
Ich lächelte Billy Dee tapfer an. »Heutzutage ist es schwierig, qualifizierte Hilfskräfte zu bekommen.«
Er lachte, ein herzliches, schenkelklopfendes Lachen. »Ich glaube, ich werde meinen Aufenthalt hier genießen, Miss Yoder.«
Ich hoffe, ich wurde nicht rot. »Magdalena, wenn Sie wollen. Aber lassen Sie uns vom Geschäftlichen sprechen, was meinen Sie? Zunächst einmal, sind Sie Vollvegetarier, Lakto-Vegetarier oder Ova?«
»Carne.«
»Wie bitte?«
»Fleischesser.« Er wies mit dem Daumen auf seine Brust. »Das bin ich. Ein guter, altmodischer Fleischfresser. Aber ich sehe, daß die anderen alle bereits eingecheckt haben.«
»Die anderen? Kennen Sie sie denn?«
»Lassen Sie mich sehen. Ein großer, dünner Dandy, Ende Zwanzig, mit Rehaugen. Trotzdem ein ziemlich netter Kerl.«
»Das muß wohl Mr. Teitlebaum sein.«
»Ja, der Jude aus Philadelphia. Und von den anderen beiden ist der eine jung, irgendwie unscheinbar. Und der andere, nun, wie kann man Big Red beschreiben, ohne unfreundlich zu sein?«
»Das sind sie«, stimmte ich begeistert zu, hütete mich jedoch davor, ihre Namen zu nennen. Ich hatte meine Grenzen schon überschritten, als ich Joel Teitlebaum identifizierte. Meine Aufgabe besteht darin, Leute einzuchecken und nicht, mit meinen Gästen Ratespiele zu veranstalten. »Kennen Sie diese Leute?«

»Wir gehören alle zum V.G.T.«
»Was ist das denn?«
»Wir sind alle eingetragene Mitglieder im Verein für die Gleichberechtigung der Tiere.«
»Ich tendiere selbst dazu, die Republikaner zu wählen.« Das ist nicht wirklich wahr. Ich wähle die ganze Bandbreite rauf und runter, aber es schien mir richtig, das zu sagen, um den Punktestand auszugleichen.
Er kicherte. »Was ich meine, ist, daß wir alle einer Organisation angehören, die sich mit dem Schutz der Rechte von Tieren befaßt.«
»Welcher Art von Tieren?« Köter wie die von Susannah schienen mir keine Rechte zu haben.
»Nun«, meinte er gedehnt, »in diesem Fall sind es Hirsche.«
Ich muß ihn wohl angestarrt haben. Ich stand schon wieder unter Schock. Schließlich fand ich nach einigen Versuchen meine Stimme wieder. »Sie scherzen wohl! Sie wollen sagen, Sie sind nicht zur Rotwildjagd hergekommen?« Ich fummelte in meinen Akten herum. Sicherlich hatten Billy Dee und all die anderen, die er gerade erwähnt hatte, auf ihren Anmeldungen vermerkt, daß sie zur Eröffnung der Hirschjagd hiersein wollten. »Aber da steht ...«
»Steht da, warum wir hiersein wollten?«
»Sie scherzen wohl«, sagte ich wieder. Ich war nicht in der Stimmung für Späße, aber dies war wohl doch eher ein schlechter Witz.
Jetzt wirkte sein Gesicht nicht mehr vergnügt, so daß er sogar noch mehr wie ein Redneck wirkte, obwohl er sich eigentlich weniger wie einer benahm. »Nein, Ma'am, es ist mein voller Ernst. Wir sind hier, um die Rotwildjagd zu unterbinden.«
Ich hatte Mühe zu glauben, was ich hörte. »Wessen Rotwildjagd? Dort draußen sind staatliche Jagdbezirke. Morgen

früh wird es vor Jägern nur so wimmeln. Sie können sie unmöglich alle aufhalten.«

Billy Dee rieb sich energisch die Hände. »Ma'am, wir haben nicht die Absicht, alle aufzuhalten. Nur den Kongreßabgeordneten und seine Leute.«

Ich fing an, mich leicht benommen zu fühlen. Mit Susannah und Freni tagtäglich zurechtkommen zu müssen lieferte schon Konfliktstoff genug. Außerdem fühlte ich mich hintergangen, ein Gefühl, das mich unweigerlich wütend macht. Ich klammerte mich mit beiden Händen an der Thekenkante fest, schloß die Augen und zählte langsam bis zehn. Erst auf englisch, danach auf deutsch. Dann holte ich tief Luft und öffnete die Augen.

Billy Dee Grizzle war immer noch da. Zu seiner Ehre muß ich sagen, daß er besorgt wirkte. »Ist mit Ihnen alles in Ordnung, Ma'am?«

»Besser könnte es mir gar nicht gehen«, brauste ich auf. »Mr. Grizzle, Sie scheinen ein ganz passabler Kerl zu sein. Warum sind Sie nicht von vorneherein aufrichtig gewesen?« Natürlich kannte ich die Antwort, aber was machte das schon für einen Unterschied?

Billy Dee mag ein wenig verlegen gewesen sein, als er sein verwerfliches Verhalten verteidigte, denn er schaute weg, als er antwortete. »Ma'am, manchmal heiligt der Zweck die Mittel.«

Ich holte tief Luft und atmete langsam durch die Nase aus. Das Zusammenleben mit Susannah hatte mich gelehrt, meine Hyperventilation unter Kontrolle zu halten. Bis zu einem gewissen Grad. »Nicht, wenn mich die Sache in den Ruin führt.«

Er schaute wieder zu mir her. Wenn Billy Dees grüne Augen Fenster zu seiner Seele waren, hatte er eine wesentlich nettere Seele, als er zugab.

»Ma'am, keiner unserer Proteste wird in Ihrem Haus stattfinden, das kann ich Ihnen versprechen. Die Aktionen müssen draußen ablaufen, wo die Jagd stattfindet. Wir können nicht gegen das protestieren, was sie zu tun vorhaben oder bereits getan haben. Das wäre ohne jede Wirkung.«

»Da bin ich aber erleichtert«, sagte ich, vielleicht eine Spur sarkastisch. »Ich nehme an, daß Sie sich nach Ihrem Protest wieder hier versammeln, um gemeinsam Gesellschaftsspiele zu spielen?«

Billy Dee legte erneut mit einem Lächeln seine Zähne bloß. »Das klingt, als würde es Spaß machen. Vor allem, wenn Sie mitspielen wollen. Ernsthaft, Ma'am, wir machen Ihnen keinen Ärger, ich werde die Dinge im Auge behalten.«

»Das einzige Problem ist, Mr. Grizzle, daß es noch jemanden gibt, der versucht, alles im Auge zu behalten. Eine interessierte dritte Partei, könnte man sagen. Ein Reporter.«

Billy Dees Lächeln schien nur ein wenig zu schrumpfen. »Ein Reporter? Sind Sie sicher? Für welche Zeitung?«

»Spielt das wirklich eine Rolle?« fragte ich und fühlte mich plötzlich ziemlich erschöpft. Wenn sich ein einziger Journalist in eine Sache verbeißt, ist es, als lade man weltweit die ganze Zunft zum Tee ein. Natürlich war es günstig für mich, als ein Zeitungsmensch die überschwengliche Kritik über meinen Gasthof schrieb. Aber ich konnte mir auch sehr gut vorstellen, was geschehen konnte, wenn Miss Brown sich mitten in dem Tumult befand, der zwischen diesen beiden Parteien unvermeidlich schien.

»Natürlich spielt es eine Rolle, Ma'am«, sagte Billy Dee nachdrücklich. »Ich kenne eine Menge Journalisten und bin vielleicht in der Lage, auch diesen hier zur Vernunft zu bringen. Sie wissen, ein kleines Gespräch von Mann zu Mann.« Entweder zwinkerte er, oder er hatte einen nervösen Tick.

»Ich zweifle daran, daß Miss Brown die geeignete Kandidatin für ein Gespräch von Mann zu Mann ist.«
»Miss Brown? Für welche Zeitung, sagten Sie gleich?«
»Ich habe nichts gesagt. Ich meine, ich bin mir nicht ganz sicher.« Ich hatte schon so genügend ausgeplappert. Hätte Susannah dies getan, wäre ich wütend gewesen.
»Nun, Sie brauchen sich trotzdem keine Sorgen zu machen, Ma'am«, sagte Billy Dee freundlich. »Wie ich schon sagte, ich werde ein Auge darauf haben und dafür sorgen, daß nichts außer Kontrolle gerät.«
Ich beschloß, Miss Brown zu vergessen, Billy Dee beim Wort sowie seine Kreditkarte zu nehmen und ihn auf sein Zimmer zu bringen. Hinter seiner etwas rauhen Schale verbarg sich ein wirklich sehr angenehmer Mann. Obwohl er viel lachte, war er nach wie vor höflich, was natürlich sehr dabei hilft, ein solch frivoles Verhalten wieder wettzumachen. Aber verstehen Sie mich nicht falsch. Ich war nicht an Billy Dee als Mann interessiert. Ich bin mir sicher, daß er noch nicht einmal Mennonite war. Außerdem habe ich wirklich keine Zeit für solche Betrachtungen, nicht, wenn ich gleichzeitig den Gasthof leiten und Susannah überwachen muß. Diese Tage liegen weit hinter mir.
Nachdem ich Billy Dee in seinem Zimmer abgesetzt hatte, schaute ich in der Küche vorbei, um zu sehen, wie Freni zurechtkam. »Wie steht es mit dem Abendessen?« erkundigte ich mich freundlich.
Freni war dabei, emsig Backformen für das zu backende Brot einzufetten, aber obwohl sie so beschäftigt war, nahm sie sich die Zeit, mich wütend anzustarren. »Ich habe Dillsamen in den Brotteig getan. Ist es dadurch zum Vollkornbrot oder zum Gemüse geworden?«
Ich ignorierte ihre Logik. »Gerade ist ein weiterer Fleischesser angekommen«, sagte ich aufmunternd.

»Wie steht es also jetzt?«

»Fleischesser vier, Veggies drei.«

»Und ich habe ein bißchen Käse in den Knödelteig getan, so haben wir noch etwas Obst«, meinte sie nüchtern. Wenigstens unternahm sie den Versuch, hilfreich zu sein.

»Wo ist Mose?« fragte ich. Normalerweise war er zu dieser Tageszeit in der Küche, um seiner Frau zu helfen.

»Beim Melken.«

»Immer noch?« Bei nur zwei Kühen hätte das Nachmittagsmelken schon vor einer Stunde abgeschlossen sein sollen.

Freni beschmierte eine weitere Backform dick mit Fett. »Nicht er melkt, sondern einer der Gäste.«

»Welcher?«

Freni zuckte die Achseln. »Für mich sehen alle Engländer gleich aus.« Für Freni und Mose waren alle, die keine Amischen oder jedenfalls Mennoniten waren, Außenseiter, das heißt Engländer. Selbst Susannah galt als Engländerin, jetzt wo sie Make-up auflegte und ärmellose Kleider trug.

»Ist es ein Mann oder eine Frau?«

Freni warf mir einen Blick zu, der, hätte man ihn nutzbar gemacht, einen Haufen Aprikosen an einem Regentag hätten verdorren lassen können. »Wir sprechen über *meinen* Mose, Magdalena. Hüte deine Zunge. Der Gast war ein sehr großer Mann. Dünn wie eine Wäscheleine.«

»Aha, Joel Teitlebaum.«

»Ein netter Mensch«, fügte sie mit überraschendem Edelmut hinzu. In diesem Augenblick bemerkte ich, daß das Backfett, das Freni benutzte, nicht pflanzlich war, sondern von ihr selbst ausgelassenes Schweinefett. »Das ist nicht pflanzlich!« rief ich.

»Aber es ist kein Fleisch«, erwiderte sie. Von Fragen des Vegetarismus und Cholesterins abgesehen, zweifelte ich

daran, daß Mr. Teitlebaum erbaut gewesen wäre, wenn er seine Herkunft erfahren hätte.
»Fett ist Fett«, erklärte Freni eigensinnig. »Entscheidend ist, daß das Brot nicht anhaftet.«
»Entscheidend ist«, entgegnete ich knapp, »daß wir unseren Gästen gegenüber ehrlich sind. Ganz zu schweigen davon, daß wir uns nicht in die eigene Tasche lügen sollten.«
»Wie bitte?«
»Nichts.«
»Möchtest du vielleicht selbst kochen?« Freni stellte mir diese Frage stets drei Sekunden bevor sie mir mit ihrer Kündigung drohte.
»Du bist eine großartige Köchin!« sagte ich und floh in Sekundenschnelle.
Hätte ich klar denken können und hätte mich das Zusammentreffen der Jäger und des V.G.T. nicht aus der Fassung gebracht, hätte ich rasch einen Sprung nach Hernia gemacht und dort im Supermarkt frisches Grünzeug gekauft. Dann hätte ich einen Riesensalat gemacht, und alle wären zufrieden gewesen. Die Engländer lieben ihren Eissalat. Er scheint auf sie eine fast besänftigende Wirkung zu haben.
Ich persönlich stehe nicht besonders auf grüne Rohkost. Daß man Zeugs daraufschütten muß, um sie genießbar zu machen, erscheint mir absurd. Dann könnte man ja die Sauce direkt aus der Flasche herunterkippen und das Grünzeug den Karnickeln überlassen?! Aber dies ist nur meine Meinung. Jedenfalls, wäre ich weniger eigensinnig und dafür gefälliger gewesen, hätte es möglicherweise keine Leiche gegeben, die sich an Mamas Dresdner Mustersteppdecke festklammerte.

4

Das neue Eßzimmer nimmt den ganzen unteren Teil des neuen Flügels ein. Eigentlich ist es viel mehr als ein Eßzimmer. In einer Ecke liegt eine halbfertige Steppdecke auf einem stabilen Eichenrahmen. Die Gäste dürfen sich daran versuchen, einige saubere Stiche anzubringen. Natürlich trennen Freni und ich die Naht, die sie fabriziert haben, innerhalb von Sekunden nach ihrer Abreise wieder auf, wenn sie schlecht gearbeitet haben. Schließlich verkaufe ich die Decken in einigen der beliebtesten Schickimickiläden der Ostküste.

Wenn das Steppen von Decken nicht zu ihren Stärken gehört, können sich die Gäste immer noch in der anderen hinteren Ecke des großen Raums im Spinnen oder Weben versuchen. Weder Freni noch ich verstehen etwas von diesen beiden Beschäftigungen; einige der Gäste scheinen eher darin geübt zu sein. Ein Gast, der zwei Wochen gebucht hatte, spann und webte einen sehr schönen Schal, den ich dann für fünfzig Dollar in unserem kleinen Geschenkeshop an der Rezeptionstheke verkaufte.

Ich muß zugeben, daß es für Männer im Gasthof wenig zu tun gibt; also pflege ich ihnen das Schälen von Maiskolben anzubieten.

Zu diesem Zweck liegt ständig ein Haufen Mais zu beiden Seiten der Lehnsessel, die um den hinteren Kamin herumstehen. Von wenigen Ausnahmen abgesehen, beachten ihn die Männer überhaupt nicht. Es scheint, daß sie nach Frenis Mahlzeiten wesentlich lieber einen Mittagsschlaf halten,

statt sich auf irgendeine Tätigkeit zu stürzen. Egal welche. Zumindest vertrauen mir das ihre Frauen gelegentlich an.
Wir essen natürlich jetzt im Speisesaal. Der einzige solide Eichentisch darin ist derselbe, den wir in Susannahs und meiner Kindheit benutzten. Er wurde von meinem Ururgroßvater, »Jakob dem Starken« Yoder, aus einem Baum geschnitten, der auf dem ursprünglichen Grundstück des Bauernhofs stand. An diesem Tisch kann man bequem zwanzig Personen unterbringen, zur Not bis zu fünfundzwanzig. Zufällig hatten Jakob der Starke und seine Frau Magdalena sechzehn Kinder und siebenundvierzig Enkel.
Aber genug mit meiner Familiengeschichte. Der Clou ist, daß alle Gäste am selben Tisch essen. Ich sitze auf meinem rechtmäßigen Platz am Kopfende des Tisches, das zufällig der Küchentür am nächsten ist, und Susannah nimmt den ihr zustehenden Platz am Fußende des Tisches ein. Wenn sie zufällig mal zu Hause ist.
Freni und Mose essen nicht mit uns. Selbst wenn Freni es gutheißen würde, zusammen mit Engländern zu essen, würde es ihr Feingefühl doch nie zulassen, sie dabei zu beobachten, wie sie ihr Essen verspeisen. Oder unter Umständen auch verschmähen. Freni und Mose leben in dem sogenannten »Haus der Großeltern« auf dem Gehöft ihres jüngsten Sohnes, das eigentlich nur einen Katzensprung von hier entfernt ist, sofern man eine Abkürzung wählt. Dort nehmen sie ein spätes Abendessen zu sich. Obwohl ich versucht bin, weiter abzuschweifen und Ihnen ein wenig über ihr eher merkwürdiges Verhältnis zu diesem Sohn zu berichten, denke ich mir, daß Sie das eigentlich nichts angeht, meinen Sie nicht auch? Mich übrigens genausowenig.
In jedem Fall scheint alles ziemlich gut zu funktionieren, wenn die Gäste zusammen zur selben Zeit an einem Tisch sitzen und speisen. Niemand muß je allein reisen, obwohl

ein paar Leute sich darüber beschwert haben, daß sie sich vor den Kopf gestoßen fühlten. Aber man kann schließlich nicht alles haben, oder? Ich bin natürlich diejenige, die die Sitzordnung festlegt. Bei völlig Fremden genügt es nicht, daß sie sich irgendwo auf einen Stuhl fallen lassen. Ich weiß zumindest ein klein wenig über jeden einzelnen Bescheid und versuche, sie so passend wie möglich zu plazieren. Also ignorieren Sie Susannahs Klagen einfach!

Wenn ich schon auf sie zu sprechen komme – eigentlich sollte mir Susannah dabei helfen, den Tisch zu decken, aber im allgemeinen läuft es darauf hinaus, daß ich alles selbst mache. Ich halte es einfach. Ich verwende kein Tischtuch; Sie können sich gar nicht vorstellen, wie meine Gäste essen! Tischmanieren und Geld stehen keineswegs immer in direktem Zusammenhang. Würde ich Tischdecken benutzen, könnte ich einen Großteil meiner Zeit darauf verwenden, Wäsche zu waschen, was keine Art ist, ein Geschäft zu betreiben. Außerdem scheint der blanke Holztisch nicht nur authentisch amisch-mennonitisch, sondern die Splitter, die er verteilt, tragen auch wesentlich dazu bei, Ellenbogen von der Tischplatte fernzuhalten.

Natürlich haben wir Geschirr. Ich muß jedoch zugeben, daß ich etwas knausrig bin, wenn es darum geht, für Töpferware Geld hinzulegen. Was hätte es für einen Sinn, Chinaporzellan hinzustellen, wenn die Gäste erwarten, von handgedrehten Tontellern zu essen? Glauben Sie mir, das von mir ursprünglich bei Woolworth in Somerset erstandene Hartsteingut, das ich seither auf Privatflohmärkten ergänzt habe, erfüllt seinen Zweck durchaus.

Und ist es mein Fehler, daß die Leute annehmen, ich oder einer meiner zahlreichen Verwandten hätte das Zeug fabriziert? Es war nicht meine Absicht, unaufrichtig zu sein, als ich auf der Rückseite Klebeband über den Namen des

Herstellers klebte. Ich brauchte nur einen Platz, auf den ich »Eigentum des PennDutch Inn« schreiben konnte.

Die Gäste wissen nie genau, was auf sie zukommt, wenn sie zum ersten Mal bei uns essen. Dennoch gebe ich mein Bestes, um sie nicht zu enttäuschen. Sie zahlen für die Atmosphäre, und genau das ist es, was ich ihnen liefere. Ginge es nach mir, würde jede Mahlzeit damit beginnen, daß sich alle an der Hand halten und den Kopf zum Gebet beugen. Nach dem Essen würde ich ihnen aus der Bibel vorlesen, auf deutsch natürlich, und dann würden wir ein paar alte Schweizer Kirchenlieder singen. Aber noch nicht einmal Susannah würde dabei still sitzen.

Statt dessen beschränke ich mich auf meine Gastgeberpflichten. Ich begrüße jeden einzelnen Gast, der zum ersten Mal offiziell den Speisesaal betritt, und bringe ihn zu seinem Platz. Normalerweise spreche ich dann mit meinem aufgesetzten deutschen Akzent, der offen gesagt einfach reizend klingt.

Aber an diesem besonderen Tag, direkt vor Eröffnung der Jagdzeit, befand ich mich in der Zwickmühle. Dank des unhöflichen Kongreßabgeordneten Garrett Ream und der eingeschnappten Mrs. Parker wußten alle meine Gäste, daß mein Akzent ein Schwindel war. Die Frage, die sich nun stellte, war, ob ich diese kuriose Vorstellung wieder aufnehmen sollte oder sprechen sollte wie die Engländer. Widerstrebend beschloß ich, auf mein kulturelles Erbe zu verzichten. Susannah, so wußte ich, würde erleichtert sein.

»Guten Abend«, sagte ich freundlich zu Mrs. Ream, die als erste den Speisesaal betrat. Menschen ihres Schlags nehmen es mit der Pünktlichkeit genau. »Darf ich Ihnen Ihren Platz zeigen?«

Lydia Ream lächelte anerkennend und folgte mir gehorsam. »Der Kongreßabgeordnete und Mr. James werden in Kürze herunterkommen. Sie haben gerade einen Anruf empfangen.«

Ich plazierte Lydia direkt zu meiner Linken. Ich hatte gute Gründe, ihren Tischmanieren zu vertrauen, und wollte einen näheren Blick auf ihr Kleid werfen. Eine Kleiderordnung im PennDutch war nie nötig gewesen, weil die Leute hier sich im allgemeinen akzeptabel kleiden. Dennoch ziehen sie sich selten so protzig und todschick an wie Lydia Johns Ream.

Ich nehme an, man würde es ein Ballkleid nennen. Es war bodenlang und bestand aus einer Art Taft. Vorne war es weit genug ausgeschnitten, um eine Bronchitis zu provozieren. Es war außerdem leuchtend rot, eine Farbe, die unsere Mutter Susannah und mir aus Gründen der Sittsamkeit immer zu tragen verboten hatte. Mrs. Ream hatte auch Schmuck angelegt. Echten Schmuck. Diamanten und Rubine und so.

»Sie sehen sehr hübsch aus«, sagte ich. Ich meinte es ernst.

»Danke. Ich hoffe, ich bin nicht overdressed.«

Glücklicherweise schritt in diesem Augenblick Mrs. Parker in den Saal, gefolgt von ihrem jungen Schützling, Linda McMahon. Ich bewegte mich blitzschnell in ihre Richtung, aber bevor ich sie abfangen konnte, hatten sie sich bereits am Tischende niedergelassen. Linda hatte sich dort auf der Lydia gegenüberliegenden Seite hingesetzt und Jeanette ganz am Tischende, genau auf Susannahs Stuhl.

»Guten Abend«, wünschte ich rein mechanisch, um dann direkt dazu überzugehen, sie von dort wieder zu verjagen. »Dieser Stuhl am Tischende ist reserviert.«

»Ich sehe keine Karte oder ähnliches, das darauf hinweist.« Jeanette Parker machte nicht die leisesten Anstalten, sich zu erheben.

»Eigentlich benötigen wir keine Karten, weil alle Gäste von mir, der Gastwirtin, gesetzt werden.«
Linda erhob sich, aber Jeanette blieb wie angewurzelt auf Susannahs Stuhl sitzen. Vielleicht war das ja buchstäblich der Fall. Schließlich trug sie ein hausgesponnenes Pyjama-Outfit, das in sehr blassem Grün eingefärbt war. Wäre da nicht ihr orangefarbenes Haar gewesen, hätte sie für alle Welt wie eine gelbe Kohlrübe ausgesehen. Natürlich sprechen wiederum die wenigstens Kohlrüben.
»Miss Yoder«, sagte die Kohlrübe, »ich habe mir eben fast den Hals gebrochen, um diese unmöglich steile Treppe hinunterzusteigen, ganz zu schweigen davon, daß ich mir einen Nerv im unteren Teil der Wirbelsäule eingeklemmt habe, als ich versuchte, auf diesem scheußlichen Ding, das Sie Matratze nennen, meinen Mittagsschlaf zu halten. Daß ich überhaupt sitzen kann, grenzt an ein Wunder. Ist es wirklich nötig, daß ich wieder aufstehe, jetzt, wo ich endlich bequem sitze?«
»Ja«, sagte ich und drehte mich um, um Joel Teitlebaum und Billy Dee Grizzle zu begrüßen, die an der Tür aufgetaucht waren. Ich werde vielleicht nie Kinder haben, aber die zweiundzwanzig Jahre Unterricht in der Sonntagsschule der Beech Grove Mennonitenkirche haben mich gelehrt, wie man mit Kindern umgehen muß.
»'n Abend, Ma'am«, wünschte Billy Dee herzlich. Er hatte sich umgezogen und trug nun statt des karierten ein einfach geköpertes Hemd, der perfekte Hintergrund für die ziemlich attraktive Krawatte, die er umhatte.
»Guten Abend«, erwiderte ich genauso freundlich und flüsterte dann so, daß nur er es hören konnte: »Machen Sie sich keine Sorgen, die Reporterin ißt nicht mit uns zusammen.«

Billy Dee nickte, und ich wandte meine Aufmerksamkeit Joel Teitlebaum zu.

Falls das überhaupt möglich war, so wirkte er jetzt sogar noch größer und dünner als vorher. Er trug Cordsamthosen, ein gestreiftes Hemd und eine schmale, gestreifte Krawatte, was zweifellos dazu beitrug. Und er schien, aber vielleicht bildete ich mir das auch nur ein, eine bessere Gesichtsfarbe zu haben. Das Melken war ihm offensichtlich bekommen.

»Wie hat Ihnen das Melken gefallen?« erkundigte ich mich. Offen gesagt fand ich es merkwürdig, daß jemand, der prinzipiell keine Milch trank, an einer solchen Aktivität interessiert war.

Joels Gesichtsfarbe verbesserte sich erneut, als er rot wurde.

»Eigentlich bin ich gar nicht zum Melken gegangen. Ich habe mich statt dessen dazu entschlossen, ein Nickerchen zu machen. Aber Mose, ich meine Mr. Hostetler, sagte, er werde mir morgen dabei helfen.«

»Ich verstehe«, entgegnete ich. In Wirklichkeit war das nicht der Fall. Es wurde hier nicht nur zuviel geschlafen, sondern eine Stunde von Moses Zeit war nun auch nicht mehr nachweisbar. Es sei denn, auch er hatte ein Schläfchen gemacht. In beiden Fällen war es besser, wenn Freni es nicht herausfand.

Ich setzte Joel links von Linda, die einen Stuhl aufgerückt war, um für Jeanette Platz zu machen. Sie waren schließlich etwa gleichaltrig und kannten sich vermutlich, da sie beide zum V.G.T. gehörten.

Billy Dee stellte jedoch ein Problem dar. Wenn ich ihn ans Tischende, auf Susannahs andere Seite, setzte, würde sie sich vollends lächerlich machen. Und ich konnte ihn schließlich nicht gut zwischen Lydia und ihren Mann setzen, oder? Also entschied ich mich für die einzige verbleibende

Möglichkeit und setzte ihn direkt rechts von mir, neben Joel. Meine Absichten waren absolut rein, das versichere ich Ihnen.
Glücklicherweise mußten wir nicht viel länger auf den Kongreßabgeordneten Ream und Delbert James warten. Aber kaum traten sie in den Raum, schienen beide verwirrt. Als hätten sie sich im Raum geirrt und ihr Fehler sei ihnen peinlich.
»Sie sind schon richtig hier«, versicherte ich ihnen lachend. Bedauerlicherweise kann mein Lachen ziemlich falsch klingen, wenn ich irritiert bin. Zumindest behauptet Susannah das.
Wenigstens Delbert bewies gute Manieren, indem er sich für sein Zuspätkommen entschuldigte. Ich nahm seine Entschuldigung huldvoll entgegen und setzte ihn nach unten zu Susannah, gegenüber von Jeanette. Es würde interessant sein zu beobachten, wie sich die beiden um den Mann keilten. Obwohl mich der Typ persönlich nicht ansprach, war er sicher ein adretter Mann, trotz seines rosaroten Galahemds.
Den Kongreßabgeordneten Ream setzte ich natürlich neben seine Frau, rechts von Delbert James. Wie seine Frau hatte er sich zum Dinner festlich gekleidet. Aber obwohl er in seinem Smoking mit Fliege gut aussah, war er nicht halb so beeindruckend wie sie. Aber es ist ja auch niemand wirklich gut angezogen, wenn ihm die entsprechenden Manieren fehlen, wie ich immer sage.
Selbst ich war im Begriff, Susannah aufzugeben, als sie in den Saal wirbelte. Ich hätte es wissen sollen. Meine kleine Schwester muß wohl einen Blick auf die elegante Mrs. Ream geworfen und beschlossen haben, sie zu übertreffen. Nicht daß sie dazu imstande gewesen wäre, das versteht sich von selbst. Meines Wissens besitzt Susannah kein Ballkleid und

schon gar keinen wertvollen Schmuck. Sie besitzt jedoch eine erstklassige Phantasie.
Hätte Mama Susannahs Outfit vorhergesehen, hätte sie ihren Tod wohl um zwanzig Jahre verschoben. »Outfit« ist das einzige Wort, um das zu beschreiben, was meine Schwester trug. Es war definitiv weder ein Kleid noch ein Hosenanzug. Es war leuchtend pink und so dünn, daß man Suppe hätte hindurchpassieren können. Es war zugleich bauschig und einengend. Teile davon schleppte sie hinter sich her wie ein im Wind flatterndes Band, jedoch schien an einigen kritischen Zonen der Stoff bei weitem zu knapp bemessen. Und als sei es damit nicht genug, hatte Susannah ihre Kreation auch noch mit fünf Pfund billigem Glasschmuck und ein bis zwei Pfund Make-up ergänzt. Hätte ich nicht ihr billiges Parfüm gerochen, hätte ich sie zuerst gar nicht erkannt.
»Du kommst zu spät«, flüsterte ich, als sie vorbeiwallte.
Susannah würdigte mich keines Blickes. Sie war zu sehr damit beschäftigt, zu registrieren, daß Billy Dee nicht an ihrem Tischende saß. Sie blickte finster, bis sie Delbert James entdeckte. Mit intensiv flatternden Stoffbahnen ließ sich Susannah auf dem von Jeanette freigegebenen Stuhl nieder.
Ich läutete die kleine Messingglocke vor mir. Bis jetzt stand kein Essen auf dem Tisch, außer den eingelegten Eiern, den roten Beten und dem Dillsamenbrot. Natürlich bleiben Dinge wie Butter und Apfelbutter hierbei unberücksichtigt, die manch einer von uns als Obst betrachtet. Oder die vier großen Krüge mit kuhwarmer Milch. Auf jeden Fall dauerte es nicht lange, bis Freni und Mose erschienen, wobei beide eine dampfende Terrine trugen. Ich bat Mose, seine an Susannahs, und Freni, ihre an meinem Tischende abzustellen. Und beide machten ein

paar Schritte zurück, als warteten sie auf weitere Anweisungen.

Ich linste in die bei mir stehende Terrine und lächelte glücklich. Letzten Endes war Freni vernünftig geworden und meinen letzten Anweisungen gefolgt. »Die Terrine vor mir enthält traditionell zubereitetes amisches Hühnchen mit Knödeln«, verkündete ich stolz. »Und natürlich etwas Gemüse«, fügte ich pointiert hinzu. Alle schienen andächtig zu lauschen. »Für diejenigen mit spezieller Diät«, fuhr ich fort, »hat Mrs. Hostetler eine fleischlose Version zubereitet, die Sie in der anderen Terrine finden.«

Ein Blick auf Freni zeigte mir, wie erfreut sie war, daß ich ihre Bemühungen anerkannte.

»Enthält die fleischlose Version Milchprodukte?« fragte Jeanette, ohne auch nur den Deckel zu heben und das wunderbare Aroma von Frenis Küche zu würdigen.

»Oder Eier?« erkundigte sich Linda mit ihrer zarten Stimme.

Aus den Augenwinkeln konnte ich sehen, wie Freni die Stirn runzelte.

»Nun, wie steht es damit?« hakte Jeanette nach.

Der Kongreßabgeordnete Ream schien nicht zu bemerken, daß eine Unterhaltung stattfand. »Wann bekommen wir die Weinkarte zu sehen?« erkundigte er sich.

Susannah kicherte, und ich blickte finster auf sie und den Kongreßabgeordneten. »In diesem Haus gibt es keinen Alkohol. Das ging aus der Broschüre klar hervor«, erinnerte ich ihn.

Garrett Ream blicke erst auf seinen Berater, dann auf seine Frau und suchte nach Bestätigung. Beide nickten. »Das ist vielleicht eine verdammte Art und Weise, die Jagdzeit zu beginnen!« brummte er.

Ich tat mein Bestes, um meinen finsteren Blick in ein wüten-

des Funkeln zu verwandeln. »Und dieses Haus duldet auch keine Kraftausdrücke.«
Susannah kicherte erneut und flüsterte Delbert etwas zu.
»Also, sind Eier und Milchprodukte in diesem Gebräu oder nicht?« Jeanette ließ sich nicht halb so leicht ablenken, wie ich gehofft hatte.
»Mrs. Hostetler verwendet in all ihren Gerichten nur frische, biologische Zutaten«, wich ich aus. Die Ausflucht war nicht viel wert.
»Ja oder nein?« fragte Jeanette fordernd. Sie stand nun, und das tiefe Rot ihres Gesichts biß sich mit der orangen Farbe ihres Haars.
»Nein«, versicherte ich schnell. »Natürlich nicht.« Ohne Zweifel war mein eigenes Gesicht so rot wie das von Jeanette. Ich verspürte einfach Scham, denn ich bin es nicht gewöhnt zu lügen, und es schmerzt mich wirklich jedesmal, wenn ich es tun muß.
Jeanette öffnete nun die Terrine und studierte ihren Inhalt. »Wissen Sie, Miss Yoder, ich versuche hier nicht absichtlich Schwierigkeiten zu machen. Ich stelle diese Fragen nur, weil ich es muß. Ich habe zwölf Jahre weder Eier noch Milchprodukte zu mir genommen und bin inzwischen dagegen allergisch.«
Ich schluckte schwer und warf Freni einen weiteren verstohlenen Blick zu. Sie zuckte mit keiner Wimper.
»Wenn Sie schon seit zwölf Jahren weder Eier noch Milchprodukte gegessen haben, wie zur Hölle – entschuldigen Sie, Miss Yoder – wollen Sie dann wissen, daß Sie dagegen allergisch sind?« knurrte der Kongreßabgeordnete.
Seine Frau, gesegnet sei sie, öffnete augenblicklich die Terrine, die vor ihr stand, und atmete demonstrativ den Duft ein, der aus dem Riesenbehälter stieg. »Es riecht absolut

köstlich. Sie müssen mir unbedingt das Rezept davon geben!«

Ich lächelte dankbar und war die nächsten paar Minuten damit beschäftigt, für die Fleischesser am Tisch Portionen aus dem Topf mit Huhn zu fischen. Susannah, selbst überzeugte Fleischfresserin, tat gehorsam ihre Pflicht, indem sie den Pflanzenfressern aus dem anderen Topf austeilte. Zum Schluß hauten wir alle rein.

»Erstklassiges Essen, Ma'am«, sagte Billy Dee mit noch vollem Mund. Es kam zustimmendes Gemurmel von seiten der Fleischfresser, und zumindest spuckte keiner der Pflanzenfresser das Essen wieder aus. Freni lächelte breit.

»Ich glaube, meine Großmutter war Deutschamerikanerin«, berichtete Delbert James stolz.

Susannah wich scheinbar entsetzt zurück. »Ihr Geheimnis ist bei uns sicher.« Es ertönte das übliche höfliche Gelächter.

»Habe ich Sie sagen hören, Sie seien Jäger, Sir?« wandte sich Joel Teitlebaum höflich an den Kongreßabgeordneten.

Garrett Ream legte die Gabel zur Seite und betrachtete den jungen Mann auf der anderen Tischseite. »Ja, das stimmt. Kongreßabgeordneter Garrett Ream.«

»Joel Teitlebaum, Sir. Aus Philadelphia. Nicht gerade Ihr Wahlbezirk.«

»Jagen Sie auch, Mr. Teitlebaum?«

»Ich bin Bildhauer. Ich ...«

»Und Sie?« fragte Garrett Ream, an Billy Dee gerichtet.

»Billy Dee Grizzle. Bauunternehmer.«

Garrett Ream nickte ungeduldig. »Gehen Sie zur Jagd?«

»Früher einmal«, erwiderte Billy Dee. »Eichhörnchen, Fasanen, Rotwild oder jedes andere Wild, das Sie sich denken können.«

»Ich verstehe«, meinte der Kongreßabgeordnete sarka-

stisch. »Wir haben es also hier mit einem bekehrten Jäger zu tun?«
Billy hatte gerade einen großen Bissen im Mund, also nickte er nur.
»Haben Sie schon mal einen Keiler geschossen?«
Billy antwortete mit vollem Mund. »Ja. In Texas oft.«
»Wo in Texas?« fragte ich. Meine Cousine Anna Kauffman hatte einen Methodisten geheiratet und war 1974 nach Houston gezogen. Seither hatte ich von ihr nichts mehr gehört.
»San Antone«, sagte Billy Dee stolz. Er wandte sich wieder an den Kongreßabgeordneten. »Ich habe die Jagd jetzt aufgegeben, aber die Keiler waren meine liebste Beute. Aufregender als Rotwild.«
»Zumindest haben Keiler eine kleine Chance«, meinte Jeanette. »Hirsche lassen sich jagen wie die Hasen.« Ein paar Leute lachten über ihren unfreiwilligen Scherz, und ich schäme mich zu sagen, daß ich dazugehörte.
»In Marokko haben sie keine große Chance«, erklärte der Kongreßabgeordnete. »Sie haben Treiber, die sie aus den Bergen heruntertreiben, und die Jäger sitzen in Deckung, um sie abzuschießen.«
»Wir hatten das Glück, einmal an einer Jagd König Hassans von Marokko teilzunehmen«, erklärte Lydia. »Das Atlasgebirge ist im April exquisit.«
»Wir haben an jenem Tag über vierhundert abgeschossen«, verkündete der Kongreßabgeordnete stolz. »Wir haben sie gestapelt wie ein Klafter Holz. Natürlich waren wir etwa fünfzig, einschließlich Seiner Majestät. Das war das schönste Erlebnis meines Lebens.«
»Für mich klingt es ganz schön widerlich«, sagte Jeanette. »Ich kann nicht glauben, daß Sie auf eine solch barbarische Tat auch noch stolz sind.«

»Was ist übrigens ein Keiler?« fragte Linda.
»Eine Art Wildschwein«, antwortete Delbert James. »Mit Hauern.«
»Haben Sie auch einmal gejagt?« erkundigte sich Susannah.
»Nicht ganz. Die Jagd war nur für Kongreßabgeordnete und ihre Frauen vorgesehen. Aber ich konnte an jenem Morgen weiter oben auf ganz besondere Weise Ski laufen. Marokko hat ein paar erstklassige Abfahrten.«
»Ich fahre Ski«, sagte Susannah. »Oben in Seven Springs.«
Das war mir neu.
»Ich würde wahnsinnig gerne reisen.« Ich konnte es mir nicht verkneifen, das zu sagen. Nicht etwa, daß mir jemand zuhörte. Denn sobald ich meinen Mund öffnete, tat Jeanette es mir nach und begann zu zischen: »In dieser Brühe schwimmt Hühnerfett!«
Ich drehte mich um, um Freni anzusehen, aber sie und Mose waren verschwunden. »Das kann nicht sein«, sagte ich dann. »Sind Sie sicher?«
»Auf meinem Teller schillern Fettaugen. Wie würden Sie das denn nennen?« fragte Jeanette mit Nachdruck.
»Wie unfein.« Linda schauderte.
In diesem Augenblick fing Schnuckelchen, das irgendwo in Susannahs bauschigem Kostüm versteckt war, jämmerlich an zu jaulen. Natürlich hatte bis auf Billy Dee keiner den leisesten Schimmer, was hier geschah.
»Ich entschuldige dich«, sagte ich scharf zu Susannah. »Ein bißchen doppelkohlensaures Natrium, und du solltest dich morgen früh fühlen wie neugeboren.«
Mein wütender Blick muß so vernichtend gewesen sein, wie ich beabsichtigt hatte, denn Susannah stand auf und verschwand wortlos.
»Nun?« wiederholte Jeanette.
»Reichen Sie mir die Terrine«, sagte ich, so ruhig ich konn-

te. Als sie vor mir stand, prüfte ich anhand von Stichproben ihren Inhalt, so objektiv ich konnte. Die angeblich fleischlose Version hatte offen gesagt weniger Geschmack als die, von der ich wußte, daß sie Huhn enthielt. Dies bestätigte mich in dem Glauben, daß in der Tat ein Unterschied zwischen den beiden Terrinen bestand. Auf der anderen Seite schwammen eindeutig kleine, goldene Bläschen von irgend etwas in der Brühe, die an den Knödeln und dem gedämpften Gemüse festhingen.

»Nun?« fragte Jeanette.

»Ich glaube, mir wird schlecht«, sagte Joel. Sein Gesicht hatte die kohlrübengrüne Farbe von Jeanettes Kleidung angenommen.

»Vermutlich ist es nur Maiskeimöl«, sagte Linda beruhigend. »Selbst Julia kocht mit Maiskeimöl.«

Ich strahlte sie an. Ich wußte nicht, wer Julia war, und ich war mir sicher, daß Linda noch nie eine Küche von innen gesehen hatte, aber ich war ihr für ihre Hilfe dankbar. Ermutigt läutete ich die kleine Messingglocke.

Freni mißverstand mich und hielt einen Apfelkuchen in jeder Hand, als sie wieder erschien. Ich nahm ihr die Kuchen rasch ab. »Freni.« Ich bemühte mich, leise zu sprechen. »Hast du meine Anweisungen nicht befolgt?«

Freni schaute mich an, als hätte ich ihr eine Ohrfeige versetzt. »Du hast mir gesagt, ich solle eine Terrine mit und eine ohne Fleisch servieren, Magdalena, und genau das hast du bekommen.«

»Da sehen Sie es!« sagte ich, mich triumphierend an die anderen wendend, die ohne Zweifel unser Gespräch sowieso mitgehört hatten. »Diese Terrine ist vollvegetarisch.«

»Schmeckt auch gut«, sagte Billy Dee, der sich einen Knödel zum Probieren herausgenommen hatte. »Sehr gute Küche.«

Freni strahlte. »Schließlich ist es gar nicht so schwierig,

vegetarisch zu kochen«, berichtete sie. »Man kocht einfach wie gewöhnlich und spült dann das Zeug, das vegetarisch sein soll, unter dem Wasserhahn ab.«

Joel drückte sich sofort die Serviette auf den Mund und floh aus dem Zimmer.

Jeanette Parker lockerte ihre Wurzeln und erhob sich aus ihrem Stuhl. Mir war gar nicht klar gewesen, wie groß sie war. Von meinem Stuhl aus schien sie wie ein blaßgrüner Monolith über den Tisch zu ragen. »Dies ist ein Vertragsbruch, Miss Yoder«, rief sie. »Wenn sich herumspricht – und das wird es –, daß Sie in diese Angelegenheit verwickelt waren, dann können Sie sich von Ihrem gemütlichen kleinen Gasthof verabschieden. Und Sie«, sagte sie, indem sie mit ihrem langen, stark beringten Finger auf Freni zeigte, »Sie sind eine Bedrohung und Schande für Ihren Berufsstand. Was haben Sie versucht – wollten Sie mich mit tierischen Toxinen umbringen?!« Sie schob ihren Stuhl mit einem Ruck beiseite und schritt aus dem Saal.

»Sie hat es nicht so gemeint«, erklärte Linda sanft und eilte ihrer Mentorin hinterher.

»Machen Sie sich keine Gedanken«, sagte Lydia Ream freundlich. »Sie sind nicht verpflichtet, die diätetischen Bedürfnisse Ihrer Gäste zu erfüllen. Sie müssen sie nur reichlich mit Essen versorgen, hab' ich recht?« Sie drehte sich zu den zwei Männern neben ihr und suchte nach Bestätigung.

»Ja, Liebes«, sagte der Kongreßabgeordnete, aber es war offensichtlich, daß er nicht in die Angelegenheit verwickelt werden wollte.

»Mrs. Ream hat absolut recht«, pflichtete Delbert James etwas liebenswürdiger bei.

Danach fühlte ich mich besser, hatte aber immer noch eine Stinkwut. Ich mußte meinen Frust an jemandem auslassen.

»Freni«, sagte ich mit zusammengebissenen Zähnen, »du bist gefeuert.« Dann widerrief ich die Kündigung schnell öffentlich, aus Angst, Freni könnte mich ernst nehmen. Es waren einfach zu viele Gäste, als daß ich es allein hätte schaffen können.

Aber es war zu spät. »Ich gehe sowieso«, brauste sie auf, bevor sie aus dem Saal stampfte.

Nun, bevor Sie zu sehr aus der Fassung geraten, sollte ich erwähnen, daß ich Freni schon häufiger gefeuert habe und sie selbst in der Tat durchschnittlich einmal pro Woche kündigt. Dennoch hätte es wohl keine Leiche gegeben, die sich an Mamas Dresdner Mustersteppdecke klammerte, wenn ich mich an jenem letzten Tag vor Eröffnung der Jagdzeit weniger rasch geärgert hätte. Na ja, wer weiß, vielleicht hätte es sie trotzdem gegeben.

5

Freni Hostetlers Rezept für Hühnchen mit Knödeln

Für 8 Personen

2	Hühner (am besten einjährige Tiere)
1 1/2	Teelöffel Salz
	zerstoßener schwarzer Pfeffer
6	mittelgroße, geviertelte Kartoffeln
3	große, in Scheiben geschnittene Karotten
1	große, gehackte Zwiebel
4	Eßlöffel gehackte Petersilie
350 g	Mehl
1	Teelöffel Salz
3	Teelöffel Backpulver
	zerstoßene Muskatnuß
3	geschlagene Eier
60 cl	Sahne

Hühnchen rupfen und ausnehmen. Köpfe, Innereien und Beine an streunende Katzen verfüttern. Mit Leber, Magen und Vormagen tun Sie, was Sie wollen. Hühner in kleinere Stücke zerschneiden und in einen großen, gußeisernen Topf tun. Mit Salz und Pfeffer bestreuen und mit Wasser bedecken. Langsam köcheln lassen, bis die Hühner fast

durch sind. Dann überschüssiges Fett und Schaum von der Oberfläche abschöpfen. Gemüse hineintun und weitere zwanzig Minuten kochen lassen.
Für die Knödel die trockenen Zutaten miteinander vermischen. Dann die geschlagenen Eier und genügend Sahne für einen zähen Teig dazugeben, der sich vom Löffel löst. Den Knödelteig mit dem Löffel oben auf die kochende Brühe und das Fleisch geben. Topf fest schließen und weitere zehn Minuten kochen. Topf erst öffnen, wenn das Essen serviert wird.

6

Jetzt, wo Freni weg war, mußte ich das Geschirr wohl selbst abspülen, da ich Susannah auf ihr Zimmer verbannt hatte. Nicht, daß es mir etwas ausmachte. Ich finde es immer dann beruhigend, meine Hände in heißes Wasser zu tauchen, wenn ich in Schwierigkeiten bin. Wenn meine Hände es aushalten, kann ich es auch.

Ich erwartete sicherlich keine Gesellschaft an der Küchenspüle und hätte es fast vorgezogen, allein zu sein. Aber es empfiehlt sich nicht, zu zahlenden Gästen unhöflich zu sein. Vor allem, wenn sie versuchen, nett zu sein.

»Wo haben Sie Ihre Geschirrtücher versteckt?« fragte Lydia fröhlich. Sie hatte ihr Ballkleid gegen einen legeren, rosaroten Kaschmirpulli und Naturleinenhosen getauscht.

Ich öffnete eine Schublade und nahm einen Stapel fein säuberlich gefalteter Tücher heraus. »Unter Umständen muß ich von Ihnen für dieses Privileg einen Zuschlag verlangen«, sagte ich, halb im Spaß.

»Wir wenden uns also dem ganz einfachen Leben zu?« erkundigte sich Delbert James, der in der Türöffnung auftauchte.

Auch er hatte sich umgezogen oder zumindest Krawatte und Jackett abgelegt.

Lydias Augen leuchteten auf wie ein gutgeschnittener Kerzendocht, der mit der Flamme in Berührung kommt. »Ich hoffte, wir Mädchen würden unter uns bleiben«, rief sie fast. Es war peinlich deutlich, daß sie alles andere hoffte als das.

Ich schluckte zum dritten Mal überrascht und reichte beiden ein Geschirrtuch. »Stapeln Sie das trockene Geschirr auf dieser Theke. Ich räume es dann ein. Die Töpfe können Sie dort an die Haken hängen.«

»Aye, Aye, Captain«, sagte Delbert. Ohne Krawatte – aber vielleicht war es auch der nicht anwesende Kongreßabgeordnete – war er ein völlig anderer Mensch.

»Ich nehme an, dies ist für Sie beide eine Premiere«, neckte ich sie. Nun, vielleicht sondierte ich auch nur.

Delbert kicherte. »Nicht für mich. Ganz und gar nicht. Ich habe mich seinerzeit bei der Northwestern als Tellerwäscher durchgebracht. Vier Jahre Journalismus, bezahlt mit Spülhänden.«

»Sind Sie ausgebildeter Journalist?«

»Eigentlich Ghostwriter für Reden.«

»Das klingt sehr interessant. Meine Schwester, Susannah, wollte immer Schriftstellerin werden. Aber Belletristik, keine Reden.«

»Gibt es da einen Unterschied?« fragte Lydia.

Wir brachen alle in Gelächter aus. »Was genau tut der Berater eines Kongreßabgeordneten?« fragte ich.

»Außer dem Abfassen von Ansprachen so gut wie alles«, erwiderte Delbert. »Ich fungiere sogar als Gewehrträger.«

»Also jagt nur der Kongreßabgeordnete?«

»Ich jage auch«, widersprach Lydia. Es schwang etwas wie Stolz in ihrer Stimme mit. »Daddy hat mich auf Safari nach Afrika mitgenommen, als ich noch klein war. Natürlich war das in der guten alten Zeit, als man noch wenig über Artenschutz nachdachte.« Sie machte eine Pause und warf mir einen leicht herausfordernden Blick zu. »Die Rotwildjagd in Pennsylvania ist eine ganz andere Sache.«

»So ist es«, pflichtete ich bei. Ich verstand sehr wohl. Es gibt nun wesentlich mehr Wild im Staat als zu der Zeit, als die ersten weißen Siedler hier auftauchten. Jahr für Jahr werden über tausend Hirsche allein auf dem Highway unserer Region von Autos überfahren. Ich selbst könnte bewußt keinen umbringen, was nicht heißt, daß ich nicht von Zeit zu Zeit das Bedürfnis verspüre, wenn ich einen in meinem Garten finde.

»Lydia, ich meine Mrs. Ream, ist ein erstklassiger Schütze«, sagte Delbert. Er senkte die Stimme. »Sie kann dem Kongreßabgeordneten quasi jeden Tag die Schau stehlen.«

Lydia lachte und gab Delbert spielerisch mit ihrem Geschirrtuch einen Klaps. Ich schaute diskret zur Seite. Im allgemeinen versuche ich, den Mumpitz meiner Gäste zu ignorieren, was natürlich nicht bedeutet, daß ich ihn gutheiße. Es ist nur so, daß mir Susannah schon alle Hände voll zu tun gibt. »Ich habe die Absicht, den größten Bock der Gegend zur Strecke zu bringen«, sagte sie und imitierte dabei Billy Dees Akzent.

»Stört es Sie, daß der V.G.T. im Gasthof wohnt?« fragte ich sie. Es war mehr eine Warnung als eine Frage. Ich mochte Lydia wirklich und wollte nicht, daß sie von Leuten wie Jeanette Parker zur Rede gestellt wurde.

»Wie?«

»Sie meint«, erklärte Delbert, der feierlich sein Geschirrtuch zusammenfaltete, »daß Billy Dee und die anderen einer Organisation angehören, dem Verein für die Gleichberechtigung von Tieren. Sie wenden sich philosophisch und moralisch dagegen, Tieren das Leben zu nehmen. Sie sind vor allem gegen die Jagd als Sport.«

Lydias Gesicht verlor plötzlich seinen munteren Ausdruck. Obwohl sie nur einen Moment zuvor noch entspannt und erstaunlich jugendlich gewirkt hatte, schien es nun, als habe sie sich soeben eine Maske wohlerzogener Unergründlichkeit übergezogen. Selbst ihre Diktion hatte sich geändert. »Und wie lange wissen Sie das schon, Delbert?«

Delbert räusperte sich, bevor er antwortete. »Der Kongreßabgeordnete und ich erkannten beide Mrs. Parker und Miss McMahon, als wir heute abend in den Speisesaal kamen. Beide waren einige Male am Capitol Hill, um ihrer Sache Nachdruck zu verleihen.«

»Und die anderen zwei? Mr. Grizzle und der Bildhauer aus Philadelphia?«

»Garrett«, er blickte mich an, »ich meine der Kongreßabgeordnete, vermutete, sie könnten auch zu der Organisation gehören. Das war der Grund, weswegen wir beim Abendessen die Fragen zur Jagd stellten. Ein kurzer Anruf anschließend bestätigte unsere Vermutung. Mr. Grizzle ist seit drei Jahren Mitglied, Mr. Teitlebaum, der Bildhauer, seit fast sieben Jahren. Soviel wir wissen, haben sie sich alle hier versammelt, um unsere morgigen Pläne zu durchkreuzen.«

»Sie wußten davon?« fragte Lydia. Die Frage war an mich gerichtet und klang schneidend wie eine Anklage.

Die wertvollste Lektion meines Vaters ist gewesen, daß man vertrauensvoll zu sich stehen soll. Vor allem wenn man nichts Falsches getan hat. Wir Mennoniten mögen Pazifisten sein, aber wir sind nicht leicht unterzukriegen. »Jeder muß auf den Sechssitzer«, pflegte Papa zu sagen. »Und es endet alles in demselben großen Loch.« Der Sechssitzer war unser Außenabort, und die meiste wertvolle Zeit scharte sich unsere Familie um dieses eine große Loch. Natürlich haben wir jetzt sanitäre Installationen im Haus und Telefon in jedem Zimmer. Zufällig ist unser Sechssitzer immer noch das größte Außenklo der Gegend.

»Natürlich wußte ich nichts davon. Zumindest nicht, als ich die Reservierungen für diese Woche entgegennahm. Erst als Billy Dee eintraf, und ich darf vielleicht hinzufügen, daß er der letzte Gast war, fand ich es heraus. Er hat es mir selbst erzählt.«

Lydias Maske war noch immer fest an Ort und Stelle. »Und wie lange wollten Sie die Information für sich behalten?! Bis Zeitungsreporter davon Wind bekommen hätten und Sie neue Publicity für Ihren Gasthof würden herausschlagen können?«

Da sträuben sich sogar mir die pazifistischen Nackenhaare. Das PennDutch braucht keine zusätzliche Werbung. Und schon gar nicht durch die Konfrontation von kontroversen Thesen. »Und wie lange wollten Ihr Mann und sein Berater ihre Entdeckung vor Ihnen geheimhalten? Schließlich war ich es, die Sie darauf hingewiesen hat, nicht die beiden Herren.«

Die Maske verrutschte ein Stückchen. »Es tut mir leid, Miss Yoder. Ich entschuldige mich. Der Punkt geht an Sie.«

Man soll keine Gelegenheit vorübergehen lassen, einem toten Pferd einen Tritt zu versetzen. Schließlich ist das eine Art Training. Ich war versucht, Lydia zu sagen, daß bereits eine Journalistin an Ort und Stelle war. Weise schloß ich jedoch, daß es wohl mehr Ärger bringen würde, Lydia dies unter die Nase zu reiben, als die Sache wert war. Statt dessen beschloß ich, ihre Entschuldigung anzunehmen. Die Leute hassen es, wenn man ihnen vergibt.

»Ich vergebe Ihnen«, sagte ich.

Lydias Gesicht nahm die Farbe von Frenis eingelegten roten Beten an. »Wenn Sie mich jetzt bitte entschuldigen, ich habe einige Dinge zu erledigen.« Sie legte das Geschirrtuch vorsichtig hin und verließ mit dem hoheitlichen Gehabe einer Königin meine bescheidene Küche. Delbert jagte ihr sofort wie ein treuer Hund hinterher. Natürlich ein Hund einer viel größeren und ruhigeren Rasse als Schnukkelchen.

Ich machte den Abwasch allein zu Ende. Das heiße Wasser hatte die gleiche therapeutische Wirkung wie immer. Als ich den Stöpsel herauszog und den Rest Wasser dabei beobachtete, wie er den Abfluß hinunterstrudelte, stellte ich mir vor, meine Probleme seien die Nahrungsmittelreste, die in den Strudel hineingezogen wurden. Von Jeanette Parker bis hin zu Lydia Johns Ream, der ganze Wust einschließlich Susannah nebst Köter, drehte sich, bis er außer Sicht und vorübergehend auch aus dem Sinn war. Sehr vorübergehend. Ich war noch dabei, die Spüle auszuwischen, als der Kongreßabgeordnete höchstpersönlich mir einen Besuch abstattete.

»Miss Yoder!«

Ich wirbelte herum und drückte mir das nasse Geschirrtuch an die Brust. Seit sich der verrückte Maynard Millar eines Nachts vor meinem Fenster vor mir entblößt hatte, bin ich nicht mehr so erschrocken. Oder habe mich so schuldig gefühlt.

»Ja!«

Mr. Ream hatte direkt hinter mir gestanden, und als ich mich herumdrehte, stach er mir mit seinem gerade ausgestreckten Zeigefinger fast ins Auge. Als ich ihn so nahe vor mir sah, kreischte ich unwillkürlich. Leider hatte ich keinen Platz, um auszuweichen, und drückte mir den Hintern an der noch warmen Spüle platt.

»Miss Yoder«, sagte er mit zusammengebissenen Zähnen. »Ich bin ein geduldiger Mensch. Ein toleranter Mensch. Aber ich lasse es nicht zu, daß sich andere Leute in meine Angelegenheiten einmischen. Ist das klar?«

Ich fühlte mich wie damals, als Mr. Lichty, mein Lehrer in der sechsten Klasse, mich in der Stunde über die ungekürzte Division beim Kritzeln erwischte. Obwohl Garrett Ream und ich etwa gleichaltrig waren, verlieh mir die Tatsache, daß er Kongreßabgeordneter der Vereinigten Staaten und überdies Mitglied der Episkopalkirche war und ich bloß eine mennonitische Gastwirtin, das gleiche Gefühl von Ebenbürtigkeit ihm gegenüber, wie Schnuckelchen es vermutlich mir gegenüber verspürte. »Ja, Sir, ich verstehe«, sagte ich. Natürlich war das nicht der Fall. Was ich seiner Frau gesagt hatte, war meine Sache und ging ihn nichts an.

»Es ist schon schlimm genug, daß Sie diese Leute während meines Jagdaufenthalts hier einquartiert haben. Aber Sie haben kein Recht, Mrs. Ream mit unnötigen Informationen zu ängstigen.«

»Ich wollte sie nicht ängstigen, nur informieren.«

»Zu welchem Zweck?«

»Sie vor einer Auseinandersetzung mit Jeanette Parker zu bewahren. Es ist bisher nicht geschehen, aber ich habe Berichte über Tierrechtaktivisten gelesen, die Jäger in anderen Gegenden drangsaliert haben.«

»Ich kann mich selbst um meine Frau kümmern, danke. Und um Mrs. Parker.«

»Nun, entschuuuldigen Sie, daß ich mir Gedanken gemacht habe«, sagte ich. Es war genau der Tonfall, den Susannah annahm, wenn sie alles andere will als sich entschuldigen. Wahrscheinlich hatte ich genug. Auch wenn Garrett Ream Kongreßabgeordneter war, mußte er so oft auf den Sechssitzer wie wir alle.

Er wich leicht zurück, aber ich drückte meinen Hintern weiterhin gegen die Spüle.

»Nun, das war nicht der einzige Grund, weswegen ich mit Ihnen sprechen wollte«, sagte er. Er war jetzt eindeutig weniger angriffslustig; neben dem Zwiebelgeruch seines Atems konnte ich förmlich riechen, daß er mich um einen Gefallen bitten würde.

Ich sagte nichts. Zum ersten Mal an jenem Abend hatte ich ein Gefühl von Macht.
»Verstehen Sie«, beeilte er sich zu erklären, »um jede Konfrontation mit der Gruppe zu vermeiden, müssen wir das Hotel sehr früh verlassen.«
»Das macht Sinn. Vorausgesetzt, die anderen folgen Ihnen nicht.« Ich war stark versucht, ihm zu sagen, daß oben eine Journalistin die Matratze abhorchte.
»Sie sagen es ihnen nicht, nicht wahr?« Es war mehr ein Befehl als eine Frage.
»Ich bin nicht so dumm, wie Sie glauben.«
Er lächelte in dem offensichtlichen Versuch, mich zu besänftigen. »Sie sind alles andere als das, Ihnen kann man nichts vormachen, Miss Yoder. Wenn Sie bei mir beschäftigt wären, könnte ich sicher viel mehr erledigen.«
Ich lächelte nicht zurück. »Ich bin nicht auf der Suche nach einem Job, Herr Kongreßabgeordneter. Was genau wollen Sie?«
Er seufzte – es war ein falsch klingender Seufzer der Niederlage – und fuhr sich mit den Fingern durch das dichte dunkle Haar. »Nur Frühstück. Ein frühes Frühstück – sagen wir gegen fünf und Picknickpakete für uns drei. Und Sie dürfen gerne Fleisch verwenden.« Dann lachte er über seinen eigenen kleinen Witz.
»Speck und Eier für fünf um drei – ich meine für drei um fünf. Und Schinken-Salat-Sandwiches zum Mitnehmen. Ist das alles?«
»Und daß Sie meiner Frau nichts von unserer kleinen Unterhaltung sagen.«
»Wie Sie wünschen.«
Er ging abrupt, ohne mir auch nur zu danken. Als ich ihn beim Gehen beobachtete, stellte ich fest, daß der Kongreßabgeordnete Garrett Ream nicht mehr so gut auszusehen

schien wie bei seiner Ankunft. Seine Gesichtszüge mögen ebenmäßig gewesen sein, vielleicht sogar klassisch, aber er war trotzdem häßlich.

»Bitte schließen Sie die Tür!« rief ich ihm nach.

Er tat es natürlich nicht. Erschöpft fing ich an, die Lunchpakete zu richten, die er bestellt hatte. So müde ich war, morgens um fünf würde ich noch müder sein. Das wußte ich.

7

Vor dem Zubettgehen steckte ich den Kopf in den Speisesaal. Gäste lassen unentwegt das Licht brennen. Bei einer kürzlichen Umfrage, die von meiner werten Person durchgeführt wurde, stellte sich heraus, daß die Leute achteinhalbmal mehr Strom und Wasser verbrauchen, wenn sie nicht zu Hause wohnen. Es ist kein Zufall, daß die meisten Blackouts in New York City im Sommer stattfinden, wenn die Stadt voller Touristen ist.

Wie dem auch sei, ich beließ es nicht dabei, den Kopf in den Speisesaal zu stecken. Zunächst traute ich meinen Augen nicht. Da waren Linda McMahon und Billy Dee Grizzle dabei, zufrieden an der straff gespannten Steppdecke herumzunähen. Es wirkte, als nagten eine Katze und eine Maus gemeinsam am selben Stück Käse.

Ich näherte mich ihnen leise, wenn auch nicht lautlos. Mit meinen ein Meter fünfundsiebzig und meinen einhundertfünfzig Pfund bin ich zu grobknochig, um irgend etwas lautlos zu machen. Dennoch näherte ich mich weit genug, um Lindas weiche, fast kindliche Stimme verstehen zu können.

»Natürlich liebe ich sie, Billy Dee. Aber das heißt nicht, daß ich so etwas gutheiße. Erpressung ist und bleibt Erpressung. Und außerdem darf man nicht zu weit gehen.«

»Sie treibt die anderen zu weit, Linda. Eines Tages wird jemand dem ein Ende setzen.«

Linda schaute von ihrem Nähzeug auf und schien beküm-

mert. »Sie hat sich bei Ihnen entschuldigt, Billy Dee. Sogar öffentlich. Erinnern Sie sich?«
Billy Dee kicherte, aber es klang nicht fröhlich. »Ja, sie hat sich tatsächlich entschuldigt. Nach meiner sogenannten ›Bekehrung‹.«
»Ja, aber Sie wurden bekehrt. Ich meine, Sie änderten sich. Daher können Sie jetzt auch verstehen, warum sie damals diese Position einnahm, oder?«
»Ja, Linda, das wird wohl so sein. Aber was mir jetzt Sorgen bereitet, sind ihre Erpressungen. Wir haben unsere eigenen kleinen Problemchen, mit denen wir zu Rande kommen müssen.«
Linda schlug mit den Fäusten auf den Steppdeckenstoff ein. »Aber das ist kein Problem, Billy Dee. Wir haben schon unzählige Male darüber gesprochen. Ich will es behalten!«
In diesem Augenblick stieß ich mit dem rechten großen Zeh an einen Stuhl, und da sowohl der Stuhl als auch ich viel Lärm machten, wurde meine Anwesenheit sofort augenscheinlich. Ich redete mich heraus, so gut ich konnte.
»Es tut mir leid, aber ich wollte Sie nicht erschrecken. Ich schaue nur gerade vorbei, um zu sehen, ob Sie Hilfe brauchen.«
Zu meiner großen Enttäuschung schienen sie weder verlegen, noch brauchten sie meine Hilfe. »Es ist alles in Ordnung, Ma'am«, meinte Billy Dee höflich. »Aber wenn Sie wollen, können Sie unsere Naht überprüfen.«
Ich linste ihm über die Schulter wie eine Gouvernante und untersuchte genau seine Handarbeit. Billy Dee, so schloß ich, war entweder früher Schneider oder Seemann gewesen. Seine Naht war vorbildlich. Lindas übrigens auch.
Wenn die beiden die Steppdecke fertignähten, hatte ich gute Chancen, auf der Bezirksmesse im August den ersten Preis zu gewinnen.

»Ich habe schon Schlimmeres gesehen«, sagte ich. Wissen Sie, es zahlt sich nicht aus, Leute zu sehr zu loben. Nicht, wenn man mehr aus ihnen herausholen will. Mama pflegte zu sagen, ein großes Ego mache faule Finger.

»Danke, Mrs. Yoder«, sagte Linda trotzdem. »Das macht wirklich großen Spaß.«

»Miss, nicht Mrs.«, erinnerte ich sie.

Sie kicherte und strich sich eine Strähne langen mausbraunen Haars aus den Augen, bevor sie sich wieder an die Arbeit machte. Ohne Jeanette Parker schien sie ein ganz angenehmer Mensch zu sein. Vielleicht konnte man auch mit ihr reden.

»Miss McMahon«, hob ich zögernd an. »Ich bin mir dessen bewußt, daß Sie Mitglied des Vereins zur Gleichberechtigung der Tiere sind, und kenne den Grund Ihres Aufenthalts.«

Linda schaute mit fast spöttischer Sanftmut auf. »Und zwar?«

»Natürlich um den Kongreßabgeordneten und seine Frau in die Enge zu treiben.«

Linda warf Billy Dee einen weniger sanftmütigen Blick zu. »Sie haben es ihr gesagt?«

Er nickte. »Es war nur eine Frage der Zeit, Linda. Ausflüchte sind nicht meine Stärke.«

»Nun, Miss Yoder, was wollen Sie von mir?«

Ich schluckte schwer, bevor ich den Sprung ins kalte Wasser wagte. »Ich möchte, daß Sie, und ich meine Sie alle, Ihre Protestkundgebung von meinem Gasthof fernhalten. Ich bin Pazifistin, müssen Sie wissen.«

Linda schaute wieder auf ihre Arbeit. »Ich kann das respektieren, Miss Yoder. Wirklich. Wir sind schließlich selbst Pazifisten.«

»Quäker?« fragte ich hoffnungsvoll. Obwohl ich mir sicher

bin, daß es welche geben muß, hatte ich noch nie von vegetarischen Mennoniten gehört.
Linda kicherte erneut. Sie war entweder eine sehr gute Schauspielerin oder so süß wie Ahornsirup. »Ich gehöre zur New Age Kirche der Holitischen Einheit, Miss Yoder. Auch wir akzeptieren keine Gewalt, weder gegen Menschen noch gegen Tiere. Deswegen müssen wir unschuldige Leben verteidigen. In diesem Fall das Leben von Rotwild. Und wie könnte man das Evangelium der Koexistenz der verschiedenen Spezies besser verbreiten als dadurch, daß man es den Medien zur Kenntnis bringt.«
Mein Hals fühlte sich trocken an. »Welchen Medien?« Meines Wissens gab es in Hernia nur eine Wochenzeitung.
Linda zuckte nicht mit der Wimper, ich meine, nicht mit der Nadel. »Die nationalen Medien natürlich. ABC, CNN, Sie wissen schon.«
»Ich schaue nicht fern«, sagte ich stolz. Eigentlich stimmte das nicht ganz. Wenn Susannah ausgeht, schleiche ich mich in ihr Zimmer und sehe mir »Green Acres« an. »Und übrigens, warum picken Sie Mr. Ream heraus? Morgen sind Tausende Jäger da draußen!«
»Traurig, aber wahr. Aber wie viele davon sind ehrgeizige Politiker, die auf jeden Fall zumindest eine Medienberichterstattung gewährleisten und in der Lage sind, den gesetzlichen Rahmen zu schaffen, um diesen barbarischen Zeitvertreib zu unterbinden?«
»Sie haben recht«, räumte ich ein. »Aber können Sie wenigstens den Gasthof da heraushalten?«
Linda stieß den ungeduldigen Stoßseufzer der Jugend aus. Wenn Susannah, die nicht mehr so jung ist, das tut, verdreht sie außerdem noch die Augen. Man mußte Linda zugute halten, daß sie den Blick auf die Arbeit geheftet ließ. »Ich

sagte Ihnen bereits, Miss Yoder, daß ich Ihre Wünsche respektiere. Ich lüge nicht.«
Was war schon dabei, wenn ich die Augen verdrehte, solange sie nicht aufblickte?! »Ich glaube Ihnen. Aber was ist mit Mrs. Parker? Sie ist Ihre Anführerin, oder?«
Linda und Billy lachten beide. »Ma'am«, sagte Billy, der aufschaute und mich beinahe beim Augenverdrehen erwischte, »wir vom V.G.T. haben keine Anführer. Wir tun Dinge im gegenseitigen Einvernehmen. Was Linda sagt, gilt auch für mich. Und ich bin mir sicher, auch für Joel. Also haben Sie keinen Grund zur Sorge, Miss Yoder – abgesehen davon, eine Mütze Schlaf zu bekommen und sich eine neue Köchin zu suchen.«
»Wenn wir schon davon sprechen«, sagte ich, »was halten Sie von Buchweizenpfannkuchen mit Honig aus der eigenen Bienenzucht zum Frühstück?« Ich versuchte aus ehrlichem Herzen, zu kooperieren.
»Ist der Honig biologisch?« erkundigte sich Linda.
»Die Bienen wurden speziell für die Erzeugung von biologischem Honig gezüchtet«, sagte ich und verdrehte wieder die Augen.
Billy Dee sah meinen Blick und zwinkerte mit einem Auge. »Haben Sie Speck dazu?«
»Hausgeräuchert. Ebenfalls rein biologisch.«
»Sehr komisch«, sagte Linda, wiederum ohne aufzublicken.
»Mr. Grizzle«, sagte ich nun nervös, »kann ich Sie bitte einen Moment draußen in der Halle sprechen? Es geht um das Problem mit dem WC auf Ihrem Zimmer.«
Natürlich war mit Billy Dees WC alles in Ordnung, und es war dumm von mir, das Gegenteil anzunehmen. Susannah sagt immer, ich schmücke zu sehr aus, wenn ich lüge. Sie meint, je spärlicher die Lügen, desto besser kommt man damit durch.

Aber Billy Dee war zumindest ein kooperativer Verschwörer. »Sicher, Miss Yoder«, sagte er und sprang auf. »Ich wollte Sie schon selbst darauf ansprechen.«

»Hatten Sie Gelegenheit, mit Miss Brown zu reden?« fragte ich, als wir allein waren.

»Nein, Ma'am. Ich habe ein paarmal bei ihr an die Tür geklopft, aber entweder ist sie nicht da, oder sie ist sturzbesoffen. Eine Menge Reporter haben Alkoholprobleme, müssen Sie wissen.«

Ich wußte es nicht, hoffte aber nun natürlich, daß es stimmte. Wenn Susannah blau nach Hause kommt, kann ich damit rechnen, daß sie mindestens die nächsten zwölf Stunden schläft. Mit etwas Glück und wenn das, was Miss Browns Koffer so schwer gemacht hatte, Fusel gewesen war, würde die in ihrem Zimmer verstaute Journalistin den größten Teil der Woche außer Gefecht sein. Natürlich bin ich theologisch gesehen und persönlich gegen Alkohol, aber der liebe Gott ist durchaus genauso fähig, das Werkzeug des Teufels zu seinem Vorteil zu nutzen wie andere Dinge.

»Sagen Sie, Miss Yoder«, fügte Billy Dee noch hinzu. »Ich würde gerne morgen abend, wenn wir zurückkommen, etwas angeln gehen. Gibt es irgendwelche Gewässer hier?«

»Zu Millers Teich sind es nur etwa zweieinhalb Kilometer die Straße hinauf. Er hat nichts dagegen, wenn Sie dort fischen, solange Sie das Viehgatter hinter sich schließen.«

»Sicher, Ma'am, danke. Aber sagen Sie, haben Sie vielleicht ein leeres Einmachglas oder etwas Ähnliches, in dem ich meinen Köder aufbewahren kann? Wissen Sie, mit einem Deckel.«

Ich verkniff mir das Lachen. »Es ist November, Mr. Grizzle. Wenn Sie nach Würmern suchen, müssen Sie sich möglicherweise bis nach China durchgraben.«

»Bitte nennen Sie mich doch Billy Dee, Ma'am. Wie dem

auch sei, ich wette, daß die Kuhfladen hinten in der Scheune den Boden so warm halten wie Toastbrot. Wahrscheinlich muß man schwer kämpfen, bis man die Würmer aus dem Boden hat, so dick sind sie.«
Vermutlich hatte er recht. Papa hatte früher auch im November gefischt, und auch mit Würmern, soviel ich wußte.
»Ich habe ein paar leere Einmachgläser in dem alten Schrank auf der hinteren Veranda. Bedienen Sie sich. Brauchen Sie eine Taschenlampe?«
»Nein, aber danke, Ma'am.«
»Machen Sie nur das Licht aus, wenn Sie wieder gehen.«
Bei dem Tempo, mit dem sie arbeiteten, konnte die Steppdecke fertig sein, wenn sie sich aufs Ohr legten.

Ich war ganz schön geschlaucht, also ging ich umständlich Richtung Bett. Wir haben keinen Nachtportier im PennDutch. Ich muß abends kein Leuchtschild ein- oder ausschalten, auf dem »Zimmer frei« oder »belegt« steht. Wenn alle Gäste eingetroffen sind, kann ich mich ins Bett trollen, sobald mir danach ist. Alle Gäste haben ihre eigenen Schlüssel zur Eingangstür und können kommen und gehen, wie sie wollen. Ein- oder zweimal stehe ich vielleicht mitten in der Nacht auf, um zu sehen, ob die Tür abgeschlossen ist, aber das tue ich erst seit neuestem. Ich kenne jede einzelne Menschenseele, die in Hernia lebt, selbst die drei Baptisten, und wäre da nicht Rachel Zook, die im letzten Jahr von einem herumreisenden Vagabunden vergewaltigt und ermordet worden ist, würde ich mir nicht die Mühe machen, abzuschließen.
Nachdem ich die Eingangstür verrammelt hatte, schaltete ich die Lampen im Hauptaufenthaltsraum aus und schaute in den Salon. Hier war schon immer der Salon gewesen. Er befindet sich ebenfalls vorne im Haus, direkt neben dem

Aufenthaltsraum, und als dieser noch das Speisezimmer war, diente der Salon dazu, Gäste außerhalb der Mahlzeiten zu empfangen. Diejenigen, die zum Essen eingeladen wurden, brauchten nicht im Salon zu sitzen. Aber für die anderen, die nichts aßen, war das die ideale Lösung.

Der Salon war kleiner als der Speisesaal, war aber viel persönlicher. Er hatte neben der vorderen Veranda einen eigenen Eingang, den wir aber nie benutzten. Wir betraten ihn stets durch den alten Speisesaal. Ich glaube, daß der Salon ganz früher die Küche war, denn die Wand gegenüber dem Speisesaal nimmt ein enormer Kamin ein. Er ist jetzt vorwiegend mit Büchern gefüllt, aber der mittlere Teil ist noch immer funktionstüchtig.

Früher, als Großmutter den Laden schmiß, war der Salon nur mit unbequemen Stühlen mit gerader Rückenlehne möbliert. Besucher, die es schafften, eine Stunde darauf zu überleben, ohne hin und her zu rutschen, waren Kandidaten für den Aufstieg zum speisenden Gast. Aber als Mama den Hof übernahm, änderte sie alle Regeln. Die Stühle mit gerader Rückenlehne flogen raus und übermäßig gepolsterte Möbel hinein. Bequeme Möbel waren Mamas einzige Konzession an die Dekadenz.

Ich muß zugeben, daß ich Mamas drastische Veränderungen durch das Hinzufügen von Gartenliegen noch einen Schritt weiter getrieben hatte. Auf einem dieser Stühle fand ich Joel Teitlebaum.

»Oh, guten Abend«, wünschte ich. Es war ein Abend voller Überraschungen gewesen, und ich war ein wenig durcheinander. Schließlich verliere ich mich leicht in Gedanken.

»Guten Abend, Miss Yoder«, erwiderte Joel freundlich. Er las offensichtlich eines der Bücher aus dem Kamin und kaute auf Sonnenblumenkernen herum. Ein Häufchen leerer Hülsen lag auf einem Couchtisch neben ihm.

»Ist das Buch gut?« erkundigte ich mich lahm. Ich weiß nie, was ich sagen soll, wenn ich allein mit einem Mann spreche, selbst wenn er so jung ist, daß ich seine Mutter sein könnte.
»Es ist nicht schlecht. *Parallelen und Diskrepanzen zwischen Amischen Mennoniten und dem orthodox jüdischen Lebensstil* von Judith Hostetler Cohen. Ist sie mit Ihrer Köchin verwandt?«
»In gewisser Weise. Und mit mir. Buchstäblich alle Hostetlers im Land sind Abkömmlinge eines Mannes, Jakob Hochstetler, der 1738 von der Schweiz nach Amerika auswanderte. Ehrlich gesagt sind etwa achtzig Prozent aller Amischen Mennoniten irgendwie über diesen Mann miteinander verwandt, übrigens auch haufenweise Mennoniten.«
»Selbst Jeff Hostetler, der Quarterback der *Giants*?«
»Ja.« Ich kannte mich mit Football überhaupt nicht aus, im Gegensatz zu Susannah, aber Jeff Hostetlers Verwandtschaft war bereits nachgewiesen.
»Unglaublich«, sagte Joel.
»Wie bitte?«
Joel lächelte nachsichtig. »Ich meine unglaublich gut.«
»Also hat das Buch Ihnen nicht gefallen?«
Joel lachte. »Nein, das Buch war in Ordnung. Mit ›*unglaublich*‹ meine ich ›*gut*‹.«
»Ich verstehe.« Natürlich verstand ich nichts.
Joel hielt mir einen kleinen braunen Beutel mit Sonnenblumenkernen hin: »Wollen Sie welche?«
»Nein, danke. Sind Sie noch hungrig?« Es gab eine Menge roher Karotten und Äpfel in der Küche, die ich ihm statt dessen hätte anbieten können.
»Nein. Ich habe oben in meinem Zimmer etwas Pfirsichknusper- und Algenkekse gegessen. Ich hoffe, Sie haben nichts dagegen.«
»Hauen Sie nur rein«, sagte ich. »Sie haben schließlich den Modus der amischen Lebensart gebucht, also vertraue ich

darauf, daß Sie alle Krümel wieder beseitigen.« Ich machte mir da sowieso keine Sorgen. Obwohl er etwas anhatte, das so aussah, als sei es selbstgesponnen, und Plastiksandalen mit dunkelblauen Socken trug, wirkte Joel Teitlebaum pedantisch reinlich.

»Mir kam zu Ohren, Sie hätten vom Grund unseres Aufenthalts erfahren, Miss Yoder.«

Ich setzte mich auf den ihm am nächsten stehenden Lehnstuhl. »Und wie haben Sie das erfahren?« Ich hatte Billy und Linda vor wenigen Minuten wohlverwahrt im Speisesaal zurückgelassen.

Er zog einige Hülsen aus dem Mund und fing an, eine zweite saubere Pagode daraus zu bauen. »Ich konnte nicht umhin, es von meinem Zimmer aus mitzuhören. Mr. Ream und sein Berater waren in der Halle und sprachen nicht gerade leise. Ersterer schien übrigens ziemlich aufgeregt.«

»Was genau hat er gesagt?«

»Genug, um mir zu verraten, daß wir morgen ziemlich früh aufstehen müssen, um nicht ihre Spur zu verlieren.« Sein Tonfall war leicht vorwurfsvoll.

»Wie früh?«

»Einfach früh. Sie sagten nicht, wann sie beabsichtigen, sich aus dem Haus zu schleichen.«

Ich seufzte erleichtert. »Ich kann bis sieben für Sie ein vegetarisches Frühstück richten«, bot ich an. Ich glaube fest daran, daß man versuchen sollte, Konfrontationen zumindest aufzuschieben, wenn man sie schon nicht aufhalten kann.

»Könnten Sie auch schon um sechs?«

»Halb sieben.« Ich kam mir vor, als handle ich gerade den Preis für eine meiner Steppdecken aus.

»Okay, ich sage es den anderen. Sagen Sie, wieviel Schnee ist eigentlich bis morgen früh zu erwarten?«

»Soviel ich weiß, überhaupt keiner. Warum?« Der letzte Wetterbericht, den ich gehört hatte, hatte blauen Himmel mit Tagestiefstwerten von einem Grad Celsius und stellenweise Frost in Tieflagen angekündigt. Natürlich konnte dieser Wetterbericht auch schon eine Woche alt sein.

»Ich dachte, ich hätte den Kongreßabgeordneten etwas über Schnee sagen hören.« Er warf einen flüchtigen Blick auf seine Plastiksandalen. »Ich wollte einfach verhindern, in diesen Dingern durch den Schnee stapfen zu müssen. Es sind die einzigen Schuhe, die ich mitgebracht habe. Ich bin bei einer meiner Skulpturen hängengeblieben und habe ziemlich überstürzt gepackt«, fügte er schüchtern hinzu.

»Wenn es schneit, kann ich Ihnen ein Paar Galoschen leihen«, bot ich zuvorkommend an.

»Aber Miss Yoder«, widersprach er lachend. »Ich trage Schuhgröße dreiundvierzig. Ich glaube, daß noch nicht einmal Ihre Füße so groß sind.«

»Danke. Aber es sind eigentlich nicht meine, sondern die meines Vaters.«

»In diesem Fall, danke schön. Es tut mir leid. Ich wollte Sie nicht beleidigen.«

»Ich fühle mich nicht beleidigt. Aber wenn wir schon von Füßen sprechen – ich kann mich fast nicht mehr auf den meinen halten. Wenn Sie den anderen das mit dem Frühstück sagen möchten, Young Linda und Mr. Grizzle sind immer noch im Speisesaal und steppen, als ginge es um ihr Leben.«

»Linda und Billy?« Er schien echt überrascht, fing sich aber rasch wieder und wünschte eine gute Nacht. Ich hatte den Eindruck, daß er weiterlesen würde, bis die Kühe gemolken werden mußten. Die jungen Leute heutzutage scheinen keinen Schlaf zu brauchen. Das muß von all dem

Fluor kommen, das sie mit ihrem Wasser abbekommen haben.

Als ich die Tür hinter mir schloß, konnte ich nur noch daran denken, in mein warmes, kuscheliges Bett zu kriechen. Dann fiel mir ein, daß ich es heute teilen mußte, und schrie entsetzt auf.

8

Sie können sich glücklich schätzen, wenn Sie niemals das Bett mit Susannah geteilt haben. Ich hasse es, dies über meine eigene Schwester sagen zu müssen, aber unglücklicherweise können sich Jahr für Jahr immer weniger Leute derart glücklich schätzen. Natürlich teile ich das Bett mit Susannah nicht auf die gleiche Weise wie diese Leute, aber ich fühle mich dennoch auf merkwürdige Art mit ihnen verbunden.

Sollten Sie die Nacht mit Susannah überleben, haben Sie gute Chancen, mit genügend Beulen und Prellungen aufzuwachen, um mitleidige Blicke völlig fremder Menschen auf sich zu ziehen. Außerdem sind Sie jetzt zweifellos ausreichend gegen Fußtritte abgehärtet. Susannah zappelt und schnarcht schrecklich. Als Mama und Papa noch lebten, hatten wir eine Sau namens Susannah, und es war kein Zufall, daß wir sie so nannten. Es ist ein wahres Wunder, daß Susannahs wertvolles kleines Schnuckelchen jede Nacht bei ihr schläft und dennoch überlebt. Vielleicht erklärt das, warum der Köter so reizbar ist, daß er selbst an windstillen Tagen noch versuchen würde, Drachen zu fangen.

»Susannah«, warnte ich sie jene Nacht zum hunderttausendsten Mal. »Wenn du dich nicht auf dem Boden wiederfinden willst, dann bleib gefälligst auf deiner Bettseite. Und schlaf um Himmels willen auf der linken Seite! Du hörst dich sonst an wie ein Teich voller Ochsenfrösche.«

Obwohl sie behauptet hatte, sie sei müde, war Susannah noch wach gewesen und ließ ihren tragbaren Fernseher laufen. »Ist das Geschirr gespült?« hatte sie gefühllos gefragt, als ich ins Zimmer trat. Ich sagte nichts und ließ sie das Programm zu Ende sehen, während ich mich auszog. Ich fühlte mich schon schuldig, wenn der Fernseher lief, vor allem an einem Sonntagabend.

»Nun, wenn wir schon nicht miteinander sprechen, ist es dann in Ordnung, wenn ich aufbleibe und mir den Film ansehe? Er dreht sich um diese Frau, die herausfindet, daß ihr Mann eine Affäre hat, und beschließt, sich an ihm zu rächen, indem sie selbst eine Affäre anfängt, nur daß der Mann, den sie sich aussucht, der Ehemann der Frau ist, mit der ihr Mann eine Affäre hat. Nun, irgendwann finden sie das heraus und …«

Das war der Moment, als ich ihr sagte, sie solle den Fernseher ausmachen und rüberrutschen. »Susannah, Liebes«, sagte ich und versuchte Mamas Stimme zu imitieren. »Laß uns nun ein Gebet sprechen und uns dann für den Sandmann bereit machen.«

»Ist er süß?«

Ich weigerte mich ganz einfach, zu antworten. Süß – das ist es nicht, was Susannah sucht. John Stutzman, der in unsere Kirche geht, ist süß, und er hat nur Augen für Susannah, aber sie beachtet ihn gar nicht. Nicht, daß Susannah überhaupt in unsere Kirche geht. Die Sache ist, daß sie unserem Volk und unserer Tradition in einem solchen Ausmaß den Rücken zukehrt, daß ich, auch wenn es schrecklich ist, sagen muß, daß ich froh bin, daß Mama und Papa nicht mehr hier sind, um das mit ansehen zu müssen. Das alte Sprichwort von dem Apfel, der nicht weit vom Stamm fällt, ist blanker Unsinn. Der Apfel Susannah rollte in dem Jahr, in dem Mama und Papa starben, aus dem Obstgarten hinaus in die Welt.

Schließlich hörte ich auf, über meine Schwester zu wüten,

und schlief ein. Sie und Schnuckelchen waren mir jedoch beide zuvorgekommen, und als ich in den Schlaf glitt, hörte ich abwechselnd den Rhythmus von Susannahs kehlig tiefen Schnarchern und Schnuckelchens jämmerlichen Japsern. Irgendwann träumte ich, ich sei in einem Ruderboot ohne Ruder am weltgrößten Froschteich gestrandet. Vielleicht war es auch ein Ozean, außer daß es seicht genug war für Rohrkolben und kühl genug für Millionen quakender, quietschender und grölender Frösche. Dann waren die Frösche bis auf einen plötzlich still, und dieser eine fing an, mit durchdringender menschlicher Stimme um Hilfe zu rufen. Ich wachte auf und knipste die Nachttischlampe an. Es überraschte mich nicht, daß Susannah und Schnuckelchen immer noch fest schliefen. Natürlich war es nicht ihr Traum, aber das machte keinen Unterschied. Diejenigen, die am meisten auf dem Gewissen haben, schlafen immer am tiefsten, ist Ihnen das schon einmal aufgefallen? Wie dem auch sei, ich war gerade dabei, das Licht auszuschalten und zu versuchen, wieder einzuschlafen, als ich den Schrei noch einmal hörte. Diesmal war es eindeutig kein Traum.

Ich zog meine Hausschuhe an und warf den schweren Morgenmantel aus Cordsamt über, der meine Bescheidenheit keineswegs kompromittiert, und machte mich auf die Suche. Der Schrei schien von oben gekommen zu sein, möglicherweise aus dem neuen Flügel oberhalb des neuen Speisesaals. Sobald ich die unmöglich steile Treppe überwunden hatte, wurde sofort klar, daß ich auf der richtigen Spur war. Joel und alle drei Personen der Ream-Gruppe standen in der Halle und blickten in Richtung des neuen Flügels.

»Was zur H…«, begann der Kongreßabgeordnete, aber ich schnitt ihm das Wort ab.

»Es ist alles in Ordnung, ich kümmere mich darum.« Ich

meine, was soll das, herumzustehen und sich am Kopf zu kratzen, wenn man nur versuchen muß herauszufinden, was los ist?
Der Schrei, eine Art verstümmeltes »Hilfe«, ertönte ein weiteres Mal, und ich wußte sofort, woher er kam. Ich lief direkt zu Susannahs altem Zimmer, wobei Joel mir dicht auf den Fersen folgte.
Die Tür war offen, und die Leselampen zu beiden Seiten des Bettes waren eingeschaltet. In der Mitte des Bettes, den Rücken gegen die Kopflehne gepreßt, saß Linda McMahon. Sie schien auf etwas zu starren, das auf ihrer über die Beine ausgebreiteten Steppdecke saß.
»Linda!« Joel schoß an mir vorbei und raste zum Bett.
»Hilfe!« schrie sie wieder. Sie starrte so hypnotisiert auf das Ding, was immer es auch sein mochte, daß sie sich unserer Anwesenheit überhaupt nicht bewußt zu sein schien.
Ich ging um das Bett herum auf die andere Seite und versuchte, ihrem Blick zu folgen. Sie starrte auf etwas direkt unter ihren Knien, auf einen Punkt in einem Streifen blauroten Kattuns. Dann sah auch ich es, aber – fast schäme ich mich, es sagen zu müssen – ich fing an zu lachen.
»Was ist denn so komisch?« fragte Joel gebieterisch.
»Es ist nur das hier.« Ich nahm einen meiner Hausschlappen und legte ihn sanft auf die Decke, oberhalb von Lindas Schienbein. Als ich ihn eine Minute später dort wieder wegnahm, hing ein kleines braunes Tier mit acht Beinen daran. »Eine kleine itsy-bitsy, teenie-weenie Spinne.«
Joel wich zurück, als fuchtelte ich mit einer Schlange unter seiner Nase herum, und Linda fing an, den Mund wie ein Jungvogel, der um Futter bettelt, auf- und zuzumachen, was einer gewissen Ironie nicht entbehrte.
»Kommt schon, Leute, packen wir's an«, sagte ich in meiner besten Susannah-Imitation. »Es handelt sich um eine

harmlose kleine Hausspinne, die nur ausgegangen ist, um sich einen kleinen Mitternachtsimbiß zu besorgen. Und damit meine ich nicht Sie«, beeilte ich mich, Linda zu versichern.

»Woher ist sie gekommen?« Joel war weit genug vom Bett zurückgewichen, daß ich mich richtig darüberlehnen mußte, damit er sie überhaupt genau sehen konnte.

»Vermutlich von da oben«, sagte ich und zeigte auf die Decke. »Sie ist wirklich harmlos, das kann ich Ihnen versichern. Sie verspeist nur Dinge, die so klein sind, daß man sie mit bloßem Auge nicht erkennen kann. Es ist sogar so, daß manche Leute sie als Glücksbringer betrachten.« Ich log nicht wirklich. Für Susannah war es ein Glück, wenn sie nicht alle Spinnweben herunterkehren mußte, die sich irgendwann in ihrem Zimmer ansammelten.

»Nun, ich betrachte sie als eine Gefährdung der Gesundheit und als Bedrohung«, sagte der Kongreßabgeordnete, der offensichtlich einige Zeit in der Türöffnung gestanden hatte. »Sie werden natürlich morgen früh einen Kammerjäger holen.« Es war ein Befehl, nicht etwa eine Frage.

Ich starrte ihn in seinem pfauenblauen Seidenmorgenrock an, ohne mir ganz sicher zu sein, was ich sagen sollte. Schließlich intervenierte die reizende Lydia, indem sie ihren Arm durch den ihres Mannes schob und ihn sanft wegzog. »Komm schon, Liebling«, hörte ich sie sagen, als sie ihn die Halle hinunterführte. »Du mußt etwas schlafen, wenn du morgen früh diesen Achtender erlegen willst.« Wortlos trottete ihnen ihr treuer Berater nach.

»Was haben Sie vor?« erkundigte sich Joel.

»Ich denke, ich werde ihn ignorieren.«

»Nein, ich meine damit.« Er zeigte auf die Spinne, die immer noch an meinem Pantoffel hing.

Ich schaute auf die kleine Kreatur, die nun den Pantoffel

hinauf zu meiner Hand kroch. »Öffnen Sie bitte das Fenster!«

»O nein«, schrie Joel. »Das können Sie nicht tun! Es ist November, und Spinnentiere können Frost nicht vertragen.«

Ich eilte entschlossen zum Klo.

»Tun Sie das nicht, Miss Yoder!« Er holte ein paarmal tief Luft und schien sich ein wenig zu beruhigen. »Ich meine, bitte, können wir sie nicht irgendwo freilassen, wo es sicher und warm ist?«

Ich warf praktisch mit dem Pantoffel nach ihm. »Hier, kümmern Sie sich darum. Versuchen Sie es mit dem Keller – durch die Küche, aber vor der Veranda.«

Joel nahm den Pantoffel so schwungvoll wie Susannah die Hundedreckschaufel bei den seltenen Gelegenheiten, an denen sie sich bückt, um hinter Schnuckelchen her zu putzen. Aber sobald er ihn in seinem Besitz hatte, sprintete er los.

Ich setzte mich auf die Bettkante, um mich um Klein-Linda zu kümmern. Sie hatte damit aufgehört, den Mund wie ein hungriges Küken aufzureißen, und schnappte nun nach Luft wie ein sterbender Fisch. Ich klopfte ihr auf die Schulter und bemühte mich, mitfühlend zu wirken. Ich muß zugeben, daß die Pflege anderer nicht zu meinen Stärken gehört.

»Ist ja schon gut«, sagte ich etwas lahm, »es wird alles wieder gut.«

»Aber wenn da unten etwas passiert«, brachte sie schließlich heraus.

»Machen Sie sich keine Sorgen«, beeilte ich mich, ihr zu versichern. »Da, wo sie hergekommen ist, gibt es noch viele.«

Linda riß wieder den Mund auf und schnappte nach Luft,

und es brauchte ein paar Minuten, bis ich sie dazu brachte, sich klar auszudrücken. »Nicht die Spinne! Ich meine Joel!«
Ich klopfte ihr ein bißchen kräftiger auf die Schulter. »Joel wird nichts zustoßen. Die Kellerstufen sind nicht viel steiler als die hier herauf, und Mose hat mir versprochen, die beiden Stufen, die wackeln, zu reparieren.«
»Sie Idiotin!« sagte Linda grob. Ich muß schockiert gewirkt haben, denn sie entschuldigte sich fast unmittelbar. »Aber verstehen Sie denn nicht, daß der arme Joel von diesem schrecklichen Tier gebissen werden und daran sterben könnte?«
Ich lächelte freundlich. »Absolut nicht. Diese kleine Spinne könnte noch nicht einmal einer Fliege etwas zuleide tun. Ich bin schon unzählige Male von ihnen gebissen worden. Das tut natürlich weh, aber alles, was passiert, ist, daß man eine kleine Beule bekommt, die in wenigen Stunden wieder verschwindet. Joel wird nichts passieren.«
Und als sei das sein Stichwort, tauchte Joel wieder mit meinem Pantoffel in der Hand im Zimmer auf. »Ende gut, alles gut«, sagte er, vielleicht ein bißchen außer Atem.
»Danke, Joel.«
»Kein Problem, Miss Yoder.«
»Ja, danke, Joel.« Linda schien wieder normal zu atmen.
Ich dachte mir, daß dies ein guter Augenblick für mich war, zu verschwinden. »Nun, dann also gute Nacht.«
»Gute Nacht, Miss Yoder. Ich bleibe noch ein bißchen bei ihr.«
Linda lächelte anerkennend zu Joel hinauf. Vielleicht hatte ich mich bei meinen vorherigen Vermutungen getäuscht. »Vermutungen sind Schall und Rauch«, hatte Papa immer gesagt. »Und wer darauf setzt, macht sich zum Affen.«
Ich wünschte gute Nacht und hatte mich gerade auf den Weg hinunter zur Eingangshalle gemacht, als mir etwas

einfiel. Ich ging wieder zurück. Die beiden jungen Leute waren noch immer, wo ich sie zurückgelassen hatte. »Sagen Sie«, sagte ich zögernd. »Ist es nicht ein wenig merkwürdig, daß Mrs. Parker bei all dem Tumult nicht wach geworden ist?«

»Überhaupt nicht«, antwortete Linda. Sie hörte sich ein ganz klein wenig blasiert an. »Sie nimmt im allgemeinen eine Chill Pill.«

»Eine was?«

»Einen Tranquilizer«, übersetzte Joel. Er schaute Linda fragend an.

Sie nickte. »Jeanette, ich meine Mrs. Parker, hat chronische Rückenschmerzen. Bei Streß verschärfen sie sich. Eine Pille von Zeit zu Zeit entspannt sie und hilft ihr beim Einschlafen.«

»Ich verstehe«, sagte ich, aber ich verstand natürlich gar nichts. Im allgemeinen bin ich gegen jegliche Medikamente. Oh, nicht etwa aus religiösen Gründen, das versichere ich Ihnen. Nur war Oma Yoder ein Hypochonder. Einmal zählte ich siebenunddreißig verschiedene Flaschen mit Pillen und Vitaminpräparaten in ihrem Apothekenschrank. Wenn die alte Dame einfach die Natur hätte ihren Lauf nehmen lassen, hätte sie diesen Planeten schon Jahre früher verlassen und uns viel Kummer erspart.

Ich kam gerade aus Lindas Zimmer, als ich bemerkte, daß die Feuertür am Ende des neuen Flügels, direkt neben Miss Browns Zimmer, leicht angelehnt war. Mein erster Gedanke war, daß die publikumsscheue Miss Brown rausgeschlüpft sein mußte, um frische Nachtluft zu schnappen. Schließlich sind Motten besonders nachts aktiv. Aber dann bemerkte ich eine dünne Spur Sonnenblumenkerne und schloß daraus, daß der junge Joel unter Schlaflosigkeit litt, wie ich bereits vermutet hatte. Ich versuchte mir gedanklich einzuprägen, morgens mit ihm zu sprechen. Wenn der verrückte Maynard hereinkam und der jungen Linda zeigte, was er mir gezeigt hatte, würde sie möglicherweise tagelang schreien. Auf dem Weg zurück in mein Schlafzimmer stolperte ich und fiel die unmöglich steilen Stufen fast hinunter. Ich dachte an Susannah und daran, daß ich Mrs. Parker in nichts nachstand, wenn es um Streß und Rückenschmerzen ging. Daher fiel mir erst, nachdem ich bereits zurück ins Bett gekrochen war, ein, daß zwei weitere Leute nicht herausgekommen waren, als Linda ihre spinnenfeindlichen Schreie ausgestoßen hatte.

9

Es war kaum mehr als eine Stunde vergangen, als mich ein laut hämmerndes Geräusch halb weckte.

»Sei still, mein Herz«, murmelte ich und drehte mich um, um wieder einzuschlafen. Es war nicht mein Fehler und somit auch keine Sünde, daß ich von dem nicht unattraktiven Billy Dee Grizzle geträumt hatte.

Das Hämmern ging weiter, und schließlich wurde es meinem unter Schlafentzug leidenden Hirn klar, daß jemand an die Tür klopfte und rief. In meinen Träumen hatte Billy Dee nur geknurrt.

Ich warf meinen bescheidenen Morgenmantel über und stolperte zur Tür. Als ich sie öffnete, überrannte mich Joel Teitlebaum fast.

»Da liegt eine tote Frau auf der Treppe!« rief er.

»Oma Yoder?« schrie ich freudig. Nicht daß ich glücklich darüber gewesen wäre, daß sie das Haus wieder heimsuchte, aber ich war erleichtert, endlich eine Bestätigung meiner Erscheinungen zu haben. Seit ich zum ersten Mal Oma Yoders Geist gesehen habe, beschuldigt mich Susannah, völlig bekloppt zu sein. Nerven hat das Mädel!

»Da liegt eine tote Frau auf der Treppe, wie auch immer sie heißt«, wiederholte Joel. Er war wirklich sehr aufgeregt, und seine Augen wirkten, als würden sie jeden Augenblick aus den Höhlen treten.

Ich packte einen seiner wild fuchtelnden Arme. »Beruhigen Sie sich, mein Lieber. Es ist nur der Geist meiner lieben, verstorbenen Großmutter. Sie war wesentlich gefährlicher, als sie noch lebte, glauben Sie mir.«

Joel entwand seinen Arm meinem festen Griff. »Dies ist *kein* Geist, Miss Yoder! Es ist eine echte lebendige Frau! Äh, ich meine eine echte tote Frau.«

Ich muß Joels spindeldürres Gestell aus dem Weg geschubst haben, denn das nächste, an das ich mich erinnere, ist, daß ich am Fuß unserer unmöglich steilen Treppe stand. Da lag tatsächlich wie ein Haufen, nicht unähnlich einem Sack Kartoffeln, die verschrumpelte Form von Miss Brown. Noch nicht einmal die chinesischen Akrobaten, die ich beim Zirkus in Somerset gesehen hatte, würden es fertigbringen, eine solche Position einzunehmen. Ich beugte mich vor, um besser zu sehen, berührte sie allerdings nicht. Mama hatte uns gezwungen, Oma Yoder nach ihrem Tod zu küssen, und ich hatte noch Wochen danach Alpträume.

»Sind Sie sicher, daß sie tot ist?«

Joel nickte. »Sie ist immer noch leicht warm, aber ich kann nirgendwo einen Puls finden. Wer zur Hölle ist sie?«

Ich fühlte einen stechenden Schmerz in meinem Inneren. Es war blankes Entsetzen, davon bin ich überzeugt. »Einer meiner Gäste. Sie ist gestern schon früh angekommen, und ich habe sie seither nicht mehr gesehen.«

»Rufen Sie besser die Polizei«, meinte Joel, schon wesentlich ruhiger. »Und wohl auch den Rettungsdienst. Damit wir kein Risiko eingehen.«

Ich rief beide. Auf die Gefahr hin, das Gefühl zu vermitteln, ich hätte ein Herz aus Knödeln, gebe ich heute gerne zu, daß ich nicht nur hoffte, Miss Brown sei tot, sondern alle ihre Angehörigen seien es auch. Bei solch einer steilen Treppe konnte ich garantiert haftbar gemacht werden. Um einen Rechtsstreit dieses Umfangs beizulegen, würde ich nicht nur das PennDutch verkaufen müssen, sondern Susannah und ich würden auch für den Rest unseres Lebens gelernte Bedienstete sein. Selbst das verhaßte kleine Schnuckelchen würden wir für ein paar Kröten verkaufen müssen. Wenn ich so darüber nachdachte, gab es also auch bei den dunkelsten Wolken einen kleinen Silberstreifen am Horizont.

Jeff Myers ist unser Polizeichef und so nett, wie man es sich nur wünschen kann. Wir gingen zusammen auf die Grundschule, und er war der Junge, bei dem es mir nichts ausmachte, wenn er mit Papierkugeln nach mir schoß. Natürlich ist er inzwischen verheiratet. Jedenfalls erschien er wahrhaft blitzschnell und kümmerte sich um alles so geschickt, wie Freni ihren Teig knetet. In weniger als einer Stunde hatte er Miss Brown zum Bezirksleichenschauhaus verfrachtet, denn sie war tatsächlich tot. Und in dieser Zeit war es ihm gelungen, jeden außer mir im Gasthof zu befragen. Das holte er dann bei einer Tasse Tee in der Küche nach.

»Warum nicht«, meinte er, als ich sie ihm anbot. »Wir hatten sowieso geplant, in drei Stunden in Urlaub zu fahren. Es lohnt sich jetzt nicht mehr, sich aufs Ohr zu hauen. Ich lass' einfach Tammy fahren.«

»Wohin fahrt ihr?« fragte ich. Tammy Myers, seine Frau, ist eine ziemlich nette Frau, aber schmuddeliger als ein Briefkasten auf einer Kiesstraße. Sie haben drei Kinder, Sarah, David und Dafna, die fast erwachsen sind. Daß die Frau sie nie verlegt hat, als sie noch klein waren, grenzt an ein Wunder. Wenn seine Frau den Jeep fuhr, während er schlief, mußte jemand mit gesundem Menschenverstand ihr Fahrtziel kennen.

»Wir fahren zu den Niagarafällen«, erklärte Jeff. »Dann zwei Wochen nach Kanada zum Camping. Mein Assistent übernimmt den Dienst.«

»Sorg dafür, daß sie nicht zu nah an die Felskante tritt.«

»Wie?«
»Nichts.«
»Also, Mags, über diese Mrs. Brown hast du gesagt, du hättest sie nicht wiedergesehen, nachdem du sie auf ihr Zimmer gebracht hattest? Bis Mr. Teitlebaum sie fand, meine ich.«
»Stimmt. Ich habe nichts mehr von ihr gesehen. Allerdings war es auch nicht leicht, sie zu sehen, wenn du verstehst, was ich meine.«
»Mmm. Offensichtlich hat sie auch keiner der anderen Gäste gesehen oder gehört, zumindest nicht, als sie noch am Leben war. Ebensowenig hat jemand einen Schrei gehört, als sie die Treppe hinunterfiel, obwohl ein Mann, laß mich mal nachschauen ...« Er warf einen kurzen Blick in seine Notizen. »Ein Mr. Grizzle sagte, er glaubte, einen Plumps gehört zu haben. Natürlich kann das auch Mr. Teitlebaum gewesen sein, der an deine Tür hämmerte.«
»Vermutlich. Und was ist mit Joel Teitlebaum? Wieso war er überhaupt auf? Ich meine, er wirkt eigentlich wie ein ganz netter Junge, aber sollte er nicht irgendwann ins Bett?« Mama hatte bis zum Tag ihres Todes dafür gesorgt, daß ich um neun im Bett lag.
Polizeichef Myers warf wieder einen raschen Blick auf seine Notizen. »Mr. Teitlebaum behauptet, er hätte im Salon gesessen und sei sehr in eines deiner Bücher vertieft gewesen. Es handelt von amischen Rabbis oder so, glaube ich. Jedenfalls konnte er, wie er sagte, nach dem Zwischenfall mit der Spinne und der jungen Linda McMahon nicht mehr schlafen, also ging er zurück zum Salon. Auch er hörte einen Plumps, aber keinen Schrei. Er sagte, er las noch ein oder zwei Abschnitte des verdammten Buchs – oh, sorry, Mags –, bevor er aufstand, um nachzusehen.«
»Vielleicht war sie zu betrunken, um zu schreien«, schlug

ich hoffnungsfroh vor. Befreite es einen nicht von dem letzten Restchen Haftung, wenn derjenige, der die Treppe hinunterfiel, betrunken war?

»Vielleicht«, sagte Polizeichef Myers, »aber ich persönlich glaube nicht, daß das der Fall war. Betrunkene verletzen sich nur selten, wenn sie fallen. All der Fusel macht sie zu entspannt. Hast du zum Beispiel über den Kerl aus San Francisco gelesen, der siebzehn Stock einen leeren Aufzugschacht hinunterfiel? Natürlich stockbesoffen. Er wurde fast überhaupt nicht verletzt.«

Plötzlich erinnerte ich mich daran, warum ich Jeff nicht so sehr mochte. Er hatte die ärgerliche Angewohnheit, immer diese störende Logik aufs Tapet zu bringen. »Nun, wenn sie nicht betrunken war, sie aber jemand geschubst hat? Dann wäre ich auch nicht schuld, oder?«

Myers sündig blaue Augen tanzten amüsiert. »Dir wäre ein Mord lieber, als haftbar gemacht zu werden?«

Ich versuchte, einen dicken Klops runterzuschlucken, der sich irgendwo in meinem Hals breitgemacht hatte. Vielleicht waren Frenis Knödel nicht so luftig, wie ich immer glaubte. »Mord? Wer spricht denn von Mord?!«

Jeff Myers kicherte. »Ach, du meinst, es könnte ein freundschaftlicher Schubs gewesen sein?«

Es war Zeit, sich zurückzuziehen, und zwar schnell. Ein Urteil wegen Mordes wäre für den Gasthof genauso der Ruin wie ein Prozeß. »Vielleicht ist sie beim Schlafwandeln gestürzt, oder sie hat sich entschlossen, die Treppe hinunterzusteigen, ohne vorher das Licht in der Halle anzumachen.«

»Vielleicht«, sagte der Polizeichef. »Aber vielleicht auch nicht. Ich denke, es spricht einiges für deine Mordtheorie.«

»Meine Theorie?!« Sehen Sie, wie mir die Worte immer im Mund herumgedreht und gegen mich verwendet werden?

»Und was spricht dafür?«

Der Polizeichef gähnte. »Ich sollte dir eigentlich nichts darüber sagen, aber was soll's! Diese Miss Brown ist ziemlich schlimm gestürzt, aber von dem Sturz hat sie nicht die Male im Gesicht.«

»Welche Male?« Ich hatte keine gesehen, hatte sie allerdings auch nicht so genau betrachtet. In Anbetracht dessen, was ich wirklich wußte, hätte genausogut Yassir Arafat dort liegen können.

»Es sah ein bißchen nach Prellungen aus«, sagte Myers müde. »Frische Prellungen, die nicht die Chance hatten, dunkel zu werden. Als stammten sie von den Fingern einer Hand.«

Ich verschluckte einen weiteren von Frenis Knödeln. »Sie hatte sie vielleicht schon, bevor sie hier eintraf«, unterstrich ich hastig. »Sie hat sie vielleicht mit Make-up abgedeckt und sich abgeschminkt, als sie ins Bett ging. Die meisten Frauen schminken sich ab, wenn sie schlafen gehen, weißt du.« Zumindest nahm ich an, daß sie das taten. Ich trug nie Make-up, und wenn Susannah sich derzeit abschminken würde, würde sich ihr Gesicht möglicherweise in seine Einzelteile auflösen.

»Vielleicht, vielleicht, vielleicht«, sagte der Polizeichef. Trotz meines Kaffees gähnte er wieder. »Aber was auch der Grund für diese Male sein mag, wir werden ihn heute abend herausfinden. Zunächst sollten wir untersuchen, warum und wie sie stürzte. Wir müssen nur auf den Bericht des Gerichtsmediziners warten. In der Zwischenzeit lasse ich ihr Zimmer versiegeln, denn möglicherweise sind dort noch ein paar Hinweise, die wir brauchen, wenn sich herausstellen sollte, das hier etwas faul ist. Nun, ich hab' ein paar große Schlagbäume in Kanada, auf denen mein Name steht, also bin ich so gut wie weg. Mach dir keine Gedanken, Mags, mein Stellvertreter ist so gut wie jeder andere.« Er stand auf und streckte sich – eine fast unkeusche Geste. »Wenn es irgendwelchen rechtlichen Ärger geben sollte, kannst du immer noch Alvin anrufen.«

»Nicht solange Chip und Dale sich hier herumtreiben«, sagte ich. Alvin Hostetler, ein anderer ferner Cousin, muß wohl irgendwo auf dem großen Wallriff vor Australien eine Rechtsschule besucht haben. Sein Spitzname in der Gegend ist Schwätzer, und seine Mutter war es, die ihn ihm gab, nachdem er sie wegen einer ausstehenden Taschengeldzahlung vor Gericht zerrte. Damals war er achtzehn. Der Fall wurde vom Gericht natürlich abgewiesen, aber es gibt einem eine Vorstellung von Alvins Charakter. Ich würde eher nackt auf Hernias Hauptstraße tanzen, als mit einem solchen Hai ein Geschäft zu machen. Sollte es jedoch so weit kommen, daß ich das PennDutch verlor, würde ich vielleicht doch meine Flossen an Alvin reiben müssen.

Jeff Myers wünschte mir eine erholsame gute Nacht. Bevor ich zu Bett ging, durchsuchte ich unseren spinnenreichen Keller nach einer Flasche Brandy, von der ich wußte, daß sie dort versteckt war. »Gegen Schlangenbisse«, sagte mir mein Vater einst. In Pennsylvania gibt es ein paar Giftschlangen, aber Papa, der viel draußen war, glaubte, stets gerüstet zu sein. Ein- oder zweimal im Monat, ohne daß es die anderen wußten – nur ich wußte davon –, zwang sich Papa, in den Keller hinunterzugehen, um sich darin zu üben, an diesem übelschmeckenden Brandy zu nippen, um – falls er jemals von einer Schlange gebissen würde – in der Lage zu sein, so viel zu trinken, daß er den Schmerz ertragen würde. Ich fand Papas Flasche oder eine ihrer Nachkommen und versuchte selbst einen kräftigen Schluck, nachdem ich die Spinnweben abgewischt hatte. Natürlich schmeckte er schrecklich. Aber wie Papa stand ich es durch, und nach ein paar weiteren kräftigen Schlucken gewöhnte ich mich an den Geschmack. Danach war mir etwas mehr nach Schlafen zumute.

Im allgemeinen habe ich einen leichten Schlaf, aber nicht einmal ich wachte auf, als der Wecker um fünf läutete. Schnuckelchen muß jedoch aufgewacht sein, denn als ich fünfzehn Minuten später aufwachte, lag er auf meiner Brust, nur ein paar Zentimeter von meinem Gesicht entfernt.

»Nimm diesen verdammten Hund von mir weg!« schrie ich. Ich weiß, daß Sie das vermutlich als Fluch werten werden, aber es war keiner. Das Verdammungsurteil war längst gesprochen.

Susannah bewegte sich nicht, lag da wie ein kastriertes Mastschwein, das sich an einem heißen Tag im Schweinepfuhl suhlt.

»Nimm ihn weg!« schrie ich erneut. Nur damit Sie es wissen, ich könnte diesem Hund alles an den Kopf werfen, was ich will, und er würde noch nicht einmal mit seinen kleinen Rattenperlaugen blinzeln, aber würde ich ihn auch nur mit dem kleinen Finger berühren, hätte ich mit einer Art Höllenhund zu kämpfen.

»Susannah Elizabeth Yoder Entwhistle!«

Noch immer keine Reaktion von Susannah. Der Köter kroch jedoch Zentimeter für Zentimeter meine Brust hinauf, bis sein kleines, mit Nagezähnen gefülltes Maul nahe genug war, daß ich seinen Atem in meinem Gesicht spürte. Außer Papa war noch kein männliches Wesen mir je so nahe gerückt. Aber es war ein Unterschied, ob Papa mich auf die Wange küßte oder ob ich zwei Pfund Haare vor der Nase hatte.

Leichtsinnigerweise stubste ich das Tier mit dem rechten Zeigefinger. Nicht bösartig, verstehen Sie, gerade genug, um ihn von mir herunterzustoßen.

Augenblicklich erwachten die ganzen achthundertsechsundneunzig Gramm des schlechtgelaunten Zotteltiers zum Leben, und ich hatte ein zähnefletschendes, kratzendes, beißendes Schnuckelchen am Hals. Wortwörtlich. Dem räudigen kleinen Mungo gelang es, meinen Zeigefinger mit seinem Minimaul zu zerfleischen, und dann pinkelte er mir aus reiner Boshaftigkeit auch noch auf die Handinnenfläche.

Das brachte das Faß zum Überlaufen! Ich hob die Töle trotz meines verletzten Fingers hoch und schleuderte sie endgültig vom Bett. Ich bin mir sicher, daß der Wurf keine dauerhaften Schäden verursachte, aber wenn man den Köter hörte, hätte man meinen können, ich hätte versucht, ihn umzubringen. Er jaulte und kläffte so jämmerlich, wie das verwundete Hunde tun, wenn sie ihrem Schmerz Ausdruck verleihen wollen, aber in diesem Fall entsprach es einer glatten Lüge.

Natürlich kapierte Susannah überhaupt nicht, daß der Hund nur so tat als ob. Bei seinem ersten jämmerlichen Jaulen saß sie kerzengerade im Bett, als wäre sie wie Lazarus von den Toten auferstanden. Bei seinem zweiten Jauler war sie hellwach und bereit, sich zu schlagen, um ihren Sprößling zu beschützen.

»Was hast du ihm getan?« brüllte sie mich an. Dann wandte sie sich ihrem wertvollen Haustier zu, und ihre Stimme troff schier vor Süße, wie ein Lutscher, der an einer heißen Lampe hängt. »Oooh, ist das arme kleine Schnuckelpurzelchen okay? Geht es uns gutiputtiputti?«

Ich stand auf und zog mich rasch an. So viel möchte ich über Susannah sagen: Sie schafft es, mich dazu zu bringen, es vorzuziehen, an einem kalten Herbsttag um fünf Uhr morgens aufzustehen, statt in meinem warmen, bequemen Bett zu liegen. Irgendwie hat sie da eine ganz besondere Begabung.

Unnötig zu sagen, daß ich nicht in Plauderstimmung war, als ich in die Küche stapfte, um das Frühstück für die Ream-Gruppe zu richten. Ich gab mir zwar keine Mühe, gedämpft zu agieren, es war jedoch reiner Zufall, daß die Töpfe und Pfannen sich förmlich von selbst Richtung Herd schleuderten und sich mein Schlafzimmer, in dem Susannah sich wieder zum Schlafen hingelegt hatte, direkt nebenan befand.

Ich hatte gerade die Platte mit den Eiern und dem Speck auf den Tisch fallen lassen, als die Reams auftauchten. Auf die Minute pünktlich, so wie ich es von ihnen erwartet hatte. Menschen ihres Schlages gehen mit ihrer Zeit genauso geizig um wie mit ihrem Geld.

»Hmm, das riecht köstlich«, sagte Lydia, die die Gruppe anführte. Sie trug brandneue Designer-Jeans, ein neues, rotes Flanellhemd, Schnürstiefel, die noch niemals getragen worden waren, und eine ebenso neue Mütze, auf der ein politischer Wahlspruch prangte. Sie ähnelte so sehr einer Jägerin wie Freni.

»Normaler Kaffee ist in der großen Kanne, koffeinfreier in der kleinen, und hier ist heißes Wasser für den Fall, daß irgend jemand Tee möchte«, meinte ich rein mechanisch.

»Ich hoffe für Sie, daß der Kaffee stark ist«, brummte der Kongreßabgeordnete. »Es ist verflucht noch mal unmöglich, hier überhaupt zu schlafen. Erst das theatralische Getue von dem jungen Flittchen, dann macht ein mysteriöser Gast von Ihnen einen Kopfsprung Ihre hinterlistige Treppe hinunter. Ich kann es kaum erwarten zu erfahren, was Sie für heute nacht geplant haben.«

»Die Treppe hat ein Geländer«, unterstrich ich schnell. »Und das ist ziemlich fest an der Wand befestigt. Sie ist absolut sicher.«

»Und auch bezaubernd«, sagte Lydia huldvoll. »Vom Stil her sehr Alte Welt. Sie erinnert mich ausgesprochen an Europa.«
Ich warf ihr ein strahlendes Lächeln zu. »Danke.«
»Sie sollten besser etwas mit dieser verdammten Treppe machen«, knurrte der Kongreßabgeordnete.
»Ist das ein Wink mit dem Zaunpfahl?« fragte ich mit süßer Stimme. Eine Frau kann einen Mann, der nicht aufpaßt, genauso leicht eine Treppe hinunterstoßen wie umgekehrt. Alle drei setzten sich hin und begannen zu frühstücken. Ich warf erst Delbert und dann dem Kongreßabgeordneten einen verstohlenen Blick zu. Beide schienen noch halb zu schlafen. Wie Lydia trugen sie brandneue Klamotten. Warum um alles in der Welt, fragte ich mich, würde irgend jemand neue Sachen anziehen, um in den Wäldern herumzustreifen, außer er wollte gesehen werden? Auch wenn ich eingestehen mußte, daß es sich nicht um typische Kleidung für Interviews handelte, so war sie doch alles andere als bequem.
»Ist alles in Ordnung, Leute?« fragte ich. Möglicherweise war ich ein ganz klein wenig schroff, denn erst einmal antwortete niemand, noch nicht einmal der Kongreßabgeordnete. Sie aßen schweigend, so wie ich das als gehorsames Kind früher getan hatte.
»Haben Sie noch etwas von der köstlichen Apfelbutter, die Sie gestern abend serviert haben?« fragte Delbert nach einer Weile.
»Kommt sofort.«
»Ist noch etwas von dem schönen, knusprigen Speck da?« erkundigte sich Mr. Ream, der plötzlich zum Leben erwachte. Einen kurzen Augenblick fühlte ich mich geschmeichelt, aber dann fügte er hinzu: »Oder waren das Kohlebriketts?«
»Er macht nur Spaß, stimmt's, Liebling?« sagte Lydia

schnell. Ihr Gesicht war so rot geworden, daß es farblich fast zu ihrer Bluse paßte. Offen gesagt war ich weniger wütend auf ihren Mann, als daß sie mir leid tat. Ich wurde dafür bezahlt, daß ich seine Grobheiten ertrug, sie hingegen zahlte seine Rechnungen. Zumindest stand das so in den Zeitungen.

»Keineswegs, zum Teufel«, brauste er auf. »Das Essen hier ist der reinste Müll, der Service stinkt zum Himmel. Das ...«

Lydia legte ihre zierliche manikürte Hand wie eine Klammer auf den Mund ihres Mannes, was fast so unsinnig war, wie wenn sie versucht hätte, Schnuckelchen einen Maulkorb zu verpassen. Ihr Mann hatte wohl nicht die Angewohnheit zu beißen, aber er zögerte nicht, zuzuschlagen. Mit der flachen Hand versetzte er ihr eine so kräftige Ohrfeige, daß sie in ihren Stuhl zurückkippte und Mühe hatte, das Gleichgewicht wiederzufinden. Es war mir unverständlich, warum er nicht einfach ihre Hand wegschob. Papa hat Mama meines Wissens nie geschlagen und sie ihn auch nicht, und keiner von beiden hätte auch nur die Stimme in Anwesenheit von Fremden erhoben, egal wie verärgert sie auch gewesen sein mochten.

»Was zur Hölle tun Sie da?« Delbert sprang auf, machte aber keine Anstalten, weiter einzugreifen.

»Halten Sie sich da raus«, knurrte Mr. Ream. »Dies ist eine Familienangelegenheit.« Jetzt stand auch er auf und packte seine Frau am Arm. »Bringen Sie den Wagen in einer halben Stunde hierher«, sagte er, vermutlich zu Delbert, dann zog er seine Frau aus dem Raum.

Delbert setzte sich stumm.

Da ich nicht wußte, was ich sonst tun sollte, eilte ich in die Küche, um die Apfelbutter zu holen. Als ich zurückkehrte, saß Delbert immer noch so da, wie ich ihn verlassen hatte.

»Tut er das oft?« fragte ich und stellte die Apfelbutter vor ihm ab.
Delbert schien sich geistig am Riemen zu reißen und versuchte ein schwaches Lächeln. »Natürlich nicht.«
Ich lehnte mich mit der besten Verschwörermiene, die ich aufsetzen konnte, nach vorne. »Ich wähle nicht«, flüsterte ich. Gott vergibt selbstlose Lügen. »Und ich kann meinen Mund besser verschlossen halten als ein Korken einen Krug Naturapfelmost.« Das kam davon, daß ich als Kind so viele Groschenromane gelesen hatte.
»Wenn er sie noch einmal anrührt, bringe ich ihn um.«
»Warum läßt sie sich das gefallen?«
Er schüttelte den Kopf. »Wenn ich das nur wüßte! Sie braucht ihn nicht, sondern *er* braucht sie. Ihr Geld, ihre Beziehungen. Er ist politisch gesehen nur ein kleiner Fisch und wird es ohne ihre Unterstützung auch bleiben.«
»Vielleicht ist es Liebe?« Mich hatte es bisher noch nie so erwischt, daß es mich umgehauen hätte, und schon gar nicht so, daß ich es akzeptiert hätte, eine Maulschelle einzustecken.
»Liebe, ha! Wie wär's mit Mitleid?«
Selbst das war für mich nur schwer zu verstehen. »Vielleicht haben Sie recht. Aber warum ertragen Sie ihn? Gibt es nicht auch andere Abgeordnete, für die Sie arbeiten könnten? Oder warum kandidieren Sie nicht einfach selbst?«
Delbert rührte in der Apfelbutter wie eine Hexe, die in ihrem Kessel rührt. »Es gibt viele Geheimnisse auf dieser Welt, nicht wahr, Miss Yoder?«
»Die Engländer sind voller Geheimnisse«, ertönte Frenis Stimme. Mich hob es fast aus den Schuhen. »Wo, verflucht, kommst du denn her?«
»Ich arbeite hier, erinnerst du dich?«
»Ich dachte, du hast gekündigt?«

»Dann mache ich die Kündigung eben wieder rückgängig. Du brauchst eine Köchin fürs Frühstück, stimmt's?«

Da war ich mir nicht so sicher. Jetzt, wo die Fleischfresser gegessen hatten und die Gemüsefresser kurz davor waren, herunterzukommen, war Freni möglicherweise eher ein Risiko als ein Gewinn. »Wie wär's, wenn du für Mr. Grizzle das Frühstück richten würdest, wenn er herunterkommt?« schlug ich vor. »Und ich kümmere mich um die anderen, heiklen Esser.«

Freni verschränkte die kurzen, dicken Arme über der steifen, gestärkten Schürze und starrte mich zornig an. »Magdalena, ich bin nicht so dumm, wie du meinst. Ich habe Grips. Ich weiß, wann es an der Zeit ist, ein paar Veränderungen vorzunehmen, und ich gehöre noch nicht so sehr zum alten Eisen, daß ich keine neuen Tricks lernen könnte. Wenn die Engländer rohe Karotten zum Frühstück haben wollen, werde ich sie ihnen geben.«

Wenn ich überhaupt ein Gehirn hätte, hätte ich mir eine gute Entschuldigung einfallen lassen und Freni mit ihrer Bezahlung nach Hause geschickt. Zumindest für die nächsten paar Tage. Aber leider kann ich manchmal dümmer sein als Melvin Stoltzfus, der einmal versuchte, einen Stier zu melken und für seine Bemühungen einen Tritt vor den Kopf bekam. Glücklicherweise wurde sich Melvin von da an seines Schnitzers nie voll bewußt. Ach, wenn ich nur so glücklich wäre!

»Tritt mir nur gegen den Kopf«, sagte ich zu Freni, »und fang an zu kochen.«

»Was?«

»Ich denke, meine Damen, ich überlasse Sie Ihren Aufgaben und kümmere mich um den Kongreßabgeordneten«, sagte Delbert höflich. Er war offensichtlich gut erzogen und wußte, wann es galt, diskret zu sein.

Nachdem er weg war, begann ich damit, den Tisch abzudecken, aber Freni rührte sich nicht von der Stelle.
»Nun«, sagte ich schließlich, »wäre es nicht an der Zeit, etwas Eiloses, Milchloses zu braten, zum Beispiel Buchweizenpfannkuchen – natürlich in pflanzlichem Öl?«
»Erst, wenn du dich entschuldigst.«
»Wofür?«
»Na, dafür, daß du mich gefeuert hast!«
»Ich habe dich nicht gefeuert, meine Liebe. Du hast gekündigt!«
»Du solltest dich dennoch entschuldigen, Magdalena Yoder. Deine Mama hätte mich niemals so behandelt!«
Da war das Schlüsselwort. Selbst nach zehn Jahren hatte die pure Erwähnung von Mama oder Papa eine durchschlagende Wirkung auf mich. Freni wußte das und schreckte nicht vor Foulspiel zurück. Was sie nicht wußte, ist, daß ich in den frühen Morgenstunden durch eine Spinnenfeindin geweckt und durch einen Miniaturhund verstümmelt worden war. Wenn dann noch eine in sich zusammengesunkene Leiche dazukommt, hat man wirklich sein Fett weg. Ich war nicht in der Stimmung für ihre Schuldzuweisungen.
»Okay, Freni, da du deine Kündigung zurücknimmst, nehme ich meine Entschuldigung zurück.«
Ich glaube, auch Freni hat in ihrem Stammbaum irgendwo einen Stoltzfus. »Entschuldigung angenommen. Soll ich Butter mit den Pfannkuchen servieren?«
»Tu sie einfach auf einen Teller für die, die welche wollen. Mr. Grizzle bekommt jedoch seine mit Speck.«

Freni war an jenem Morgen erstaunlich kooperativ, und ich muß zugeben, daß ich mich fälschlicherweise in Sicherheit wiegte. Ich regte mich noch nicht einmal auf, als Jeanette

Parker hereinplatzte und gebieterisch forderte, man solle ihr sagen, ob die Jägertruppe schon gegangen sei.
»Ich weiß nicht«, sagte ich der Wahrheit entsprechend.
»Haben sie gefrühstückt?«
Ich betrachtete sie ruhig. Sie trug ein weites, pyjamaähnliches Kleidungsstück, das aussah, als sei es aus einem Jutesack genäht. Ein dazu passendes Band aus grobem braunem Stoff hatte sie sich wie einen Schal um den Kopf gebunden und oben geknotet. Die beiden Enden standen fast senkrecht nach oben und sahen für jedermann aus wie Rehohren. Von ihrem karottenroten Haar war fast nichts zu sehen.
»Was für eine Farbe hat Ihr Mantel noch?« Es hatte sich zuviel ereignet, daß ich mich noch an dieses Detail vom Vortag erinnern konnte.
»Wie?«
»Ihr Mantel? Ist er wenigstens rot oder blau?«
»Mein Mantel geht Sie einen feuchten Dreck an, Miss Yoder!«
»Machen Sie doch, was Sie wollen.« Selbst Mama hätte mit dieser Frau die Geduld verloren.
»Nun, haben sie gefrühstückt oder nicht?« Sie stampfte ungeduldig mit ihrem braun geschnürten Arbeitsstiefel auf den Boden. Eine Flamencotänzerin war sie nicht gerade.
»Ich verlautbare nicht die Aktivitäten meiner Gäste. Noch nicht einmal Ihre.«
»Was soll das heißen?«
Ich wußte es nicht. Aber nun wünschte ich, ich hätte es gewußt. Einen kurzen Moment lang sah Jeanette aus wie eine Katze, die mit der Pfote im Goldfischglas erwischt worden ist.
»Orangen- oder Tomatensaft?« erkundigte ich mich, so freundlich ich konnte. In diesem Augenblick kam Freni mit

einem Berg Buchweizenpfannkuchen und einem Krug warmen, hausgemachten Sirups herein. Kurz bevor sie sich setzte, konnte ich sehen, wie Jeanettes braune, jutebedeckte Brust den Duft einsog, der von dem Teller aufstieg.

»Sind für mich auch noch welche da?«

Ich drehte mich herum und sah Billy Dee Grizzle in der Tür stehen. Mit den blauen Ringen unter den Augen wirkte er älter, als ich ihn in Erinnerung hatte. Mit Sicherheit viel zu alt für Susannah. Und er schien auf seinem rechten Wangenknochen eine Prellung oder einen Kratzer zu haben, den ich zuvor nicht bemerkt hatte. Vielleicht hatte er sich an der Schaufel gestoßen, als er nach Erdwürmern grub. Solche Dinge passieren nämlich, müssen Sie wissen. Myrna Stoltzfus, die in der Grammar School meine beste Freundin war, hat sich einmal mit ihrem eigenen Lunchbehälter k.o. geschlagen.

»Es gibt noch Unmengen davon«, erwiderte ich. »Möchten Sie Kaffee?«

»An Laborratten hat man nachgewiesen, daß Koffein krebserregend ist«, sagte Jeanette, die den Mund schon voll Pfannkuchen hatte.

Billy lachte. »Zuviel Sex ebenso.«

»Wie?«

Billy ignorierte sie und setzte sich. »Ich hätte liebend gerne etwas Kaffee, Miss Yoder.«

»Magdalena«, gaben ihm meine Mundbewegungen zu verstehen.

Als ich ihm den Kaffee eingoß, kamen Joel und Linda herein. »Sind sie schon fort?« fragten sie gleichzeitig.

»Das möchte ich auch gerne wissen«, sagte Jeanette. Ihr Mund war wieder voller Pfannkuchen, und sie spuckte beim Sprechen kleine Stückchen davon aus.

»Also, los, wir müssen es herausfinden«, mahnte Linda. Sie

jedenfalls schien ziemlich munter zu sein. Es war nichts mehr davon zu bemerken, daß vor kurzem ein Objekt mit acht Beinen sie dem Tod nahe gebracht hatte.
»Entspannt euch, Leute«, meinte Billy Dee gedehnt. »Garretts Buick ist vor etwa zwanzig Minuten von hier weggefahren. Sie sind schon lange fort.«
Jeanette schrie auf und gab etwas von sich, das man unmöglich drucken kann, dann schaufelte sie einen weiteren Mundvoll in sich hinein.
»Nun, wir können sie noch immer einholen, nicht wahr?« besänftigte Joel. Er war so umsichtig gewesen, sich so weit wie möglich entfernt von Jeanette hinzusetzen. Linda setzte sich neben Billy.
»Es ist einen Versuch wert«, sagte Jeanette und zeigte mir dabei mehr Pfannkuchen, als mir lieb war. »Selbst ein Wald voller Jäger ist vermutlich sicherer als diese Mistbude. Ich würde vorschlagen, wir machen uns auf den Weg, und zwar dalli.«
»Staatsforste sind schrecklich groß«, meinte Linda. Ich suchte ihr Gesicht nach Hinweisen auf Stoltzfus-Blut ab.
»Es macht nicht die Bohne aus«, erklärte Billy Dee geduldig. »Wir wollen sie erwischen, wenn sie mit ihrem Hirsch aus dem Gehölz kommen und nicht während sie gerade durch irgendeinen dummen Wald trampeln. Wir wollen ein Bild, bei dem die Reporter lange Zähne kriegen.«
Ich schluckte schwer. »Reporter?«
»Im Wald«, beruhigte mich Billy. »Wenn sie zum Auto zurückkommen, nicht hier, Miss Yoder.«
»Aber was ist mit dem armen Hirsch?« schrie Linda.
Billy klopfte ihr auf die Schulter.
»Machen Sie sich keine Gedanken«, versuchte ich hastig, sie zu beruhigen. »Hunderte von anderen Hirschen werden auch getötet werden.« Wenn ich genau darüber nachdenke,

schwant mir, daß Urgroßmutter Kauffman eine geborene Stoltzfus gewesen ist.
Selbst Linda überraschte mich nun, denn sie brach in Tränen aus und vergrub den Kopf hinter Billys starken Schultern. Jeanette starrte wütend in die Gegend, allerdings wußte ich nicht, ob ihr Blick mir galt oder Billy, der mir gegenübersaß. Dann riß sie den Mund auf und spuckte die Überreste mindestens eines halben Pfannkuchens wieder aus.
»Wie unfein«, sagte Billy Dee, der sonst so höflich ist.
»Eier!« krächzte sie.
»Wie?« fragte ich gebieterisch. Ich war nicht in der Stimmung, mir falsche Anschuldigungen anzuhören.
»Da ist Eierschale in den Pfannkuchen. Also müssen auch Eier drin sein!«
»Beweisen Sie es!«
Jeanette stocherte in den Resten auf ihrem Teller herum und fischte schließlich ein kleines, weißes Stückchen heraus, das nicht der Rede wert war. »Hier!«
»Freni!«
Freni erschien fast augenblicklich und wischte sich die Hände an der Schürze ab. »Ja?«
»Freni, hast du Eier in diese Pfannkuchen getan?«
Freni schaute mir direkt in die Augen. »Taten die Kinder Israels Stroh in ihre Ziegel?«
»Wie?«
»Sie spinnt«, hatte Jeanette die Nerven zu sagen.
»Freni, du hast keine Ziegel gemacht, sondern Pfannkuchen. Hast du Eier genommen?«
Freni kreuzte die Arme über ihrem fülligen, schürzenbedeckten Busen und stampfte dreimal mit dem Fuß auf. Ich habe beobachtet, daß Stiere das gleiche tun, bevor sie angreifen.

»Nun, Freni?«
»Du kochst von jetzt an selbst für die verrückten Engländer, Magdalena. Ich kündige!«
»Lieber Gott im Himmel«, betete ich, »mach, daß sie ihre Kündigung erst wieder zurückzieht, wenn diese englische Meute das Rote Meer durchquert hat.«
Leider ignoriert Gott unsere Gebete nicht immer. Ich hätte viel lieber mit einer ganzen Reihe von immer wiederkehrenden Beschwerden zu tun gehabt als mit einer Leiche, die sich an Mamas Dresdner Mustersteppdecke klammerte.

10

Freni Hostetlers Rezept für Buchweizenpfannkuchen

- 80 g Weizenmehl
- 120 g Buchweizenmehl
- 3 Teelöffel Zucker
- 1 Teelöffel Backpulver
- 1/2 Teelöffel Salz
- 1 Prise Zimt
- 3 Eier
- 1/4 l Sahne
- 3 Teelöffel Schweinefett

Trockene Zutaten miteinander mischen. Eier und Sahne von Hand gut vermischen. Das ausgelassene Schweinefett hinzugeben. Gut verrühren. Nach und nach flüssige Zutaten hinzugeben, bis sich ein zarter Teig gebildet hat.
Teig auf ein heißes, mit Speck eingefettetes Backblech gießen oder mit dem Löffel daraufgeben. Braten, bis sich an der Pfannkuchenoberfläche Blasen gebildet haben. Wenden und weiter braten, bis der Pfannkuchen goldbraun ist. Mit frischer Butter getränkt und viel Ahornsirup servieren. Als Beilage sind hausgemachte Schweinswürste mit Salbei ausgezeichnet geeignet.

11

Ich übernahm die Küche und vermischte etwas Wasser, Pflanzenöl, Weizenmehl, Buchweizenmehl und Backpulver miteinander. Das Salz und den Zucker ließ ich weg, weil Jeanette und Linda mich darüber informierten, sie seien schlimmer als Gift, und Jeanette mir drohte, mich zu verklagen, wenn dieser Unrat ihr bei mir noch einmal zwischen die Zähne komme. Die Prise Zimt vergaß ich ganz einfach.

Ich briet die Mischung auf einem anderen Backblech, das sparsam mit Pflanzenöl eingefettet war. Die Pfannkuchen, wenn Sie sie so nennen mögen, waren flache, schwere, scheußliche Dinger, die auseinanderbrachen, wenn ich sie herumdrehte. Sie hatten das Aroma und das Aussehen von wochenalten Kuhfladen, aber die meisten Gäste liebten sie.

»Ich möchte Sie nicht beleidigen, Miss Yoder«, sagte der stets höfliche Billy Dee. »Aber sind vielleicht noch welche von Mrs. Hostetlers Pfannkuchen in der Küche?«

Jeanette starrte ihn deutlich zornig an, und Linda versuchte erfolglos, ein Schaudern zu unterdrücken. Ich trottete zurück in die Küche und türmte auf einem Teller sämtliche Pfannkuchen von Freni aufeinander, die ich selbst nicht mehr herunterbrachte. Als ich sie vor Billy Dee hinstellte, leuchtete sein Gesicht auf wie eine Kerosinlampe mit frisch gereinigter Lampenglocke. »Ist noch etwas Speck da?« fragte er hoffnungsvoll.

Natürlich enttäuschte ich Billy Dee nicht. Ich stöberte einen Teller mit hausgeräuchertem Speck auf, knusprig frisch, aber nicht krümelig, und stellte ihn stolz vor ihn hin. Billy Dee war offensichtlich entzückt, aber die drei anderen reagierten wie ich, wenn jemand in meiner Anwesenheit eine Zigarette anzündet. Vermutlich waren sie wohl noch höflicher. Sie zogen sich lediglich ans entfernte Ende des Tisches zurück und kauerten dort in defensiver Stellung, zweifellos in der Absicht, eventuell sich aus Billys Speck lösende Fleischmoleküle, die sie attackieren könnten, abzuwehren. Für den Rest ihres frugalen Mahls blieben sie in ihrer hermetisch abgeschlossenen Gruppe und unterhielten sich im Flüsterton von Verschwörern.

Ich hatte nichts dagegen. Ich lud mir selbst einen Teller auf und setzte mich zu dem zugänglicheren Fleischesser.

»Verträgt sich denn das Essen von Fleisch mit Ihrer Einstellung zur Jagd?« fragte ich ihn freundlich.

Billy Dee biß in eine neue Scheibe Schinken. »Absolut, Miss Yoder. Im Tierreich gab es schon immer Fleischfresser, und es wird sie auch immer geben. Sie töten und dann essen sie, was sie töten. Wissen Sie, wie Löwen, Leoparden und so. Und dann gibt es die Aasfresser, wie zum Beispiel Schakale. Sie fressen das Fleisch, das die Karnivore übriglassen. Stellen Sie sich vor, ich bin ein Aasfresser. Jemand hat dieses Schwein getötet und liegenlassen. Ich beseitige ganz einfach anschließend die Überreste.«

»Wie zu erwarten war, hinkt Ihr Vergleich«, war ich kühn genug zu sagen. »Ich meine, wenn es in Ordnung ist, daß Löwen und Leoparden töten, warum gilt das nicht für Mr. Ream und seine Leute?«

Billy Dee lächelte mich geduldig an. »Löwen und Leoparden sind biologisch dafür programmiert, andere Tiere zu reißen. Sie tun das fürs Überleben. Sie haben keine andere Wahl, im Gegensatz zum Kongreßabgeordneten Ream.«

»Aha, aber Schakale sind wie Löwen, oder etwa nicht? Sie sind als Aasfresser programmiert und haben keine andere Wahl, Sie aber schon!«

Billy steckte sich trotzig eine weitere Scheibe Speck in den Mund. »Nehmen Sie die Tatsache, daß ich Aas esse, als Dienst an Ihnen und dem Rest der Menschheit. Egal, welchen Speck ich esse, es führt dazu, daß es weniger gibt, um den Sie sich Sorgen machen müssen. Ich besudle selbstlos meinen Körper, so daß Sie ein saubereres, reineres Leben führen können. Ich tue recht, das moralisch gesehen Richtige.«

»Vielleicht hören Sie sich politisch gesehen nicht ganz korrekt an.«

Er lachte herzlich. »Billy Dee Grizzle ist definitiv politisch nicht korrekt.«

»Wie, ich meine warum, haben Sie Ihre Meinung über das Jagen geändert?« erkundigte ich mich. »Ich habe mitgehört, wie Sie dem Kongreßabgeordneten letzte Nacht erzählten, daß Sie früher selbst gejagt haben.«

Er schien ehrlich überrascht über meine Frage. »Lesen Sie keine Zeitung?!«

Ich muß vor Verlegenheit rot geworden sein. So gerne ich auch lese, meine Preise sind nicht hoch genug, als daß mir die Harrisburger oder Pittsburgher Zeitungen geliefert würden. Und die Titelgeschichte in dem wöchentlichen Fetzen Papier, der in Hernia veröffentlicht wird, beschäftigte sich mit dem massenhaften Auftreten vereiterter Euter in Amos Troyers Milchviehbetrieb.

Billy Dee war zu höflich, um mich unwissend im Regen stehenzulassen. »Es geschah vor vier Jahren«, erklärte er rasch. »Wir waren gerade von Texas hierhergezogen. Ich war auf Hirschjagd.« Er löste den Blick von meinem Gesicht und schien den Stepprahmen auf der anderen Seite des

Saales anzustarren. »Meine Tochter, Jennifer Mae, war bei mir. Sie war elf Jahre alt.« Er machte eine Pause.
»Jennifer ist ein hübscher Name«, sagte ich, um ihm Mut zu machen.
Er nickte. »Sie war mein einziges Kind. Ihre Mama starb, als sie gerade sieben war. Wie dem auch sei, Jenny Mae hatte keine Lust mehr zu jagen und wollte zurück zum Transporter, um sich dort auszuruhen, und ich ließ sie gehen.« Er schluckte. »Er war gar nicht so weit weg, der Transporter, meine ich. Alles wäre in Ordnung gewesen, wenn sie nicht irgendwie kehrtgemacht hätte.«
»Ich verstehe.«
»Das tun Sie nicht. Jenny Mae schaffte es nicht zurück zu diesem verdammten Lkw. Sie trug einen weißen Haarreif, wie den, den ihre Mama ihr früher ins Haar getan hatte. Ich brachte es nicht übers Herz, ihr zu sagen, sie solle ihn ablegen. Ich dachte ehrlich nicht, daß es notwendig wäre. Sie war die ganze Zeit bei mir, außer zu jenem Zeitpunkt, und ich trug eine orangefarbene Weste.«
Er machte wieder eine Pause, und da ich diesmal das, was er sagen würde, fürchtete, ermutigte ich ihn nicht weiter.
Er fuhr dennoch fort. »Ich war es, ihr eigener Daddy, der diesen Haarreif mit einem weißen Schwanz verwechselte. Ich erschoß mein eigenes kleines Mädchen.«
Ich erwartete, daß er schluchzend zusammenbrechen würde, aber er tat es nicht. »Nicht daß es im Vergleich zu Jenny Maes Tod irgendeine Bedeutung hätte, aber es wäre als Unfall eingestuft worden, wenn diese Leute da nicht gewesen wären.«
»Jeanette, Joel und Linda?«
»Vor allem sie.« Ich wußte sofort, daß er Jeanette meinte.
»Ich weiß noch immer nicht wie, aber sie waren sofort überall, wie ausgeräucherte Hornissen. Sie hatten die Presse

dabei, und bevor ich überhaupt dazu kam, Luft zu holen, war ich der fahrlässigen Tötung angeklagt. Ich hatte vor Gericht keine Chance.«

Ich gab ihm die Gelegenheit, wieder Atem zu schöpfen, und wartete still, bis er seine Erzählung beendete.

»Ich kam für drei Jahre hinter Gitter. Ich weiß, daß das nicht viel ist, und ich habe es vermutlich sogar verdient. Aber die Sache ist, Miss Yoder, daß sie es schafften, es fast so aussehen zu lassen, als hätte ich Jenny Mae absichtlich umgebracht.«

»Das haben sie tatsächlich gesagt?«

»Nicht wortwörtlich. Aber das war es, worauf es hinauslief. Sie machten mich zu einem gemeinen Schreckensmonster, dem es egal war, was mit diesem kleinen Mädchen geschah. Sie sagten, daß ich dadurch, daß ich sie mitnahm, nicht nur wissentlich gegen das Gesetz verstoßen, sondern auch öffentlich jedes Recht verwirkt hatte, ihr Vater zu sein.«

Er wischte sich die Augenwinkel mit der Handinnenfläche, obwohl ich keine Tränen sehen konnte. »Ich glaube, am schlimmsten ist, daß sie mir keine Zeit gaben, zu reagieren oder um ihren Tod zu trauern. Ich stand unter Schock, Miss Yoder. Ich war völlig am Boden zerstört, ich konnte einfach nicht glauben, was geschehen war. Und dann fielen sie über mich her. Das ist es, was ich meine, wenn ich sage, ich hatte keine Zeit, Luft zu holen.«

»Ich verstehe.«

»Ich erinnere mich nicht einmal mehr an ihre Beerdigung, Miss Yoder. Ich kann noch nicht einmal mit Sicherheit sagen, daß ich dort war. Miss Yoder, Jeanette und die anderen haben mir den Tod meiner Tochter gestohlen.« Er tat es mit einer Handbewegung ab. »Natürlich kann ich nicht erwarten, daß Sie das verstehen.«

»Aber ich verstehe sehr gut.« Das war die Wahrheit. Als Mama und Papa bei dem schrecklichen Unfall getötet wurden, wollte ich mit jeder Faser meines Daseins um sie trauern. Ich wollte den Schmerz ganz spüren, so lange ich das brauchte, bevor ich lernen mußte, mich damit abzufinden und mein Leben weiterzuleben. Aber natürlich war mir der Luxus, mich um meine eigene emotionale Genesung zu kümmern, nicht vergönnt, nicht mit einer Bürde wie Susannah am Hals, mit der ich zurechtkommen mußte. Nach dem Tod meiner Eltern benahm sich Susannah wie eine Närrin, und zwar in solchem Maße, daß neunundneunzig Prozent meiner Energie sich auf sie und ihre Genesung konzentrierten. Susannah war immer noch weit davon entfernt, gesund zu sein, und ich hatte noch Trauerarbeit zu leisten. Natürlich würde ich Billy Dee von alledem nichts erzählen. Wir Schweizer teilen unsere Gefühle nicht leicht mit und ganz sicher nicht gegenüber vergleichsweise Fremden.

Dennoch schien Billy Dee es zu würdigen, als ich sagte, ich verstünde ihn, selbst wenn er es nicht unbedingt glaubte. Er streckte den Arm aus und tätschelte mir die Hand. Selbstredend verwirrte mich dies schrecklich, und ich reagierte wie immer, wenn ich verwirrt bin – ich redete.

»Die Sache mit der Trauer verstehe ich«, versicherte ich ihm. »Was ich aber nicht verstehe, ist, warum Sie kehrtgemacht und sich ihnen angeschlossen haben. Heißt das nicht, das Prinzip des Hinhaltens der anderen Wange ein wenig zu weit zu treiben?«

Er lehnte sich halb über den Tisch und senkte seine Stimme zu einem Flüstern. »Ich habe mich ihnen nicht angeschlossen, Miss Yoder, ich habe sie infiltriert.«

»Was haben Sie?«

»Nun, es stimmt schon, daß ich die Jagd aufgegeben habe. Ich kann mich nach Jenny Maes Tod nicht mehr dazu überwinden, ein Gewehr anzurühren. Aber ich bin nicht gegen die Jagd wie sie. Ich bin weiterhin der Meinung, verantwortungsbewußte Menschen sollten das Recht haben, zu jagen. Ich selbst habe mich eben nicht verantwortungsbewußt verhalten.«

»Aber wenn Sie nicht an deren Sache glauben, warum sind Sie dann mit ihnen zusammen?«

Er flüsterte noch leiser. »Weil ich sie davon abhalten möchte, anderen das anzutun, was sie mir angetan haben. Ich bin hier, um sie zu kontrollieren, Miss Yoder. Um ihren Fanatismus in Schranken zu halten.«

»Und sie verdächtigen Sie nicht?« Jeanette war vielleicht unangenehm, aber dumm war sie sicher nicht.

»Ich nehme an, daß sie das tun. Aber sie sind dennoch froh, mich zu haben. Ich nehme an, sie sind irgendwie stolz, einen Bekehrten in ihren Reihen vorweisen zu können. Es zeigt, daß, wenn ich den rechten Weg gehe, auch andere ihn gehen können. Ich bin der lebende Beweis dafür, daß ihre Einstellung die richtige ist. Ob ich wirklich aufrichtig bin, darüber denken sie lieber nicht nach.«

»Außer wenn Sie direkt unter ihrer Nase Speck mampfen.«

Wir fingen an zu lachen, beherrschten uns aber fast augenblicklich wieder. Die drei am anderen Tischende schauten in unsere Richtung und schienen das überhaupt nicht komisch zu finden.

»Was ist denn so verdammt lustig?« erkundigte sich Jeanette herrisch, aber sie schien keine Antwort zu erwarten. »Ich würde meinen, daß Sie, Miss Yoder, keinen Grund haben, so frivol zu sein, jetzt wo ein größerer Rechtsstreit gegen Sie über Ihrem Haupt schwebt. Ich würde meinen, in Ihrem Terminkalender sollte heute die Suche nach einem guten Anwalt und einem Zimmermann stehen. Schließlich bin ich fast selbst diese Treppe hinuntergefallen.«

»Es ist ein Geländer da!« Ich schrie fast. Es wäre jedoch beinahe eine Klage wert gewesen, dabei zuzusehen, wie

Jeanette hinunterstürzte, wenn auch mein Vergnügen durch die Beschädigung der Treppe gemindert worden wäre.

Billy Dee tätschelte mir die Hand. »Machen Sie sich keine Sorgen, Miss Yoder. Es wird keinen Prozeß geben. Und selbst wenn, werden Sie nicht verlieren. Zum Teufel, die Treppe ist gar nicht so steil. Ein Freund von mir in Dallas ist eine wesentlich steilere Treppe hinuntergefallen, allerdings starb er nicht. Die Geschworenen brauchten dennoch drei Tage, um zu einem Urteil zu kommen.«

»Wie lautete das Urteil?« Ich hielt den Atem an.

»Der Kläger gewann natürlich. Aber wie ich bereits sagte, die Treppe war wesentlich steiler.«

»Wieviel bekam der Kläger aufgebrummt?« Ich sollte wohl damit aufhören, die Mahnungen der Verrechnungsstelle der Zeitungsverleger wegzuwerfen.

»Nicht viel. Nur etwa dreieinhalb Millionen, glaube ich.«

Eine kurze, unverzeihliche Sekunde lang haßte ich Mama und Papa. Wenn sie sich nicht zwischen einem Milchwagen und einer Ladung Schuhe hätten zerquetschen lassen, wäre ich jetzt nicht in solch einer Patsche. Da das eine Sünde war, schwor ich, niemals wieder ein Glas Milch zu trinken und, wann immer möglich, barfuß zu gehen.

»He, sollten wir uns nicht in Richtung Wald bewegen?!« fragte Joel mitten in meine Tagträume hinein. Für einen Fanatiker hatte er einen bemerkenswert mäßigenden Einfluß.

Alle, darunter auch ich, stimmten zu, daß es allerhöchste Zeit sei, sich auf den Weg zu machen. Ich überraschte sie, indem ich in die Küche stürzte und mit Lunchpaketen zurückkam. »Es ist überall das gleiche drin«, sagte ich spitz. »Haferbrotsandwiches mit Erdbeermarmelade und Erdnußkekse.«

»Ich hoffe für Sie, daß keine Eier darin sind!« knurrte Jeanette.
»Haben Sie für die Kekse biologische Erdnußbutter verwendet?« erkundigte sich Linda.
Ich lächelte gütig. »Natürlich, meine Liebe.« Es war auch nicht gelogen. Ich hatte es vor dem Zubettgehen am Vortag in meinem Lexikon überprüft. Laut Webster sind alle der lebenden Natur zugehörigen, Kohlenstoff enthaltenden Organismen biologisch. Selbst die No-name-Erdnußbutter, die ich kaufte, enthielt biologische Erdnüsse, die einst der lebenden Natur angehört hatten und Kohlenstoff enthielten. Freilich ist es durchaus möglich, daß Linda wissen wollte, ob die Erdnüsse biologisch gedüngt und ohne Einsatz von Pestiziden gewachsen waren. Aber das hatte sie nicht gesagt, oder? Dann hatte sie, wie Susannah sagen würde, eben Pech gehabt.
Apropos Susannah, ich hatte noch nicht einmal die Zeit, mich wieder hinzusetzen, nachdem die anderen gegangen waren, als sie schon in den Raum wogte. Alles an Susannah wogt, außer ihr Busen, der sogar noch kleiner als meiner und kaum in der Lage ist, auf und ab zu hüpfen, geschweige denn zu wogen.
Wir brummten eine Begrüßung. Das ist mehr, als man von den meisten Schwestern sagen kann, die sich nicht verstehen und gute Gründe haben, mürrisch zu sein, sobald sie sich begegnen. Meine schlechte Laune war sicher verständlich. Bei Susannah hatte ich keine Ahnung, woher sie kam.
»Du bist wohl mit dem linken Fuß zuerst aufgestanden?« Susannah setzte sich und fing an, in den Überresten von Billy Dees Frühstück herumzustochern. »Ich wäre überhaupt nicht aufgestanden, wenn all die Idioten über mir weniger Lärm gemacht hätten.«

»Was meinst du damit?« Der Idiot über meinem Schlafzimmer war zufällig Garrett Ream.
Susannah, der eigentliche Aasfresser, nagte an einer Scheibe von Billy Dees angeknabbertem Speck. »Was ich meine«, sagte sie gereizt, »ist, daß der Herr Bonze Kongreßabgeordnete und seine Unschuld vom Lande, diese Barbiepuppe von Frau, eine heftige, lange Auseinandersetzung hatten.«
»Er hat sie geschlagen?«
»Woher soll ich das wissen? Ich habe sie nicht gesehen, sondern nur gehört.«
»Was haben sie gesagt?« Im Gegensatz zu dem, was Sie vielleicht denken, habe ich das Recht zu erfahren, was in meinem Hause vor sich geht.
»Was ist es dir wert, Mags?«
»Einen frischen Berg Pfannkuchen und allen Speck, den du nagen – ich meine essen – kannst.«
»Ist gebongt.« Susannah holte Schnuckelchen aus den unteren Gefilden ihres wallenden Gewandes, setzte ihn auf Billy Dees Teller, der vor Sirup nur so schwamm, und das Ungeheuer schickte sich an, ihn sauberzulecken.
»Nun?« fragte ich, nachdem meine Geduld weitgehend erschöpft war.
»Also, er beschuldigte sie, auf diesen süßen Berater von ihm scharf zu sein. Wie heißt er noch gleich?«
»Delbert James.«
»Ja, genau. Natürlich hat sie es abgestritten. Aber das war nicht der interessante Teil der Übung.«
»Was dann?«
»Wart's ab! Interessant wurde es, als sie etwas darüber sagte, daß er mit Frau Beißzange eine Affäre habe. Weißt du, die mit dem roten Haar.«
»Jeanette Parker?«
»Mags, würdest du bitte aufhören, mich zu unterbrechen?

Wie dem auch sei, ich fiel fast aus dem Bett vor Lachen, als ich das hörte. Ich dachte, ich hätte mich vielleicht sogar verhört, aber nein, sie wiederholte es noch einmal.«

Ich war mir sicher, daß Susannah sich verhört hatte. So unangenehm beide auch waren, ich konnte mir auch in meinen wildesten Phantasien kaum vorstellen, daß Mr. Ream sich von einer Frau wie Jeanette angezogen fühlte. Nicht, wo er die charmante Lydia zur Frau hatte. Ich beschloß, mein Glück bei Susannah auf die Spitze zu treiben.

»Was genau waren ihre Worte?« bohrte ich nach.

»Siehst du, du glaubst mir nicht!«

Daraufhin hob meine kleine Schwester ihren klebrigen Passagier hoch und versteckte ihn wieder in den unteren Regionen, wo er hergekommen war.

»Doch, ich glaube dir!« protestierte ich.

»Wieviel?«

Es gibt für alles Grenzen. »Genug, um dich nicht aus meinem Zimmer zu werfen und dich auf dem Empfangszimmerboden schlafen zu lassen.«

Susannah streckte mir die Zunge heraus, kooperierte aber trotzdem. »Ihre genauen Worte waren: ›Du hast schließlich mit Jeanette Parker geschlafen, also solltest du vielleicht den Preis zahlen.‹ Oder zumindest so ähnlich.«

Ich setzte mich schwer, buchstäblich wie der berühmte Sack Ziegelsteine. »Noch irgend etwas, das von Interesse wäre?«

Susannah verwandte eine oder zwei Minuten darauf, Schnuckelchen in seinem dumpfen und zweifellos trübseligen Versteck etwas zuzusäuseln. »Yeah«, sagte sie schließlich. »Lydia Ream sagte etwas darüber, daß Jeanette Lindas Mutter sei.«

»Aha! Sie sind also nicht, äh, ich meine ...«

»Ein lesbisches Liebespaar?«

»Susannah!«

»O Mags, du bist so provinziell. Wir befinden uns in den neunziger Jahren. Warum gehst du nicht so wie ich mit der Zeit?!«
»Du bist ein liederliches Weibsbild.«
»Und du bist ein widerliches Weibswild.« Susannah lachte herzlich über ihren kleinen Scherz. Ihr knochiger, büstenhalterloser Busen bewegte sich rauf und runter wie ein Fischkorken auf Millers Weiher. Von irgendwoher in dem flauschigen Gefieder ihres in Kaskaden fallenden Kostüms hörte man Schnuckelchen niesen.
»Gesundheit!«
»Danke«, sagte Susannah in Schnuckelchens Namen. »Außerdem, Magdalena, du weißt noch nicht mal die Hälfte. Was ich noch gehört habe, wird dir die Schuhe ausziehen. Mich hat es zumindest umgehauen.«
»Erleuchte mich«, bat ich. Susannah sieht mit Vorliebe Skandal-Talk-Shows wie »Geraldo« und liest diese Zeitschriften, die zweiköpfige Außerirdische beschreiben, die sich mit Vieh paaren. Um ihr die Schuhe auszuziehen, bedurfte es mindestens einer Amputation.
»Kann ich mir heute früh dein Auto ausleihen, wenn ich es dir sage? Ich möchte in Somerset Schuhe kaufen gehen.«
Ich duckte mich bei dieser Ankündigung. »Susannah, meinst du nicht, es wäre vorsichtiger, deine Kröten zusammenzuhalten, vor allem im Augenblick?«
»Was meinst du damit?«
»Ich meine … weil … nun … weißt du, es könnte ein Gerichtsverfahren geben.«
Susannah lachte so sehr, daß ich ernsthaft um Schnuckelchens Leben fürchtete. »Glaubst du wirklich, daß es einen Prozeß gibt, Mags?« brachte sie schließlich heraus.
»Sicher. Ich meine, es könnte sein.«

»Es könnte sein! Mags, du solltest wirklich mehr fernsehen. Sie müssen dir vor Gericht Fahrlässigkeit nachweisen. Es reicht nicht aus, daß die Treppe steil ist.«

»Und sie hat ein Geländer«, assistierte ich.

»Genau. Also, du siehst, daß du dir überhaupt keine Sorgen zu machen brauchst, oder?«

»Ich hoffe, du hast recht. Aber ich glaube trotzdem, daß es keine so gute Idee ist, jetzt einkaufen zu gehen.«

»Vielleicht nicht für dich«, sagte Susannah boshaft. »Das Inn läuft auf deinen Namen, nicht auf meinen, erinnerst du dich?«

»Vielen Dank!« Aber sie hatte den Nagel auf den Kopf getroffen. Ich war die verantwortliche Erwachsene. Eine Art Vormund, denn Susannah ist, trotz ihres fortschreitenden Alters, nicht leistungs- und noch viel weniger schuldfähig; aus ebendiesem Grund hatten Mama und Papa den Gasthof mir hinterlassen.

»Komm schon, Mags, laß mich den Wagen nehmen«, bettelte Susannah, »und ich verspreche, dir bis ins Detail alle saftigen Informationen rüberzuschieben; es wird dir garantiert die Schuhe ausziehen.«

»Okay«, sagte ich schließlich. Der Benzintank war fast leer, und in Hernia gab es keine Tankstelle mit Bedienung. Da Susannah eher zur Kirche gehen als ihren Wagen selbst auftanken würde, konnte ich jede Wette eingehen, daß sie nicht sehr weit kommen würde.

»Prima!« rief Susannah. Sie rieb sich ausgelassen die Hände und wölbte sie dann über dem Mund wie ein kleines Mädchen, das sich anschickt, ihrer besten Freundin den letzten Tratsch zu erzählen. »Nicht nur ist diese schreckliche Jeanette Lindas Mutter«, flüsterte sie, »sondern Mr. Ream ist ihr Vater.«

»Du machst wohl Witze!« Es haute mich zwar nicht aus den

Socken, aber es zupfte ein wenig an den Sockenrändern, da bin ich mir so gut wie sicher.

»Ich meine es ernst. Und nicht nur das; ich glaube, Jeanette hat den Kongreßabgeordneten erpreßt. Wahrscheinlich hat sie ihm über Jahre hinweg die Daumenschrauben angesetzt. Daß sie gestern auftauchte, ist kein Zufall. Und weißt du was, ich vermute, daß Mrs. Ream über all das die ganze Zeit Bescheid gewußt hat, sich aber aus irgendeinem dummen Grund nicht von ihm scheiden lassen will oder kann. Das glaube ich zumindest.«

»Du glaubst? Du glaubst? Susannah, Erpressung ist ein ernstes Verbrechen. Man kann keine Behauptungen dieser Art aufstellen, die sich auf Informationen gründen, die man durch die Zimmerdecke bekommen hat. Ich kann nicht glauben, daß Lydia Ream sich mit einer solch unguten Situation abfinden würde.«

»Noch ein paar Neuigkeiten für dich, Schwesterherz. Lydia Ream ist nicht die Heilige, für die du sie hältst. Ich habe gehört, wie sie ihrem Mann sagte, jetzt sei er mit dem Zahlen an der Reihe, erinnerst du dich? Und sie hörte sich nicht wie ein Chorknabe an, als sie es sagte. In Wirklichkeit benutzte sie Ausdrücke, die du vermutlich noch nie in deinem Leben gehört hast. Es ist offensichtlich, daß sie unglaublich wütend über die Erpressung ist und sie nicht weiter tolerieren wird.«

»Ich glaube, das nennt man Indizienbeweis.«

»Du bist vielleicht eine Skeptikerin, Mags! Du glaubst erst dann etwas, wenn du seitenweise Unterlagen darüber hast.«

»Ich glaube noch immer nicht, daß es sich bei Schnuckelchen um einen Hund handelt. Die Indizien weisen darauf hin, daß es sich um eine haarige Ratte handelt.«

»Das reicht!« Susannah stand sich bauschend auf und stürmte wütend vom Tisch weg. In der Tür hielt sie inne. »Und noch etwas, *Miss* Yoder, Billy Dee Grizzle hat schon eine Freundin, und Delbert James ist zufällig schwul!«

»So wie Schnuckelchen!« schrie ich ihrem Rücken hinterher. Jeder Tierpsychologe hätte seine helle Freude an einem Hund, der ständig in einer Handtasche oder einem halbleeren Büstenhalter herumgetragen wird.

Zu meiner Enttäuschung reagierte Susannah auf meine letzte Bemerkung nicht. Im Gegensatz zu Schnuckelchen. Ich hatte nicht die Gelegenheit, die Pfütze zu sehen, die der nervöse kleine Köter produzierte, aber Susannah machte einen Satz ins Bad, und später fand ich den Berg Polyesterfummel, den sie getragen hatte, im Wäschekorb, wo sie ihn hineingestopft hatte.

12

In der Sekunde, in der mein Wagen mit Susannah am Steuer aus meinem Blickfeld verschwand, stürmte ich die steile Treppe meines wunderbar leeren Gasthofs hinauf, geradewegs zu dem versiegelten Zimmer. Es war ein bißchen schwierig, den orangefarbenen Streifen so vom Türpfosten zu lösen, daß ich ihn wieder dort anbringen konnte, ohne daß jemand etwas bemerkte. Nur ein aufmerksamer Kriminalbeamter würde bemerken, daß ich mich daran vergriffen hatte, wenn ich hier fertig war, und selbst Chief Myers, Gott segne ihn, war so aufmerksam nicht. Wenn er es wäre, hätte er ohne Zweifel bemerkt, daß seine Frau, Tammy, X-Beine hatte, einen Mund wie ein Muli und schrie wie ein Esel, wenn sie lachte. Als wir auf die High-School gingen, hätte er ihr lieber einen Sattel kaufen sollen, statt jenen Verlobungsring.

Ich weiß nicht, was ich in Miss Browns Zimmer zu finden hoffte. Ich machte mich einfach daran, ihre Sachen durchzusehen, die, bis auf ein Paar Strümpfe, die zum Trocknen auf dem Handtuchhalter hingen, braune Hausschuhe mit grauem Schnurbesatz, die Schuhe und das Kleid, die sie am Vortag getragen hatte, sich alle noch in ihrem Koffer befanden. Ihre Handtasche hatte offensichtlich der Chief mitgenommen.

Daß ihr Koffer abgeschlossen war, bremste mich kein bißchen. Jedes mennonitische Mädchen, das seine Haube wert ist, kann mit einer Haarnadel mit dem Geschick eines Chirurgen umgehen. Ich hatte die kleine Reisetasche schneller geöffnet, als Freni für ein Lächeln brauchen würde, aber das nützte mir nichts. Zwei beigefarbene Büstenhalter, zwei mehr oder weniger weiße Strumpfhosen, ein grauer Pulli, ein Paar braune Hosen, eine haferbreifarbene Bluse und eine Zahnbürste sagten mir nicht viel mehr, als ich sowieso schon wußte, außer daß ihre Strumpfhosen eine Größe hatten, die darauf hindeutete, daß ihr Kleid ihr breites Untergestell vorzüglich kaschiert hatte.

Ich ertappte mich dabei, daß ich aus alter Gewohnheit heraus ihr Bett machte, in dem offensichtlich jemand geschlafen hatte. Ich bremste mich, denn Leichen sind ja nicht gerade für ihre besonderen Fähigkeiten beim Bettenmachen bekannt, vor allem, wenn sie bereits ins Leichenschauhaus gekarrt worden sind. Hernia verfügte vielleicht nicht über die klügste Polizei der Gegend, aber vollkommene Trottel waren sie auch nicht. Zumindest dachte ich das damals.

Ich schaute mich ein letztes Mal kurz um. Alle Möbel waren noch da. Der billig gerahmte Druck des »Angelusgebets« hing noch an der Wand, die Gideonbibel lag auf dem Nachttisch, und im Bad konnte ich die zwei Handtücher sehen. Es standen sogar zwei Trinkgläser auf der Ablage statt nur des üblichen einzigen, was ich ganz in Ordnung fand. Gäste, die nützliche Gegenstände hierlassen wollten, durften das gerne tun.

Ich kann nur sagen, daß ich ausgezeichnete Arbeit leistete, als ich das Band wieder hinklebte. Lediglich eine leichte Falte am Ende eines Streifens verriet mein Eindringen, und soviel ich weiß, war diese bereits dagewesen.

Der nächste Punkt auf meiner Tagesordnung bestand darin, die Telefonnummern anzurufen, die Miss Brown auf ihrer Anmeldung angegeben hatte. Natürlich kosteten all diese Anrufe etwas, aber was sind schon ein, zwei Dollar, wenn man dabei ist, sein letztes Hemd – oder meinetwegen seine letzte Bluse – zu verlieren?! Ich rief zuerst die Nummer an, die als Privatnummer angegeben worden war. Nach etwa dem vierten Läuten antwortete eine maschinelle, vermutlich weibliche Stimme, die mir mitteilte, daß es unter dieser Nummer keinen Anschluß gebe, und klärte mich darüber auf, daß ich in Zukunft das Telefonbuch benutzen solle.

Der zweite Anruf im Büro verlief etwas zufriedenstellender. Nach dem zweiten Läuten antwortete eine recht herzlich klingende männliche Stimme. »Jumbo Jim's Brathähnchen- und Meeresfrüchtepalast«, sagte sie. »Jim am Apparat.«

»Arbeitet bei Ihnen eine gewisse Miss Heather Brown?« fragte ich.

»Es tut mir leid, aber Sie müssen sich verwählt haben«, sagte Jumbo Jim. Er hatte eine sehr angenehme Stimme, ein bißchen wie die vom Chief, aber mit einer Spur südlichen Näselns.

»Ist dort die 410-555-3216?«

»Korrekto. Und wie ist deine Nummer, Puppe?«

Natürlich war ich empört. »Ich gebe meine Nummer keinem Fremden.«

Jumbo Jim lachte, aber ich hatte nicht das Gefühl, daß er mich auslachte. »Fremd ist ein relativer Begriff, Puppe. Die meisten Verwandten sind merkwürdig fremd. Oder zumindest merkwürdig.«

»Da sagen Sie mir nichts Neues!« Meine Cousine zweiten Grades, Agnes Miller, hatte einen vermögenden Korsettfabrikanten geheiratet und war nicht nur nach Philadelphia gezogen, sondern auch noch an die vornehmste Adresse an der Main Line. Als der Korsettmarkt ins Bodenlose fiel, mußte Agnes als Garderobiere im Club arbeiten, um über die Runden zu kommen. Ihr Mann bekam dort einen Job als Hilfskellner. Natürlich verkleideten sich sowohl Agnes als auch ihr Mann bei der Arbeit, und erst nach vierzehn Jahren entdeckten die anderen Clubmitglieder, daß Agnes, die Garderobiere, und Alfred, der Hilfskellner, in Wahrheit ihre Freunde und Nachbarn waren.

»Also, was darf's denn sein, Puppe?« fragte Jim mit seiner wunderbaren Stimme.

Mich kann man leicht aus der Fassung bringen. »Einer von Hamlets Monologen?« fragte ich hoffnungsvoll.

Jumbo Jim lachte erneut. »Tut mir leid, Puppe, aber ich verkaufe Hähnchen und Krabben. Willst du eine Bestellung aufgeben?«

Ich zwang mich, mein Programm durchzuziehen. »Ich versuche, eine Miss Heather Brown zu finden. Diese Nummer hat man mir als Büronummer gegeben. Sind Sie sicher, daß sie nicht dort arbeitet? Vielleicht unter einem anderen Namen?«

»Wie sieht sie denn aus?«

Ich beschrieb ihm Heather. Natürlich die Heather, die ich am Vortag getroffen hatte, *nicht die*, die einem Sack Kartoffeln glich.

»Tut mir leid, Puppe«, sagte Jim mitfühlend. »Ich kenne eine Menge Frauen wie diese in Baltimore, aber keine von ihnen arbeitet hier.«

»In diesem Fall entschuldige ich mich dafür, Ihre Zeit verschwendet zu haben«, meinte ich. Dabei war ich mir sicher, daß ich die meine nicht verschwendet hatte.

»Null problemo, Puppe. Willst du vielleicht trotzdem etwas bestellen? Unser Sondergericht diese Woche ist ein Chikkenpaket mit acht extraknusprigen Stücken und ein Dutzend fritierte Shrimps, alles für den Spottpreis von nur zwölf Dollar neunundneunzig.«

»Mit oder ohne Haut?« erkundigte ich mich.

»Mit natürlich. Wo Fett ist, spielt die Musik. Sollen wir liefern, oder kommst du her, Honey, und holst es ab?«
»Ich wohne in Hernia, Pennsylvania, Jim.«
»Null problemo, Puppe. Gib mir nur die Wegbeschreibung ab Baltimore. Ich habe nächstes Wochenende frei. Dann bringe ich's rauf.«
»Sie fahren die Interstate 70, bis diese auf die Pennsylvania Turnpike stößt. Dann Richtung Westen, bis Sie nach Bedford kommen, von wo aus Sie die Route 96 in südlicher Richtung fahren. Ich bin im PennDutch Inn. In Hernia weiß jedes Kind, wo das ist.«
»Wird gemacht, Puppe.« Er legte auf.
Natürlich machte ich nur Spaß, aber wie war das mit Jumbo Jim? Ich konnte es kaum erwarten, das am nächsten Wochenende herauszufinden. Ich stehe ausgesprochen auf extraknusprige Brathähnchen.
Nachdem ich es mit beiden Telefonnummern versucht und in Miss Browns Zimmer nichts gefunden hatte, das von Interesse hätte sein können, beschloß ich, mich für einen wohlverdienten Mittagsschlaf in mein Zimmer zurückzuziehen. Natürlich räumte ich dort ein bißchen auf und machte das Bett, bevor ich mich darauflegte. Susannah hätte es dumm gefunden, das Bett zu machen, bevor man sich darauflegte, aber Susannah findet es ja auch dumm, das Haus zu putzen, bevor man auf eine Reise geht. Daß ich das Frühstücksgeschirr spüle, bevor ich am Sonntagmorgen in die Kirche gehe, ist für sie eine lächerliche Zeitverschwendung. Allerdings die Kirche ebenso. Wenn Reinlichkeit, wie gesagt wird, gleich nach Gottesfürchtigkeit kommt, sind Susannahs beste Eigenschaften automatisch drittklassig.
Ich schlief nur etwa zwanzig Minuten. Das war gerade lange genug, um mich erfrischt zu fühlen, aber nicht so lange, daß ich mich anschließend groggy gefühlt und Kopfweh gehabt

hätte, wie das nach der Siesta vorkommt. Als ich aufstand, wusch ich mir das Gesicht und zog mir das festeste Paar Laufschuhe an.
Aus dem vorderen Schrank neben dem Empfang holte ich meinen Wintermantel. Es ist ein braunes Erbstück, uralt und häßlich wie die Sünde, aber ich kann es nicht über mich bringen, mich von ihm zu trennen. Er ist nicht nur so warm wie August, sondern er hat früher Mama gehört. Sie hätte ihn an jenem Tag angehabt, an dem sie und Papa von dem Lkw rücklings überfahren wurden, aber Mama hatte damals fliegende Hitzen und entschloß sich, den Mantel zu Hause zu lassen.
Wenn ich den Mantel anziehe, habe ich stets Mamas Geruch in der Nase. Ich meine damit nicht, daß Mama schlecht roch. Aber sicherlich benutzte sie nie Parfum. Sie hatte einen leicht muffigen, erdigen Geruch, ähnlich wie der Garten nach einem Regenschauer.
Ich wollte eigentlich auch meinen braun-grau karierten Schal umlegen, aber er hing nicht an dem Haken, wo er hingehört. Wieder Susannah. Was diese Frau nicht durch Bitten bekommt, bekommt sie, indem sie es sich ausleiht, allerdings ohne die Erlaubnis des Besitzers. Zumindest hatte sie mich diesmal um das Auto gebeten. Auf jeden Fall mußte ich mit einem leuchtend orangen Polyesterstreifen vorliebnehmen, der vermutlich Susannah gehörte, den sie aber gut bei einer Straßenbaukolonne am Highway geborgt haben mochte. Somit machte ich mich hinten hinaus auf den Weg zu Freni, warm, wenn auch nicht modisch gekleidet.
Auf der Hintertreppe machte ich halt, um Mose zuzuwinken, der zufällig dabei war, Matilda, unsere beste Milchkuh, aus der Scheune zu führen. Mose kommt jeden Tag, ungeachtet des Wetters und der Beschäftigungslage seiner Frau, und ich bin ihm dafür unendlich dankbar. Ich hasse es, zu

melken. Obwohl wir automatische Melkmaschinen besitzen, die man nur noch direkt an den Kuheutern befestigen muß und die die ganze Arbeit erledigen, hasse ich es. Vielleicht deshalb, weil ich es nicht gerne hätte, wenn an mir etwas befestigt würde, oder vielleicht weil ich einfach weiß, welch großen Schaden ein falschplazierter Kuhhuf anrichten kann, aber ich würde die Kühe eher verkaufen und meine Milch im Laden kaufen als selbst zu melken. Glücklicherweise mußte ich die sechsunddreißig Male, die Freni gekündigt, und die neun Male, die ich ihr gekündigt habe, nicht ein einziges Mal diese ekelhafte Fronarbeit verrichten. Mose ist, wie einer meiner Gäste einmal sagte, »a Mensch«. Mose und Freni leben auf ihrem eigenen Hof, obwohl der eigentlich heute von ihrem ältesten Sohn, John, geführt wird. Ich nehme an, daß Mose und Freni ihren Sohn John lieben und sich einigermaßen gut mit ihm verstehen, was man von ihrem Verhältnis zu ihrer Schwiegertochter nicht sagen kann.

Barbara Zook wurde in einer der westlichen amisch-mennonitischen Gemeinden geboren und aufgezogen, ich glaube in Iowa, was sie nicht herabsetzt, aber ich weiß, daß das immer ein Thema war. Vielleicht wäre es weniger ein Thema gewesen, wenn Barbara Zook Hostetler ein kleines, schüchternes Ding gewesen wäre und ihren Platz in der Hackordnung gekannt hätte.

Dies ist jedoch nicht der Fall. Im Gegenteil, Barbara ragt mit mindestens einem Meter achtzig aus ihren wollenen Strumpfhosen heraus und ist so schüchtern wie ein Leghorn-Hahn. Barbara sieht ihren Platz in der Hackordnung so, daß sie zurückhackt, wenn nach ihr gehackt wird, und wenn Freni und Barbara beginnen, nacheinander zu hakken, dann fliegen nicht nur Federn.

Weniger als sechs Wochen nachdem John Barbara geheiratet hatte, zogen sich Mose und Freni auf ihr Altenteil zurück und übergaben den Bauernhof an ihren ältesten Sohn. Das war der Moment, als Mose kam, um für meinen Vater zu arbeiten. Dann, nach Mamas und Papas Tod, stürzte sich Freni auf die Chance und arbeitete für mich. Seither hat sie sich stets auf diese Chance gestürzt.

Es gibt zwei Wege, die zu dem Hof führen, auf dem Freni und Mose Hostetler leben. Wenn man die Straße, Augsburger Lane, links abbiegt und dann wieder links in Miller's Run, dann noch einmal links in die Beechy Grove Lane, sind es exakt zehn Komma zwei Kilometer vom PennDutch. Aber wenn man einfach aus der Hintertür geht und geradeaus, zwischen dem alten Sechssitzer und dem Hühnerstall hindurch, sind es nur eins Komma drei Kilometer. Selbst wenn ich das Auto habe, fahre ich nur selten dorthin.

Der Weg vom PennDutch zur Hostetler-Farm ist so fest gestampft und so klar zu sehen, als sei er aus Beton gegossen. Generationen zweier Familien haben diesen von Ost nach West verlaufenden Pfad benutzt. Es ist überliefert, daß er einst ein Indianerpfad war und unser gemeinsamer Ahne, Jakob Hochstetler, von Delaware-Indianern auf ihm mitgenommen wurde, nachdem er 1750 in Ostpennsylvania gefangengenommen worden war. Als wir aufwuchsen, nannten Susannah und ich ihn tatsächlich »Großvaters Pfad«, so wie quasi jeder sonst, den wir kannten.

Ich hätte Großvaters Pfad auch im Dunkeln oder mit verbundenen Augen gehen können, das hätte keinen Unterschied gemacht. Ich kannte ihn so gut wie die Krampfadern an meinem linken Bein. Der Weg führt durch zwei Felder hindurch, die jetzt mit Luzernen bepflanzt sind und die zu unserem Grund gehören, dann schlängelt er sich die niedrig bewaldete Hügelkette hinauf, die uns von den Hostetlers trennt. Auf der anderen Seite des Hügelkamms führt der

Weg wieder nach unten durch zwei Maisfelder hindurch. So einfach ist das.
Ich nehme an, daß ich vor mich hin träumte, als ich an jenem Tag zu Freni ging, aber wie ich schon sagte, es spielte wirklich keine Rolle. Für Schlangen war es zu kalt, für Glatteis zu warm, wenn auch gerade eben so, also war es nicht nötig, daß ich mich darauf konzentrierte, was meine Füße taten. Ich konnte an wichtigere Dinge denken, zum Beispiel mir überlegen, ob Billy Dee wirklich eine Freundin hatte und Delbert James wirklich schwul war und ob es Susannah tatsächlich nichts ausmachte, daß sie vermutlich auf die Hölle und ewige Qual und Verdammnis zusteuerte.
Ich war gerade zum waldigen Teil gelangt, als ein Baum direkt rechts neben mir zu explodieren schien und mein Gesicht mit Holzschnipseln übersäte. Dann hörte ich einen Krach wie ein Donnern. Ich fiel auf Hände und Knie. In den dreiundvierzig Jahren, die ich jetzt auf einem Bauernhof lebte, hatte ich, obwohl Pazifistin, gelernt, wie sich eine Gewehrsalve anhört.
Fast augenblicklich kam mir der steinharte Pfad entgegen und umfing mich mit einer Wolke kieselharter Teilchen. Der zweite Krach erreichte meine Ohren, als ich auf den Bauch fiel und unter eine Gruppe immergrüner Lorbeerbüsche rollte.
»He!« rief ich. »Ich bin ein Mensch, kein Hirsch!«
Mein Rufen blieb ohne vokale bzw. mechanische Antwort. Den einzigen Laut, den ich neben dem Winseln in meinen Ohren hören konnte, kam von einem Schwarm Krähen, die aus ihrer Krähenkolonie vertrieben worden waren, gemeinsam Richtung Hernia flogen und sich dabei lauthals beschwerten.
Als die Entfernung schließlich die verstimmten Krähen ver-

schluckte, hörte ich nur noch das schwache Geräusch meiner Hennen hinten im Hühnerstall. Wer auch auf mich geschossen hatte, bewegte sich entweder nicht, oder er bewegte sich mit der verstohlenen Geräuschlosigkeit einer Katze auf Hartholzboden. Man hörte keinen Zweig knakken, kein Laub rascheln.

Ich lag fast eine Stunde flach auf dem Bauch, versteckt von den Lorbeerbüschen. Ich denke nicht so schnell an meine Füße und noch langsamer an meinen Magen. Ich hatte keinen Grund zu glauben, daß, wer immer von dort draußen auf mich geschossen hatte, immer noch da war, aber auch keinen Grund, das Gegenteil anzunehmen. Das einzig Vernünftige war, wie es schien, dort liegen zu bleiben und abzuwarten. Glücklicherweise war Mamas alter Wollmantel so warm wie Frenis Küche an einem Backtag.

Aber wie lange war lange genug? Das konnte ich natürlich nicht sicher wissen, obwohl ich ein relativ genaues Stimmungsbarometer dafür besaß, wann ich bereit war, die Beine in die Hand zu nehmen. Etwa alle fünf Minuten oder so versuchte ich, mich aus meinem Versteck zu erheben, und jedesmal schlug mein Herz so heftig, daß meine Brust richtiggehend schmerzte, und meine Arme und Beine gaben unter mir nach, so daß ich mit dem Gesicht wieder ins Laub fiel. Ich machte vermutlich bei dem Versuch wegzulaufen mehr Lärm, als wenn ich wirklich gelaufen wäre und dabei mit einem Stock auf die Büsche eingeschlagen hätte. Ich weiß nicht, warum es mir nicht in den Sinn kam, daß ein Jäger, der wirklich dachte, es handle sich bei mir um einen Hirsch, oder der dort draußen war, um mich persönlich zu erwischen, das in den ersten fünf Minuten hätte tun können.

Als ich gerade begann, meine Sinne und Kraft wiederzufinden und vielleicht somit den Lauf zu wagen, hörte ich, wie

jemand den Weg hinunterkam. Ich wußte sofort, was da herunterkam, war ein Mensch und nicht ein Tier, denn er oder sie pfiff vor sich hin. Zumindest in Pennsylvania sind nur Menschen in der Lage zu pfeifen und so laut zu gehen, daß man sie auf einem ungeteerten Weg hört.
Ich verharrte stocksteif in hockender Stellung und heftete meinen Blick auf den Weg. Zunächst war es unmöglich zu sagen, ob es sich bei der sich nähernden Person um einen Mann oder eine Frau handelte, denn bei beiderlei Geschlecht hört es sich in etwa gleich an, wenn sie pfeifen. Das hängt ganz einfach damit zusammen, daß der Pfeifton nur vom Mund erzeugt wird, mit den Stimmbändern jedoch nichts zu tun hat.
Auch am Klang der Schritte konnte ich es nicht feststellen. Vielleicht wäre in der Zeit, in der Männer regelmäßig mehr wogen als Frauen, mein ungeschultes Ohr imstande gewesen, einen Unterschied beim Schreiten feststellen zu können. Aber nun, seit Einführung der Polyester-Stretchhosen in die westliche Zivilisation, scheint mir, daß Frauen erhebliche Fortschritte bei der Ausmerzung dieser Ungleichheit erzielt haben.
Nicht etwa, daß das Geschlecht der sich nähernden Person für meine Sicherheit irgendwie von Bedeutung gewesen wäre. Weibliche Finger sind genausogut in der Lage, den Abzug zu betätigen wie männliche. Vermutlich sind sie sogar noch geeigneter, da die Durchschnittsfrau durch das häufige Drücken von Sprühdosenköpfen einen kräftigeren Zeigefinger hat.
Aber dennoch konnte ich, als die sich nähernde Person noch ein paar Meter entfernt war, gut genug durch die Büsche sehen, um zu erkennen, daß es sich um eine Frau handelte. Und zudem eine amisch-mennonitische Frau. Ich konnte deutlich den Saum ihres langen blauen Rocks nahe

über dem Boden sehen und ein Paar schwere schwarze Schuhe.
Obwohl die Büsche über mir zu dicht waren, als daß ich mehr hätte sehen können, atmete ich erleichtert auf. Die Wahrscheinlichkeit, von einer amisch-mennonitischen Frau erschossen zu werden, war etwa so hoch wie die, daß Freni ihre Kleider ablegen und für unsere Gäste nackt auf dem Abendbrottisch tanzen würde. Ich sagte Freni, nicht Susannah.
Wenn man vom Teufel spricht ... Die Chancen für mich standen nicht schlecht, als sich herausstellte, daß es sich tatsächlich um Freni handelte. Ihr war vor ein oder zwei Tagen ein Schnürsenkel gerissen, und ich hatte ihr einen braunen geliehen, da ich keine schwarzen mehr hatte. Nun schritten, nur Zentimeter von meinem Gesicht entfernt, ein schwarzer und ein brauner Schnürsenkel rhythmisch den Weg hinunter. Einem Impuls gehorchend, langte ich aus dem Busch heraus und griff nach Frenis linkem Knöchel.
Ich weiß, daß es schrecklich war, so etwas zu tun, und kann immer noch nicht glauben, daß ich es tat, denn es sieht mir überhaupt nicht ähnlich.
Freni schrie nicht nur, sondern vollführte einen olympiareifen Wirbel und verpaßte mir mit dem anderen Fuß einen kräftigen Tritt ins Gesicht. Dann legte sie los mit einer Reihe durchschlagender deutscher Kraftausdrücke, die ihre Kirchenältesten erröten lassen und ein für alle Male bewiesen würden, daß Pazifismus nicht unbedingt ein genetischer Baustein ist.
Ich schrie, diesmal vor Schmerzen, und kam in den Büschen auf die Füße. Vielleicht war es mein Schrei oder die Tatsache, daß ich irgendwie im oberen Buschbereich Gestalt annahm, wenn auch ein wenig zerkratzt und ramponiert, jedenfalls schrie Freni sogar noch lauter als ich. So wie

Gähnen ansteckt, steckt auch Schreien manchmal an, und auch ich ertappte mich dabei, daß ich immer lauter schrie. Da standen wir also, eine amisch-mennonitische Frau auf einem Weg und eine mennonitische Frau in einem Busch und schrien uns die Seele aus dem Leib, wodurch wir uns selbst mit jeder Minute mehr Angst einjagten.

Hätte eine dritte Person jetzt noch in der Nähe gelauert, so bin ich mir sicher, sie ihrerseits wäre vor Angst wie gelähmt gewesen. Schließlich bekamen Freni und ich uns wieder in den Griff, wie Susannah sagen würde, und starrten uns nur zornig an, als Mose den Weg heraufgekeucht kam.

»Was ist los?« schnaufte er. Zumindest war es das, was er hatte sagen wollen. Schweres Atmen verändert tendenziell leicht die Aussprache.

Freni holte Luft, bevor ich eine Chance dazu hatte. »Magdalena hat versucht, mich zu Tode zu erschrecken! Sie hat sich in den Büschen versteckt wie ein kleines Kind und mich beim Vorbeigehen gepackt.« Sie drehte sich wieder zu mir um. »Deine Mama würde sich schrecklich schämen! Du benimmst dich wie diese englische Tochter von ihr.« Natürlich meinte sie Susannah.

»Ich wollte dich nicht erschrecken!« protestierte ich. »Das war nicht der Grund, weshalb ich mich in den Büschen versteckt habe.«

Freni wurde rot, und Mose wandte sich diskret ab, während sie mir eine Strafpredigt hielt. »Magdalena Yoder! In deinem Alter?! In den Büschen wie ein Teenager! Erst mal solltest du heiraten, Magdalena!«

Ich fühlte, wie auch ich rot wurde. Ich konnte Frenis Vermutung gar nicht glauben – obwohl ich mich vielleicht ein wenig geschmeichelt fühlte. »Ich war allein in den Büschen, Freni.«

»Das ist sogar eine noch größere Sünde!«

Ich konnte mir das Lachen nicht verkneifen. Da stand ich nun und mußte mir eine Moralpredigt von Freni Hostetler anhören, dabei hatte vor weniger als einer Stunde jemand versucht, mich umzubringen. Wenn es gelungen wäre, wäre ich nicht nur als Jungfrau gestorben, sondern auch ohne je einen richtigen Kuß bekommen zu haben. Frenis Vermutungen schmeichelten mir tatsächlich.

»Hör sofort damit auf!« befahl sie. »Wenn deine Mama dich jetzt sehen könnte, würde es ihr das Herz brechen.«

»Mama würde mich absolut verstehen.« Ich machte eine Pause, damit Freni nach Luft schnappen konnte. »Ich habe mich in den Büschen versteckt, weil jemand auf mich geschossen hat.«

Frenis Mund schnappte zu wie eine gut geölte Mausefalle.

»Es ist wahr. Ich war auf dem Weg zu dir«, erklärte ich, »als jemand mit einem Gewehr auf mich schoß. Siehst du, dort?« Ich wies auf das Loch, das die Kugel in den Baum geschlagen hatte, der über die Büsche ragte. »Und da.« Ich zeigte auf den Boden. »Sie haben zweimal auf mich geschossen.«

Freni runzelte die Stirn, was hieß, daß sie mir nicht ganz glaubte, aber sie war unsicher genug, um erst mal ihre Klappe zu halten.

»Sie sagt die Wahrheit«, sagte Mose. »Ich habe Magdalena gesehen, als sie hier rüberging, und ein wenig später hörte ich zwei Schüsse, aber ich dachte, sie seien von dort gekommen.«

Er machte eine Kopfbewegung Richtung Staatsjagdgebiet. Wenn der Wind richtig steht, klingt es, als seien die Jäger direkt bei uns auf dem Hinterhof.

»Na schön, da wir jetzt beide hier sind«, sagte Freni ohne weitere Umschweife, »möchte ich meinen Job wieder.«

»Was willst du?« Ich konnte nicht glauben, daß sie so gefühllos war.

»Meinen Job, Magdalena. Weißt du, bei dem ich koche und saubermache und all die Dinge tue, die deine Mama früher getan hat.«

»Laß Mama da raus«, sagte ich gereizt. »Mir hat fast jemand in den Kopf geschossen. Ich mußte mich eine Stunde in den Büschen verstecken – wobei du gerade annahmst, ich wäre mit unkeuschen Gedanken beschäftigt gewesen oder sogar Schlimmerem – und du hast nicht einmal den Anstand, mich zu fragen, wie es mir geht?«

Freni schaute rasch an mir rauf und runter. »Abgesehen von dem Kratzer, den du auf der Wange hast, und ein paar Zweigen auf deinem Mantel, siehst du aus, als gehe es dir gut, Magdalena.«

»Gut? Mein Herz hämmert, mir zittern die Knie, ich sehe aus, als hätte ich einen Ringkampf mit einem Stachelschwein hinter mir, und du behauptest, es gehe mir gut?« Voller Wut kletterte ich mühsam aus dem Busch.

»Also, vielleicht siehst du doch nicht so aus, als gehe es dir gut«, sagte Freni. »Du siehst so aus, als seist du ein wenig gereizt, und so hörst du dich auch an. Kann ich jetzt meinen Job zurückhaben, oder was?«

Jeder, auf den geschossen worden ist und den man dann auch noch fälschlich der Wollust im Unterholz beschuldigt, wäre ein bißchen gereizt. Aber Freni hat so eine Art, und ihre boshaften Bemerkungen gehen mir derart unter die Haut, daß selbst Susannah nicht in der Lage wäre, das nachzuahmen. Ich war dermaßen irritiert, daß ich vergaß, daß ich auf dem Weg zu Freni gewesen war, um sie wieder einzustellen.

»Nein, du kannst deinen Job nicht wiederhaben«, sagte ich ärgerlich. »Außer du entschuldigst dich für deine widerlichen Anschuldigungen, ganz zu schweigen für deinen Mangel an allgemeiner Anteilnahme.«

Mose wandte sich klugerweise ab und ging wieder den Weg hinunter. »Wenn das so ist, kündige ich«, entgegnete Freni.
»Du kannst gar nicht kündigen!« schrie ich. »Du bist nicht wieder eingestellt, also kannst du nicht kündigen!«
»Und ich kündige nicht nur«, zischte Freni, »sondern ich weigere mich auch, so lange wieder zurück zur Arbeit zu kommen, bis du dich dafür entschuldigst, daß du mich zuvor gefeuert hast!«
»Ich habe dich nicht gefeuert, Freni. Du hast gekündigt, erinnerst du dich? Oder ist dein Gedächtnis auch schon den Bach hinunter?«
»Deine Mama würde sich im Grab umdrehen, wenn sie hören könnte, wie du mit mir sprichst!«
Arme Mama, sie schien nach ihrem Tod mehr Bewegung zu bekommen als zu Lebzeiten. »Laß Mama da raus!« schrie ich. Und dann gab ich der Versuchung nach und sank tiefer, als ich je gesunken bin und vermutlich je wieder sinken werde. »Geh nach Hause zurück und kommandier deine Schwiegertochter Barbara herum. Schau mal, ob du sie so zum Wahnsinn treiben kannst wie mich.«
Ich wirbelte herum, bevor ich Frenis Gesicht sehen konnte, und trampelte hinter Mose her, den Weg hinunter. Mama drehte sich vermutlich im Grab wie ein Kreisel, aber in jenem Augenblick war mir das egal. Sie hatte sowieso nicht das Recht, damals einfach zu sterben und mich zu verlassen. Wenn Mama nicht gegangen und unter einem Berg milchgetränkter Turnschuhe gestorben wäre, würde mir Freni Hostetler nicht so auf die Nerven gehen, und mein Leben wäre so viel leichter. Somit fühlte ich mich betrogen, murmelte einen der Flüche, die ich bei Susannah gehört hatte, und versetzte Mama in eine zusätzliche Drehung.

13

Wie ich mir gedacht hatte, war Susannah nicht weit gekommen. Etwa eine Meile die Straße hinunter hatte der Wagen angefangen zu spucken und zu würgen, und eine halbe Meile später blieb er endgültig stehen. Susannah ließ ihn einfach am Straßenrand stehen, lief nach Hause und krabbelte zurück ins Bett. Dort fand ich sie, als ich von meinem Spaziergang im Wald zurückkam, bei dem ich dem Tod ins Antlitz geblickt hatte.

»Hast du Thom Mc An's schon leergekauft?« fragte ich leutselig.

Susannah hielt das Kissen fest auf die Ohren gepreßt. Ich glaube, Schnuckelchen hielt sich irgendwo innen im Kissen auf, denn ich hörte ein leises Winseln.

»Geh weg, Mags. Laß mich bitte allein.«

»Wo ist das Auto?«

»Ich bin noch nicht einmal bis Speicher Creek gekommen. Du wußtest, daß der Tank leer war, oder?«

»Nun, ich dachte, du würdest mindestens bis Hernia kommen.«

»Sehr komisch. Jetzt laß mich in Ruhe.«

Es machte keinen Spaß, Susannah zu necken, wenn sie sich weigerte, zurückzuschlagen.

Ich ließ mich nieder, um ihr über mein Erlebnis im Wald, bei dem ich dem Tod um Haaresbreite entronnen war, zu berichten. Natürlich glaubte sie mir nicht. Sie rollte ihre Augen so weit nach hinten, daß sie ihr Gehirn hätte sehen können, wenn dort eines gewesen wäre.

Nachdem ich mir die Blätter aus dem Haar gekämmt und meine Kratzer verarztet hatte, räumte ich den Abendbrottisch ab und wusch das ganze Morgengeschirr. Dann ging ich durch die Scheune zum Geräteschuppen und holte den Benzinkanister, den ich für den fahrbaren Rasenmäher dort aufbewahrte.

Ich bin nicht so hilflos wie Susannah, was vielleicht daran liegt, daß ich älter bin, allerdings hat mir Daddy nicht nur beigebracht, wie man Benzin tankt, sondern auch wie man einen platten Reifen wechselt. In Null Komma nichts schnurrte der Wagen wie ein Kätzchen, und ich war auf dem Weg nach Hernia.

In Hernia, Pennsylvania, kann man gut leben, aber man würde es nicht als Tourist besuchen. Was ich meine, ist, daß die Leute, die in und um Hernia leben, im großen und ganzen den Ort mögen und mit ihrem Leben zufrieden sind. Daß es in Hernia keine kommerziellen und kulturellen Annehmlichkeiten gibt, betrachten sie als Plus. Touristen andererseits finden Hernia bestenfalls etwas langweilig.

Die Leute aus Hernia haben aus ihren mennonitischen und amisch-mennonitischen Nachbarn keinen Nutzen gezogen wie einige andere Gemeinden. Es gibt keine Souvenirläden, die deutsch-pennsylvanischen Kitsch verkaufen, oder Musterbauernhöfe, auf denen echte amisch-mennonitische Lebensart wieder zum Leben erweckt wird. Das PennDutch, ich bin stolz darauf, das sagen zu können, kommt der Ausnutzung dieses einzigartigen Erbes am nächsten, wenn auch meine Unternehmung ein Dreck gegen das ist, was ich oben in Lancaster gesehen habe.

Natürlich leben in Hernia auch eine Menge Engländer. Außer der Ersten Mennonitischen Kirche in der North Elm Street gibt es methodistische und presbyterianische Kirchen und sogar eine klitzekleine Gemeinde von frommen Gläubigen, draußen an der Schnellstraße, die sich selbst die *Einzig wahre Kirche des einzigen und lebendigen Gottes des Tabernakels der Obersten Heiligkeit und der Heilung und des Hüters der geheiligten Rechtschaffenheit der ewigen Flamme Jehowas* nennt. Eines Sonntags gingen Susannah und ein Freund von ihr nur zum Spaß dorthin. Sie kamen beide auf Krücken, mit der Absicht, in dem Teil der Messe, in dem es um Glaubensheilung ging, eine dramatische Genesung vorzutäuschen. Zu aller Überraschung wurden sie von ihrem Hang, anderen Streiche zu spielen, geheilt, zumindest für kurze Zeit.

Vier Stunden nachdem sie den kleinen Betonbunker betreten hatten, gelang es ihnen zu entkommen. Seelisch und körperlich waren sie unversehrt, ihre Geldbeutel jedoch waren ausgeräubert. Dies ist die einzige mir bekannte Kirche, die Visa- und MasterCard im Opferstock akzeptiert, American Express allerdings nicht. Auf jeden Fall wurden Susannahs und Chucks Karten an jenem Morgen so oft belastet, daß Susannah ihre Pläne, sich ein eigenes Auto zu kaufen, streichen und Chuck einen zweiten Job draußen bei Miller's Feed Store annehmen mußte.

Wie dem auch sei, außer für die Kirche, Benzin, Futter und Lebensmittel kann man in Hernia für nichts Geld ausgeben. Wenn man keinen Bauernhof hat, stehen die Chancen gut, daß man in Yoder's Corner Market all das findet, was man braucht.

Samuel Nevin Yoder ist der erste Cousin zweiten Grades meines Vaters, aber ich muß den vollen Preis zahlen, wie alle anderen auch. Wie ich von anderen hörte, die schon anderswo eingekauft haben, sind Sams Preise hoch, aber da es keine Konkurrenz gibt, geht sein Geschäft meist gut. Sams beste Schnäppchen bekommt man im Sommer, wenn er frische Erzeugnisse von Bauernhöfen aus der Gegend ein-

kauft. Seine lächerlichsten Preise, zumindest meiner Meinung nach, sind die, die er für die gleiche Ware im Winter verlangt, wenn er sie von außen importiert.
Normalerweise würde ich eher Obst und Gemüse aus der Dose essen, statt die unverschämten Preise zu bezahlen, die Sam für seine Winterware verlangt.
Offenbar denken in Hernia alle anderen genauso, denn die gesamte Ware sieht immer schlaff und welk aus. Ich bin mir sicher, den gleichen gummiartigen, braunen Salatkopf letztes Jahr die ganze Saison über gesehen zu haben, und erwartete fast, ihn auch in dieser Saison wiederzufinden. Ich hätte ihn erkannt, wenn ich ihn gesehen hätte, denn letztes Jahr, nachdem ich ihn ungefähr einen Monat beobachtet hatte, puhlte ich mit dem Daumennagel ein Stück aus dem Strunk.
Heute belud ich entgegen meinen Prinzipien und meinem normalerweise festverschlossenen Portemonnaie meinen Einkaufswagen mit Sams Waren. Nach langen Überlegungen – einige davon flach auf dem Bauch im Wald – war ich zu dem Schluß gekommen, daß ich meine Ausgaben tatsächlich würde gering halten können, indem ich einiges von dem knackigen Grün wieder auslud und gegen welke Exemplare eintauschte. Vielleicht war etwas an der Behauptung, daß tierisches Eiweiß bei seinen Konsumenten Gewalt erzeugt. Schließlich hatte ich noch nie einen gewalttätigen Hirsch gesehen oder gar eine gewalttätige Kuh, dagegen zahlreiche schnappende Hunde. Da ein Bissen tierischen Geschmacks Jeanette Parker in eine heulende Todesfee verwandeln konnte, die drohte, mich zu verklagen, machte es von der wirtschaftlichen Seite doch wohl Sinn, zu versuchen, sie mit Karnickelfutter zu besänftigen? Ich meine, ich habe noch nie wütend hoppelnde Häschen gesehen, oder? Sam schien meine Idee gut zu finden. »Weil du so viel kaufst,

Magdalena, gebe ich dir zehn Prozent Rabatt«, sagte er freundlich.
»Danke vielmals, Sam. Jetzt kann ich mir die Kreuzfahrt nach Hawaii leisten, die ich mir immer gewünscht habe.«
Sam grinste. Er ist genetisch nicht in der Lage zu lächeln.
»Sag mal, ich habe gehört, daß bei dir gestern nacht jemand gestürzt ist. Mit Todesfolgen. Hast du Alvin schon angerufen?«
Mein Magen fühlte sich auf einmal so an, als falle er durch mich durch und knalle auf den Boden, und das hatte nichts mit dem Zustand von Sams Lebensmitteln oder seinen Preisen zu tun.
»Es gibt viele Klatschmäuler in dieser Stadt«, antwortete ich schwach. »Und überhaupt war es nicht mein Fehler, Sam. Es gibt ein Geländer, an dem sie sich hätte festhalten können.«
Sam grinste erneut. »Ich habe auch noch ein paar andere Dinge gehört.«
»Was zum Beispiel?«
»Zum Beispiel, daß der Kongreßabgeordnete Ream bei dir draußen wohnt.«
»Du hast gute Ohren, Sam. Was hast du noch gehört?«
»Nicht viel. Nur daß auch ein Haufen Hippie-Protestierer dort ist. Es sieht so aus, als hättest du eine potentiell brenzlige Situation am Hals.«
»Sam, Hippies gab es in den sechziger Jahren. Es handelt sich nur um ein paar besorgte Bürger.« Ich grub das nötige Bargeld tief aus dem Geldbeutel heraus, eine Aktion, die mir stets widerstrebt. Ich habe einfach Angst, ich könnte das arme Ding verletzen. Der Herr weiß, daß ich würgen würde, steckte mir jemand seine Finger so tief in den Hals.
»Natürlich weißt du, daß der Kongreßabgeordnete nächstes

Jahr für die Wiederwahl kandidiert und in dieser Gegend sowieso nicht übermäßig beliebt ist.«

»Offen gesagt habe ich nicht viel darüber nachgedacht. Und?«

Sam zuckte die Achseln. »Und vielleicht nichts. Oder vielleicht ist es von ihm ein kalkulierter Zug, sich mit den Protestierern einzulassen.«

Ich zerrte den letzten Cent aus meinem Geldbeutel. »Warum um alles in der Welt sollte er das tun?«

»Wer weiß schon, warum Engländer etwas tun?«

Ich ließ den Geldbeutel zuschnappen. »Wie kannst du so etwas sagen, Sam. Du gehörst jetzt zu den Methodisten, verflixt und zugenäht.«

Sam schlug sich mit der flachen Hand gegen die Stirn. »Oh, das hat weh getan, Magdalena. Du weißt, daß Dorothy sich weigerte, zu konvertieren, als wir heirateten. Aber egal, schreib dir meine Worte hinter die Ohren, der Kongreßabgeordnete ist es, der hergekommen ist, um eine Menge Ärger zu machen, nicht die Hippies.«

»Ist notiert«, bestätigte ich.

Mein Cousin Sam und ich, das ist wahrlich nicht die große Liebe. Er hilft mir noch nicht einmal, die Lebensmittel zum Auto zu tragen, und der Einkaufswagen darf seinen Laden nicht verlassen. Als wir noch klein waren, war er es, der mir bei Familienfeiern Frösche hinten in den Pulli steckte oder mich in den Dreck stieß, wenn ich mein bestes Sonntagskleid trug.

Mama und Papa hegten möglicherweise die Hoffnung, daß Sam und ich eines Tages heiraten würden, aber die Absicht hatte ich ganz und gar nicht. Dennoch war es für uns alle ein Schock, als Sam Dorothy Gillman, eine Methodistin aus dem Staate New York, heiratete. Natürlich war es mir nur recht, daß er dies tat. Jemand, der so wenig Urteilskraft besaß, daß er eine Frau heiratete, die Wimperntusche auflegte, lange Hosen trug und ihre Fußnägel leuchtend rot lackierte, war es sicher nicht wert, daß man ihm auch nur eine Träne nachweinte. Zumindest ist es das, was Mama mir sagte.

Ich schob Sams schlechtes Benehmen und Urteilsvermögen beiseite und fuhr widerstrebend zur Polizeiwache, um Chief Myers' Assistenten aufzusuchen. Wenn sich jemand einem Mitglied unseres Volkes aggressiv nähert, reicht dieser ihm von jeher die andere Wange. Das kann für eine Menge wunder Wangen sorgen und setzt der Gewalt nicht unbedingt ein Ende. Ich nehme an, daß diese Angewohnheit verdienstvoll ist, aber ich habe sie inzwischen abgelegt.

Dennoch hatte ich noch niemals zuvor Gelegenheit gehabt, die Polizeiwache zu besuchen, und hatte somit keine Ahnung, was mich erwartete. Ganz sicher erwartete ich nicht, Melvin Stoltzfus, *den* Melvin Stoltzfus, dort hinter Chief Myers' Schreibtisch vorzufinden. Jeff würde dafür bezahlen, daß er mir den Namen seines Assistenten nicht mitgeteilt hatte.

Ich verscheuchte eine kurze Phantasievorstellung, in der Tammy keine rutschfesten Schuhe trug, da oben, am Rande der Wasserfälle …

»Melvin?«

»Ja, Ma'am. Polizeichef im Dienst Melvin Stoltzfus.«

»Ich bin Magdalena. Magdalena Yoder.«

Melvin drehte seinen Kopf langsam, um mit den weitaufgerissensten Augen zu mir aufzuschauen, die ich je bei einem Mann gesehen habe. Etwas an diesem Blick ließ mich an eine Gottesanbeterin denken. Vielleicht hatte es etwas mit dem Fußtritt zu tun, den er von dem Bullen bekommen hatte. Soweit ich mich erinnerte, hatte Melvin Stoltzfus vorher nicht ganz so dreingeschaut.

»Magdalena! Ich erinnere mich an Sie. Sind Sie nicht Susannahs große Schwester?«
»Ich berufe mich auf mein Recht, mich nicht selbst belasten zu müssen.«
»Wie?«
»Vergessen Sie es. Melvin, gibt es schon Informationen darüber, was genau mit Miss Brown passiert ist?«
»Mit wem?«
»Miss Brown«, wiederholte ich geduldig. »Wissen Sie, die Frau, die, äh, bedauerlicherweise bei mir letzte Nacht für immer von uns gegangen ist.«
Melvin starrte mich unendlich lange an. Ich hatte das eindeutige Gefühl, daß er mich taxierte; zweifellos versuchte er herauszufinden, ob ich als Happen saftig genug war, um von ihm verschlungen zu werden.
»Nun, Melvin, liegt der Autopsiebericht des Gerichtsmediziners vor oder nicht? Chief Myers sagte, Sie würden das wissen.«
Eines von Melvins Augen schien leicht und unabhängig vom anderen in der Augenhöhle zu rotieren. »Zunächst einmal wäre der gerichtsmedizinische Befund zum jetzigen Zeitpunkt vertraulich, wenn hier der Verdacht auf Mord bestehen würde. Aber zu Ihrer Information, da wir gerade das Thanksgiving-Wochenende hinter uns haben, steht außerdem zu erwarten, daß wir ein wenig in Verzug sind.«
»Über wieviel Verzug sprechen wir hier?« Wenn Miss Brown eine kinderlose Waise war, wäre ein Verzug durchaus willkommen gewesen. Aber wenn sie liebende Eltern oder ein Dutzend trauernder Kinder hinterlassen hatte, von denen jeder jeden Augenblick einen Rechtsanwalt aufsuchen konnte, sollte ich mich lieber sputen und Alvin einen Besuch abstatten.
»Ich kann nicht genau sagen, wie sehr wir im Verzug sind«,

erklärte Melvin. Seine Zunge schnellte heraus, und er fuhr sich ein paar Sekunden leicht über die fast nicht vorhandenen Lippen. »Einige Dinge sind vertraulich.«
»Da bin ich ganz Ihrer Meinung«, pflichtete ich unbekümmert bei.
Melvins herumschweifendes Auge hielt mitten in einer Drehung inne. »Was meinen Sie damit?«
Dummerweise konnte ich der Versuchung nicht widerstehen, Melvin Stoltzfus zu beweisen, daß ich ihm eine Nasenlänge voraus war. Ich erzählte ihm von Miss Browns falschen Telefonnummern.
»Natürlich heißt das gar nichts«, spottete Melvin. »Ich bekomme oft falsche Telefonnummern.«
»Na, so was«, sagte ich sanft. »Schauen Sie, Melvin, wenn eine Nummer falsch ist, kann ich das verstehen. Aber alle beide?!«
»Sind Sie sicher, daß dieser Jumbo Jim's Hähnchenpalast die Nummer hatte, die auf der Anmeldung stand?«
»So sicher, wie Sie ein Stoltzfus sind.«
»Und wieviel, sagten Sie, kostet eine Portion extraknuspriges Hähnchen?«
»Ich habe nichts dergleichen gesagt.«
»War diese Miss Brown alles, worüber Sie mit mir sprechen wollten?«
»Nein. Ich möchte auch einen versuchten Mord bei mir draußen melden.«
»Offensichtlich haben Sie nicht zugehört, Magdalena. Der gerichtsmedizinische Befund liegt noch nicht vor. Es mag sich hier um Fahrlässigkeit von Ihnen handeln, nicht um Mord. Sie sollten mit Alvin sprechen, nicht mit mir.«
Mit Alvin, dem Schlemihl, Melvin?! Ich habe schon Hühner mit höherem IQ gezüchtet. »Ich spreche hier nicht von Miss Brown«, sagte ich, möglicherweise mit einem Hauch Entrü-

stung in der Stimme. »Was ich meine, ist, daß heute jemand versucht hat, mich zu töten.«
»Ich verstehe.« Er zog einige Formulare aus der Schublade, nahm einen Kugelschreiber in die Hand und setzte sich kerzengerade hin, als schickte er sich an, eine zeitlich bemessene Prüfung abzulegen.
»Interessieren Sie sich nicht für die Einzelheiten?«
Er lächelte gelassen. Die Haut seiner linken Gesichtshälfte war gespannt, und direkt hinter seinem Haaransatz schien eine Delle zu sitzen. Vielleicht war das die Stelle, wo er den Fußtritt hinbekommen hatte? »Bevor wir in die Einzelheiten gehen, brauche ich ein paar allgemeine Angaben über Sie.«
»Welche Angaben? Melvin, Sie kennen mein ganzes Leben.«
»Name?«
»Den kennen Sie doch bereits!«
Melvin war so lästig wie eine Schmeißfliege im August.
»Name?«
»Also gut. Magdalena Yoder.«
»Zweiter Vorname?«
»Reicht die Initiale nicht aus?« Es ist schlimm genug, daß meine Mutter mich nach einem Päckchen Blumensamen genannt hat. Sie hätte zumindest aufs Lateinische verzichten können.
»Zweiter Vorname?«
»Portulaca. Aber wehe, Sie sagen ein Sterbenswörtchen davon weiter, dann ...«
»Alter?«
»Neununddreißig.«
»Alter?«
»Dreiundvierzig. Aber was hat das damit zu tun, daß man auf mich geschossen hat?«
»Sexus?«

»Nie! Ich meine, das geht Sie nichts an!«
»Ich meine, welches Geschlecht?«
Nachdem Melvin alle meine persönlichen Daten zusammengeklaubt hatte, außer BH- und Schuhgröße – die nicht identisch sind, egal, was Freni auch sagen mag –, ließ er mich schließlich über den Vorfall berichten.
»Sie erlauben die Jagd auf Ihrem Land nicht, oder?« unterbrach er mich einmal.
»Natürlich nicht.«
»Dann kann sich ja wohl kein Jäger auf Ihrem Grundstück befunden haben.«
»Wie das?«
Melvin kam voll in Fahrt. »Und Sie können sich nicht vorstellen, warum irgend jemand versucht hat, Sie zu töten?«
»Vielleicht um mir diese Fragen zu ersparen?«
Er begann, sich rhythmisch die Hände zu reiben. »Wenn Sie das nicht wissen, dann hat es vermutlich auch niemand versucht. Und wir wissen, daß es kein Jäger war. Also entweder haben Sie sich darin getäuscht, daß jemand auf Sie geschossen hat, oder Sie lügen mich an, Magdalena, und verschwenden nur meine Zeit.« Er drehte seine Riesenaugen wieder in die richtige Stellung und starrte mich an wie eine monströse Heuschrecke. »Und Sie lügen doch nicht, oder, Magdalena?«
»Sie vergessen Portulaca.«
»Oder haben Sie gelogen?«
Gegen eine solche Hartnäckigkeit war nicht anzukommen. Ich beschloß zu gehen, bevor er mich verschlang. »Ich nehme an, Sie kennen nicht zufällig den Namen des Hotels an den Niagarafällen, in dem Chief Myers wohnt?«
Melvin verdrehte langsam den Kopf in einem unmöglichen Winkel. Vermutlich versuchte er, mit seinem Kinn irgend-

wohin zu zeigen. »Auf dem Schild auf diesem Schreibtisch steht ›Melvin Stoltzfus‹. Das bin ich. Ich bin hier zuständig, solange der Chief weg ist. Noch irgendwelche Fragen?«

»Nein, in diesem Fall gehe ich wohl einfach. Danke für alles.«

Die hervorquellenden blaugrauen Augen schienen mich zu fixieren, bevor er seinen Kopf wieder in die ursprüngliche Position gedreht hatte. »Es ist in Ordnung, Magdalena, aber das nächste Mal versuchen Sie, Ihre Phantasie zu zügeln.«

»Bulle!« sagte ich. Damit war alles gesagt.

14

Susannah und Schnuckelchen waren in der Küche, als ich nach Hause zurückkam. Ich sah Schnuckelchen nicht wirklich, aber da er nie weiter als einen Hundesprung von ihr entfernt ist, wußte ich, daß er da war. Susannah zumindest schien Toast und Kaffee zu machen.
»Was ist los? Kannst du nicht mehr schlafen?« fragte ich freundlich.
Susannah verdrehte die Augen, was für sie eine ziemlich tolerante Geste war. »Ich bin nicht das faule Ding, für das du mich hältst, Mags. Ich bin seit mindestens einer Dreiviertelstunde auf und maniküre mir die Nägel.«
Ein rascher Blick auf die Wanduhr sagte mir, daß es sieben vor eins war. Wie ich es mir gedacht hatte. Nur Sünder schaffen es, länger zu schlafen als bis eins.
»Und außerdem«, fuhr sie fort, »arbeite ich gerade. Ich mache das Mittagessen für Ihre Hoheit.«
»Was? Jeanette ist schon zurück?«
»Nein, mit Ihrer Hoheit meine ich Mrs. Ream.«
»Lydia ist schon wieder da?«
Susannah öffnete den Kühlschrank und nahm etwas Hüttenkäse sowie hartgekochte Eier heraus. »Mrs. Ream ist nie weggewesen. Sie hat mich zu Tode erschreckt, als ich sie sah. Sie kam herunter, um sich ein Pepsi und Yes-Törtchen zu holen, als ich auf der Treppe mit ihr zusammenstieß. Wir sind beide fast die verdammten Stufen hinuntergefallen und haben uns den Hals gebrochen, so sehr haben wir uns erschreckt.«

»Susannah!«

»Nun, möchtest du die schlüpfrigen Einzelheiten hören oder nicht?«

Ich ließ meine Prinzipien für die schlüpfrigen Einzelheiten fahren. »Sag schon.«

Susannah redete, während sie Lydias Teller fixierte. »Ich habe Mrs. Ream gefragt, warum sie schon zurück ist, und sie sagte mir, sie sei gar nicht weggegangen. Sie habe sich nach dem Frühstück nicht so gut gefühlt und gedacht, sie sollte besser in der Nähe des Hauses bleiben. Sie meinte auch, sie habe begonnen, sich etwas besser zu fühlen, und sei für einen kurzen Spaziergang ausgegangen. Nur um sich die Scheune anzuschauen und so. Allerdings glaube ich nicht, daß das die ganze Wahrheit ist.«

»Was meinst du damit?« Ich muß Susannah zugestehen, daß sie interessante Neuigkeiten anzieht wie schwarzer Stoff die Fusseln.

»Nun erstens ist da dieser Streit, den sie heute früh mit ihrem Mann hatte. Ich denke, daß es Garrett war, nicht etwa Durchfall, der sie zu Hause hielt. Aber wo ist da der Unterschied?«

»Susannah!«

»Nun, du weißt, was ich meine.« Sie goß Kaffee aus der Kaffeemaschine in eine kleine Kanne. »Jedenfalls, als ich mich von dem Schock auf der Treppe erholt hatte, stellte ich fest, daß ein paar Tannennadeln bei ihr im Haar hingen.« Susannah machte eine Pause und wartete darauf, daß ich etwas sagte.

Schließlich tat ich ihr den Gefallen. »Das heißt?«

»Das heißt, Mags, die einzigen Tannen, die bei uns auf dem Hof wachsen, befinden sich hinten im Wald. Am Haus gibt es nur Ahorn- und an der Scheune überhaupt keine Bäume.

Und denkst du nicht, daß der Wald ein bißchen weit ist für jemanden, der Durchmarsch hat?«
»Da hast du nicht ganz unrecht«, erwiderte ich aufgeregt. »Und wenn Lydia im Wald war, hat sie vielleicht jemanden gesehen oder könnte zumindest bestätigen, daß Schüsse abgegeben worden sind.«
Susannah stellte einen kleinen Topf Brombeermarmelade sowie Salz und Pfeffer auf das Tablett. »Abgesehen davon, daß sie von ihrem Spaziergang einige Stunden später nach Hause kam als der Zeitpunkt, von dem du behauptest, es sei auf dich geschossen worden.«
»Ich habe es nicht nur behauptet – es ist passiert!«
»Also als man auf dich geschossen hat. Aber die Sache ist, daß sie die Schüsse weder gehört noch jemanden gesehen haben kann, weil sie in jenem Augenblick gar nicht im Wald war.«
»Yeah, ich glaube, du hast recht. Übrigens bist du nicht die einzige mit Neuigkeiten. Rate mal, wen ich in der Stadt gesehen habe?«
»Deinen alten Freund Sam?« Susannah zeigte auf die Einkaufstaschen mit den Lebensmitteln, von denen ich mir noch immer nicht die Mühe gemacht hatte, sie wegzuräumen. Schließlich war es nicht eilig. Wieviel welker konnte Sams Chinakohl schon werden?!
»Das ist es nicht, was ich meine. Ich habe ...« Wegen der dramatischen Wirkung machte ich eine Pause. »... Melvin Stoltzfus getroffen!«
»Unseren neuen Polizeichef im Dienst?«
»Du hast es gewußt?«
»Es stand in der Zeitung, Mags. Du solltest wirklich mehr Kontakt mit der Welt pflegen.«
»Das ist nicht fair«, antwortete ich. »Ich lese.«
»Ja, Bücher, aber nichts Wichtiges. Ist Melvin nicht süß?«

»Süß? Du findest Melvin Stoltzfus süß?«

»Du bist anderen Leuten gegenüber immer so hart, Magdalena. Du bist viel zu pingelig. Selbst Mama hat das gefunden. Melvin hat wunderschöne Augen, weißt du, den sogenannten Schlafzimmerblick.«

»Ich glaube nicht, daß in meinem Bett für seine Augen Platz wäre«, sagte ich, was vielleicht grausam war.

»Da, schon wieder! Du machst die Leute schlecht. Deshalb ist nie jemand bei dir im Bett, Magdalena. Und wahrscheinlich wird da auch nie einer sein!«

»Das stimmt überhaupt nicht. Ich schlafe nicht mit Männern, weil ich nicht verheiratet bin, so einfach ist das. Aber selbst wenn ich meine Moral in den Wind schreiben und eine Schlampe werden würde, wie gewisse Leute, die ich kenne, würde ich nicht mit jemandem ins Bett gehen, der seine Finger dazu benötigt, um bis zehn zählen zu können.«

Susannah knallte Besteck aufs Tablett. »Melvin ist nie von einer verdammten Kuh getreten worden. Die Geschichte hat sich Sarah Berkey ausgedacht, weil er sie sitzenließ.«

»Stier.«

»Wie?«

»Vergiß es, trag lieber das Tablett zu Lydia hinauf.« Es ist schwer für mich, das zu lernen, aber wenn ich mir stark genug auf die Zunge beiße und daran denke, wie sich Mama im Grab umdreht, kann ich mich manchmal aus unseren Auseinandersetzungen herauswinden, bevor es zu spät ist.

»Ich bin schon weg!« rief Susannah. Dann drehte sie sich herum und schenkte mir ein Zwinkern, das verstohlen wirken sollte, allerdings zu aufgesetzt war, als daß man ihr glaubte, es sei ihr spontan wieder etwas eingefallen. »Ich habe fast vergessen, dir zu sagen, daß jemand für dich angerufen hat, Mags.«

»Ich habe nicht die Preisschilder von Sams Salatdressings vertauscht«, sagte ich, vielleicht ein wenig zu defensiv.
»Nicht Sam. Es war ein Mann, ein Jim soundso. Big Jim, glaube ich. Jedenfalls wollte er keine Nachricht hinterlassen, außer daß er irgendwann wieder anruft. Und er nannte dich Puppe!«
Susannah lachte wie ein Vollidiot und rannte die Treppe hinauf mit dem Tablett und dem heißen Kaffee. Wie sie es wohl schaffte, diese unmöglich steile Treppe in vollem Tempo zu bewältigen, ohne auch nur einen Tropfen zu verschütten, wo doch die arme kleine Miss Brown an ihrem unteren Absatz wie ein Sack Kartoffeln geendet hatte? Genauer gesagt, wie ein Sack Kartoffel*brei.*
Ich beschloß, dieses morbide Thema nicht weiter zu verfolgen, und wollte auch nicht länger über Jims Anruf nachdenken. Meine kurze Unterhaltung mit ihm hatte viel zuviel Spaß gemacht. Wenn ein Mann an etwas beteiligt ist, das Spaß macht, muß etwas faul daran sein, zumindest hat mir das Mama immer gesagt. Wenn einem zuviel durch den Kopf schießt, er also vollgestopft ist mit unwillkommenen Gedanken, dann ist die einzige Möglichkeit, ihn wieder freizubekommen, die Ärmel hochzukrempeln und sich die Hände schmutzig zu machen. Schmutzige Hände kann man nämlich immer waschen, schmutzige Gedanken jedoch sind ein Ticket erster Klasse zur Hölle.
Ich ließ die Lebensmittel, wo sie waren, und ging hinten aus dem Haus, um Mose dabei zu helfen, den Hühnerstall auszumisten. Wir tun dies zweimal im Jahr, wenn es draußen nicht zu kalt ist, aber kalt genug, um die von den scharfen Exkrementen herrührenden Dämpfe zu mildern. Der Mist, der mit viel Stroh vermischt ist, wird dann in den Gemüsegarten gestreut, und im Frühling ist er weit genug zersetzt, um einen herrlichen Dünger zu ergeben. Der im Frühling

anfallende Mist wandert auf den Komposthaufen. Im Spätsommer ist er weit genug kompostiert, daß man mit ihm die Herbsternte düngen kann.

Unsere Hühner sind freilaufend, was bedeutet, daß sie kaum Zeit im Hühnerstall verbringen, außer nachts oder wenn sie Eier legen. Oft ist nicht eines im Stall, wenn wir schaufeln. Es liegt etwas Therapeutisches, fast Religiöses darin, zweimal im Jahr in einem leeren Hühnerstall Exkremente zu schaufeln. Es macht einen nicht nur bescheidener, sondern die Reinigung des Stalls gibt einem im allgemeinen außerdem noch das Gefühl, auch seine Seele irgendwie gereinigt zu haben. Natürlich kann das ebenfalls von den Dämpfen kommen.

»Sag mal, Mose«, hub ich an, als die Arbeit getan war, »hast du beobachtet, wie Mrs. Ream, die Frau des Kongreßabgeordneten, heute früh einen Spaziergang gemacht hat?«

Mose schüttelte den Kopf. »Ich habe heute morgen keinen von den Engländern gesehen.«

»Also, das ist merkwürdig, denn Mrs. Ream hat Susannah gesagt, sie habe nach dem Frühstück einen Spaziergang gemacht.«

Mose nahm den Strohhut ab und wischte sich die Stirn mit dem Mantelärmel. »Ich habe keinen der Engländer gesehen«, wiederholte er, »aber es war jemand draußen bei der Scheune.«

»Du hast jemanden gehört?«

»Nein, aber Matilda.« Matilda, eine Schwarzweiße, ist eine der verbleibenden Kühe. Wenn man Mose reden hörte, hatte man den Eindruck, es handle sich um die Töchter, die er nie gehabt hatte.

»Was hat Matilda denn gemacht?«

»Sie wollte lange keine Milch geben. Weißt du, es macht sie nervös, wenn jemand anders da ist.«

»Und was ist mit Berta? War sie auch nervös?«
Mose wußte, daß ich ihn neckte, aber wie gewöhnlich ließ er sich nichts anmerken. »Berta kennt keine Scham. Sie hat sogar noch mehr Milch gegeben als sonst.«
»So ein Flittchen!«
Mose konnte sich ein Lächeln nicht verkneifen. Dann verfinsterte sich sein Gesicht. »Magdalena, welchem der Engländer gehört dieses Auto?« Er zeigte auf die asphaltgraue alte Kiste, die der verstorbenen Miss Brown gehört hatte.
»Ach das, es gehörte der Frau, die versehentlich unsere Treppe hinunterfiel. Heather Brown. Warum fragst du?«
»Ich kenne mich mit Autos nicht sehr gut aus, Magdalena, aber dieses ist hinten beschädigt. Da wo man die Sachen reintut. Ich glaube, es ist hier passiert.«
»Du meinst den Kofferraum?«
»Ja, genau.«
Wir gingen hinüber zu dem Auto, um es uns näher anzusehen. Es bestand kein Zweifel, daß der Kofferraumdeckel offenstand. Es sah ganz danach aus, als wäre er aufgebrochen worden. Es waren Kratzer um das Schlüsselloch herum, und am Kofferraumboden befanden sich mehrere Beulen. Es wäre selbst für Melvins Mutter offensichtlich gewesen, daß jemand versucht hatte, ihn mit einer Brechstange aufzubrechen.
»Weshalb glaubst du, daß es hier passiert ist?«
»Gestern sah er noch nicht so aus.«
»Bist du sicher?«
Ich glaubte zu sehen, daß Mose rot wurde. »Ich bin mir sicher. Ich hatte ein Auge darauf. Wenn Freni und ich je einen Wagen kaufen würden, wäre es einer wie dieser. Nicht zu weltlich. Wir würden ihn natürlich schwarz lackieren.«
»Natürlich.«
Ich linste in den Kofferraum, der leer war. Wenn etwas darin

gewesen war, das die Mühe gerechtfertigt hatte, ihn aufzubrechen, war es jedenfalls nicht mehr da. Der Kofferraumboden war mit einem grauen Teppich ausgelegt, und wie ich es von Miss Brown nicht anders erwartet hatte, mußte er kürzlich gesaugt worden sein. Aber dann, gerade als ich mich wegdrehen wollte, fiel mein Blick auf etwas. Direkt im Kofferraum, fast vom gebogenen Metall des Deckels verdeckt, lag ein einzelner Sonnenblumenkern. Als ich ihn erst einmal entdeckt hatte, war er so deutlich zu sehen wie ein Diamant auf einem Kohlehaufen. Auch Mose sah ihn. »Der Engländer. Der große, dünne Engländer. Er ißt solche Kerne.«

Aus irgendeinem Grund hatte ich plötzlich das Gefühl, ich müsse Joel Teitlebaum verteidigen. »Eine Schwalbe macht noch keinen Sommer«, konterte ich. »Und außerdem, Mose, sieht er aus wie jemand, der das hier mit einer Brechstange aufbricht?«

»Selbst Freni könnte das.«

Ich wandte erst höflich den Kopf ab, bevor ich die Augen verdrehte. »Freni kann alles, Mose. Sie ist auf einem Bauernhof geboren. Ich zweifle daran, daß Joel in der Lage wäre, auch nur eines von Frenis Einmachgläsern mit eingelegten Wassermelonenschalen aufzumachen. Ich glaube, daß es jemand anders war, der versucht hat, es so aussehen zu lassen, als wäre es Joel gewesen. Es wirkt auf mich zu offensichtlich.«

»Was meinst du damit?«

Ich erzählte Mose, wie die Feuertür offengestanden und vor ihr eine Spur Sonnenblumenhülsen gelegen hatte.

Mose zeigte auf den Kies zu unseren Füßen. »Nun, wer es auch sein mag, sie haben auch Tabak gekaut.«

Dann bemerkte ich den Klecks noch feuchten Speichels, in dem sich Tabakbestandteile befanden. Hernia ist voller

Tabakkauer, ganz zu schweigen von allen Arten echter Spucker.

»Es war einer von draußen«, sagte ich. Es mußte so sein. Ich konnte mir nicht vorstellen, wie Mr. Ream oder Delbert an einem Priem herumkauten. Und Joel war viel zu gesundheitsbewußt, um so etwas zu tun. Billy Dee paßte am ehesten zum Profil eines Priemkauers, aber er war viel zu sehr Gentleman, um den Kofferraum eines anderen aufzubrechen. Schon gar nicht den einer Frau.

»Vielleicht solltest du den Chief anrufen«, schlug Mose vor.

Ich schüttelte den Kopf und stampfte fast mit dem Fuß auf. »Der Chief ist in Kanada fischen und dabei, seine Frau davor zu bewahren, über die Niagarafälle zu gehen. Melvin Stoltzfus vertritt ihn.«

»*Der* Melvin Stoltzfus?!« fragte Mose ungläubig.

»Ich fürchte ja.«

»Ich hörte, daß der alte Bulle, den er versucht hat zu melken, nie mehr der alte sein wird. Er muht jetzt mit Fistelstimme.«

Der alte Mose zuckte noch nicht einmal mit einer einzigen Wimper, so sehr glaubte er die Geschichte. Ich glaubte sie natürlich nicht. »Mose, ich denke, wir sollten versuchen, den Kofferraum, so gut wir können, mit einem Draht zu befestigen und nichts zu sagen. Wer weiß, warum einer von draußen Miss Browns Kofferraum aufbrechen sollte, aber Melvin weiß das sicher auch nicht. Also, warum sollten wir Ärger provozieren, habe ich recht?«

»Melvin ist Ärger genug. Ich schaue, ob ich den Kofferraumdeckel runterbinden kann. Aber, Magdalena, ich muß dir eine Frage stellen.«

»Frag nur, Mose.«

»Kann Freni ihren Job zurückhaben? Du weißt, wie sie ist, wenn sie nicht arbeitet.«

»Kann sie denn noch schlimmer sein, als wenn sie arbeitet?«
Ich versuchte freundlich zu lachen. »Okay, ich denke schon, Mose.«
Sein Gesichtsausdruck wirkte erleichtert. »Du bist nicht zu wütend auf Freni, Magdalena?«
»Natürlich bin ich wütend, aber ich werde darüber hinwegkommen. Das habe ich noch immer geschafft.«
»Gut. Du bist für uns wie die Tochter, die wir nie hatten. Sie mag dich sehr, Magdalena. Sie meint das, was sie sagt, nicht wirklich ernst. Sie kann sich nur nicht beherrschen.«
»So wie ich?«
Er wurde rot. »Das habe ich nicht gesagt.«
Ich schaute rüber zu dem Feld, auf dem Matilda und Berta friedlich grasten. »Sag ihr, sie ist hier jederzeit wieder willkommen. Sie muß sich nur entschuldigen.«
Mose schüttelte kläglich den Kopf und ging wortlos in Richtung Scheune. Wir beide wußten, daß eher der Tag kommen würde, an dem es im Hühnerstall duften würde, als der, an dem Freni Hostetler sich bei mir entschuldigte.

Ich hatte gerade die letzten Lebensmittel weggeräumt, als der erste Gast wieder eintrudelte. Jedenfalls der erste, den ich sah, war Billy Dee, der auf der Suche nach einem kühlen Getränk in die Küche gesprungen kam. Der Aufenthalt im Wald schien ihm wirklich bekommen zu sein.
»Ich nehme an, Ihr Protest war nicht erfolgreich?« fragte ich, als ich ihm ein Glas von Bertas Milch reichte. Oder war es die der schüchternen Matilda?
»Zum Teufel, nein, Miss Yoder. Wir haben diese Bande den ganzen Tag nicht gesehen.«
»Wozu Sie natürlich in keinster Form beigetragen haben?«
»So ist es. Es war nicht mein Fehler, daß wir uns zweimal auf dem Weg zum Jagdgebiet verfahren haben, selbst wenn ich

die Gruppe führte, und es lag sicher nicht an mir, daß wir an der Hügelkette geparkt haben, die sich auf der entgegengesetzten Seite befand wie die, wo sich der Kongreßabgeordnete aufhielt. Und als wir ein wenig in den Wald gingen, hat jemand aus dem Hinterhalt auf Jeanette geschossen.« Er lachte herzlich. »Und das war nun wirklich nicht meine Schuld.«

Er lachte immer noch. »Vielleicht war jemand auf Bärenjagd? Wie ein Hirsch sieht sie meiner Meinung nach wirklich nicht aus!«

»Mr. Grizzle. Ausgerechnet Sie!«

Billy Dee wurde augenblicklich wieder ernst. »Sie haben recht. Ich sollte der letzte sein, der das komisch findet. Ich nehme an, ich bin einfach mit den Nerven am Ende. Daß ich hierhergekommen bin, ist für mich kein Picknick. Ich mußte es einfach tun.«

»Ist Jeanette verletzt?« Es wäre nicht so schlecht gewesen, wenn sie ein ganz kleines bißchen verletzt worden wäre, oder? Nichts Ernstes, keineswegs, nur gerade so viel, daß sie die Koffer packen würde.

»Verletzt? I wo, sie quasselte so laut, daß sie noch nicht einmal gemerkt hat, daß man auf sie schoß. Nicht, bevor ich darauf hinwies. Die Kugel pfiff direkt an ihrem Kopf vorbei und schlug in einen alten Baumstumpf in der Nähe ein. Ich habe sie ausgegraben.« Er griff in die Tasche und holte ein glänzendes Stück Metall heraus. »Komisch ist nur, daß dies keine Gewehrkugel ist. Sie stammt aus einem Revolver, einer Smith & Wesson .44 Magnum, wenn Sie mich fragen.«

»Sie wollen damit sagen, daß jemand versucht hat, sie zu töten? Daß es sich nicht um die verirrte Gewehrkugel eines Jägers handelte?«

Er nickte. »Natürlich habe ich ihr das nicht gesagt. Ich sagte nur, daß da offenbar ein mit Blindheit geschlagener Jäger herumlaufe und es das klügste für uns wäre, wieder zurück zum Wagen zu gehen.«

»Und?«

Er seufzte. »Und sie war meiner Meinung, außer daß sie ein paar Bemerkungen machte, an die ich mich lieber nicht erinnere. Diese Frau hat die Sensibilität einer brünstigen Zuchtsau. Oh, was habe ich gesagt! Ich wollte Sie nicht beleidigen, Miss Yoder.«

»Ich fühle mich nicht beleidigt. Trinken Sie Ihre Milch«, befahl ich. »Das ist das beste für Ihre Nerven. Sagen Sie, Sie können nicht zufällig kochen, oder?«

Er lächelte dankbar. »Ich kann einen Wildpfeffer machen. Warum?«

Ich kreuzte die Finger unter dem Küchentisch. »Nun, montags gibt es am Abend von jeher bei uns ein Überraschungsessen. Und heute ist Montag. Das heißt, jeder am Tisch muß für alle sein Lieblingsgericht kochen. Natürlich würden Sie keinen Wildpfeffer kochen, weil wir kein Wild haben, aber ...«

»Aber ich habe welches.«

»Wie bitte?«

Er lächelte breit, wie der alte Billy Dee Grizzle. Die Milch muß ihre Wirkung getan haben. »Das ist überhaupt kein Problem. Ich habe einen Achtender auf dem Dach meines Autos.«

»Was haben Sie? Ich dachte, Sie haben die Jagd aufgegeben?«

»Nun, ich habe den Bock nicht geschossen, sondern von der Straße aufgelesen. Bei all den Jägern versammeln sich die Hirsche auf der Straße, wo sie sich sicher fühlen, und von Zeit zu Zeit kommt einer den Autos zu nahe. So wie dieser hier.«

Mir blieb fast der Mund offenstehen. »Sie meinen, Sie

wollen direkt hier in meiner Küche aus einem Straßenopfer einen Hirschpfeffer kochen?«
Billy Dee wirkte fast verletzt. »Das ist kein durchschnittliches Straßenopfer, Miss Yoder. Der Bock hat fast keinen Kratzer, und außerdem war er so warm und rot wie ein frischgebakkener Kirschpie, als ich ihn auflud.«
»Danke. Von jetzt an wird Kirschpie nie mehr für mich sein, was er früher war.«
»Wie?«
»Nichts. Hat jemand Sie beim Aufladen des Hirschs beobachtet?«
»Keine Menschenseele. Mein Auto fuhr als letztes, und als ich hier ankam, waren alle schon im Haus.«
Nennen Sie mich wagemutig oder einfach verrückt, aber ich hatte bereits zwei pfeifende Kugeln überlebt und fühlte mich überraschend abenteuerlustig. »Schnell, fahren Sie Ihren Wagen auf die Rückseite der Scheune. Ich gehe und öffne das Haupttor. Dort drin können Sie das Tier häuten und ausweiden.«
Billy Dees Gesichtsausdruck war unbezahlbar. »Das schießt wirklich den Vogel ab!«
»Natürlich müssen Sie anschließend gründlich saubermachen, wenn Sie damit fertig sind, und dürfen keinem ein Sterbenswörtchen sagen!«
»Ich schwöre es! Ich meine, yes, Ma'am!«
Bis ich Billy Dee in die Scheune geschoben und ihm eine Zeitlang bei der Arbeit zugesehen hatte, waren Mr. Ream und sein Berater zurückgekommen. Nach und nach erwischte ich die Gäste und legte die Platte mit dem Überraschungsessen auf, und zu meinem größten Erstaunen schlug einer nach dem anderen ein Gericht vor, das er kochen konnte. Selbst Jeanette war hilfsbereit und freundlich, was nur wieder beweist, daß eine Kugel, die einen nur

knapp verfehlt, Wunder in bezug auf die Moral wirken kann. Der Kongreßabgeordnete schlug vor, eine Senatsbohnensuppe zu kochen, aber da ihm nicht mehr die Zeit blieb, die Bohnen einzuweichen, stieg er auf eine verfälschte Form mit gebackenen Bohnen aus der Dose um. Lydia sagte, sie kenne ein wundervolles Rezept für ein Gemüsecurry, das sicher jeder gern essen würde.

»Aber ich habe kein Currypulver«, erklärte ich. »Die Amischen Mennoniten sind nicht besonders groß in orientalischen Speisen.«

»Nun, haben Sie Zimt, Muskat, Ingwer, Koriander, Kümmel, Knoblauch und Chili?«

»Alles außer Kümmel.«

»Dann mache ich mein eigenes Curry. Leider ein kümmelloses, aber immerhin.«

Frohen Mutes ging ich die Gewürze für sie holen. Eine Frau, die ihr eigenes Currypulver herstellen konnte, mußte man einfach bewundern, das war sicher.

Joel, gesegnet sei er, war so flexibel wie ein Weidenzweig im April. Schon bevor ich ihm von dem Nahrungsmittelkorb erzählt hatte, war er absolut bereit, etwas zu fabrizieren.

»Haben Sie Kartoffeln?« Es war mehr eine Feststellung als eine Frage.

»Natürlich!«

»Apfelmus?«

»Durch und durch biologisches.«

»Und Sauerrahm für die, die gerne welchen wollen?«

»Der wäre von Matilda. Sie ist die nervöse.«

»Ich bitte um Verzeihung.«

»Vergessen Sie's. Was kochen Sie?«

»Latkes. Jüdische Kartoffelpfannkuchen. Schließlich ist in sechs Wochen Chanukka.«

»Gott segne Sie.«

»Das wäre mein Beitrag zum Hauptgericht. Zum Nachtisch würde ich gerne meine berühmten gedünsteten Bananen machen.«

»Gott segne Sie um so mehr.«

Linda war nicht ganz so kooperativ, wie ich das gehofft hatte, zumindest nicht, bevor ich erwähnte, daß Sam mir sechs verschiedene Sorten Grünzeug mit fremdländisch klingenden Namen verkauft hatte.

»Nun, ich könnte uns einen schönen, frischen Salat mischen«, räumte sie ein.

Ich beschloß, ihr über die Frische des Grünzeugs keine Klarheit zu verschaffen. »Großartig! Ich habe genügend Dressing im Kühlschrank.«

Linda schaute mich an, wie ich wohl Billy Dee angeschaut haben muß, als er von seinem Straßenopfer berichtete. »Sie meinen industrielles Dressing in Flaschen?«

»Ja. Beste Qualität.«

»Hmm. Ich mache heute nachmittag eine Stunde Hathajoga, und Mrs. Parker wollte, daß ich vor dem Abendessen noch als Medium mit der Geisterwelt in Kontakt trete. Vielleicht habe ich gerade noch genügend Zeit, um eine Flasche Naturdressing zu machen. Ohne Konservierungsstoffe. Sie haben nicht zufällig biologischen Löwenzahnessig und frischen Estragon, oder?«

»Ich glaube, es ist Löwenzahnessig im Keller«, antwortete ich. »Auf einem Regel, in der hintersten Ecke. An der Kellertür liegt eine Taschenlampe, die Sie nehmen können.«

Manchmal, wenn ich so böse bin, frage ich mich, ob ich ein Adoptivkind bin. Weder Mama noch Papa hätte auch nur eine Sekunde in Erwägung gezogen, eine Frau, die Spinnen verabscheut, in einen vor Spinnen nur so wimmelnden Keller zu schicken. Aber so wahr mir Gott helfe, manche Leute bekommen eben, was sie verdienen.

Jeanette hatte sich schon freiwillig dazu gemeldet, eine Gemüsepfanne zuzubereiten, vorausgesetzt natürlich, ich könne ein paar frische, knackige Gemüse liefern. Ich kreuzte die Finger hinter dem Rücken und versicherte ihr, das könne ich.

So blieben nur Delbert, Susannah und ich. Ich selbst hatte nicht die Absicht, etwas zu kochen, schließlich hatte ich alle Hände voll damit zu tun, die anderen in meiner Küche zu überwachen. Außerdem hatte ich schon das Frühstück und die Lunchpakete gerichtet, das Geschirr gespült, es war auf mich geschossen worden, ich hatte Besorgungen gemacht, meine Fähigkeiten mit denen eines einfältigen Gesetzesmannes gemessen, Unrat geschaufelt und Billy Dee dabei zugesehen, wie er einen lädierten Bock zerlegte. Glücklicherweise hatte Joel angeboten, zweierlei Essen zu richten, so daß mein Beitrag noch nicht einmal vermißt werden würde.

Delbert James war, wie sich herausstellte, genauso großzügig. Er bot huldvoll an, ebenfalls zwei Gerichte zu kochen, aber ich lehnte sein Angebot widerstrebend ab. Ich wußte zwar, daß mir sein Makkaroni-Rinderhack-Auflauf munden würde, aber ich war mir nicht so sicher, daß ich mit dem von ihm vorgeschlagenen Kuddeln-Nieren-Pudding zurechtkommen würde, obwohl er anbot, selbst in die Stadt zu fahren, um die Zutaten einzukaufen. Delbert James, das mußte ich wohl daraus schließen, hatte bescheidenere Wurzeln, als man das normalerweise vom Berater eines Kongreßabgeordneten erwarten würde.

Was Susannah betrifft, so rührt ihr Ernährungskonzept direkt aus der Freni-Hostetler-Kochschule: Wenn es gut schmeckt, iß es. Leider waren ihre gekochten Kekse das einzige, das an jenem Abend niemand zu probieren bekam.

15

Susannah Yoder Entwhistles Rezept für Kochkekse

450 g	Zucker
2	Eßlöffel Kakao
80 cl	Milch
8	Eßlöffel Erdnußbutter mit Erdnußstückchen
1	Teelöffel Vanille
100 g	Margarine
300 g	Schmelzhaferflocken

Zucker, Kakao und Milch in einem Topf mit schwerem Boden miteinander mischen. Eine Minute kochen.
Erdnußbutter, Vanille und Margarine hineinrühren.
Vom Herd nehmen und die Schmelzflocken hinzufügen.
Gut durchmischen.
Mit einem Teelöffel die noch warme Masse löffelweise auf Backpapier geben.
Nach dem Abkühlen vom Papier abziehen und genießen.

16

Gegen sechs Uhr abends wurde es in der Küche etwas voll. Da Billy Dee Grizzle einen Hirschpfeffer zuzubereiten hatte, war er der erste und sicherte sich die linke vordere Flamme unseres sechsflammigen institutionellen Herds. Billy hatte gegen fünf damit begonnen, sein Fleisch anzubraten, und der Hirschpfeffer war schon im Werden und füllte die Küche mit einem intensiven, allerdings gar nicht unangenehmen Geruch.

Delbert James war der nächste Koch am Ort des Geschehens. Sein Makkaroni-Hamburger-Auflauf mußte zu Beginn seines Entstehens erst auf die Flamme, wurde aber schließlich in den Ofen geschoben. Das mit Käse überbackene Gericht brodelte und bräunte im Ofen schon glücklich vor sich hin, als Jeanette und Lydia gleichzeitig auftauchten.

»Was zur Hölle ist das für ein Gestank?« fragte Jeanette herrisch. »Dieser Raum ist verpestet vom Geruch gekochter Leichname.«

»Ich finde, es riecht köstlich«, widersprach Lydia entschieden.

»Wie zum Teufel meinen Sie, soll ich hier kochen, während dieses Gebräu die Bude vollstinkt?«

»Keiner zwingt Sie«, sagte Billy Dee warm. »In diesem Topf ist genug für alle. Lassen Sie sich einfach bedienen, und entspannen Sie sich eine Weile. Überlassen Sie uns Männern die Küche.«

»Den Teufel werde ich tun.«

Normalerweise schreibe ich meinen Gästen nicht vor, wie

sie sprechen sollen, aber dies war Mamas Küche, und die Arme hatte sich für heute schon oft genug im Grab umgedreht. Wenn niemand dafür sorgte, daß Jeanette den Mund hielt, würde Mama bald so schnell rotieren, daß sie womöglich elektrischen Strom erzeugen würde.

»Ich lasse es nicht zu, daß an diesem Ort geflucht wird, Mrs. Parker«, sagte ich so huldvoll ich konnte.

Jeanettes Gesicht nahm die rote Farbe ihres Haares an, aber sie sagte eine Minute lang nichts mehr. Ich wünschte, Lydia hätte das gleiche getan.

»Was ist in Ihrem Topf, Mr. Grizzle?« fragte sie höflich.

Billy hob den Deckel und atmete tief den daraus entweichenden Dampf ein. »Hirschpfeffer, Ma'am.«

»Hirschfleisch?«

»Ja, und ein paar Zwiebeln, Karotten und Kartoffeln.«

»Bambi?« Jeanette kreischte fast. »Sie kochen Bambi?«

»Ich kannte mal eine Bambi«, sagte Billy Dee freundlich. »Bei ihr waren die Dinge schon ganz schön am Kochen.«

»Das ist widerlich, so wie Ihr Hirschpfeffer. Ich dachte, Sie hätten die Jagd aufgegeben, Mr. Grizzle. Nachdem, was Sie Ihrer Tochter angetan haben.«

Ein Muskel an Billys linker Wange zuckte leicht, aber ansonsten gelang es ihm, ruhig zu bleiben. »Ich habe die Jagd aufgegeben, Mrs. Parker. Dies hier habe ich nur neben der Straße aufgelesen.«

Jeanette wirkte, als sei sie kurz davor, sich zu übergeben. Statt dessen schleuderte sie ihr rotes Haar aus dem Gesicht, stampfte zum Kühlschrank hinüber und verlangte zu sehen, welche Gemüse ich da hatte. Bescheiden zeigte ich sie ihr.

»Das soll Chinakohl sein? Das Gemüse ist ja so schlaff wie Delbert James' Handgelenk.«

»He, das habe ich gehört«, rief Delbert vom Herd aus.

Erstaunlicherweise wirkte er überhaupt nicht verärgert. Höchstens amüsiert. Ich hingegen war nicht amüsiert. Es bedeutete, daß Susannah richtig gehört und Billy Dee vermutlich eine Freundin hatte. Auch wenn mir das natürlich völlig gleichgültig sein konnte.

»Und das sollen Zuckererbsen sein? Ich habe sie schon püriert gesehen, da waren sie knackiger als diese hier!« rief Jeanette aus.

»Kinder, Kinder«, mahnte Lydia freundlich. Sie drehte sich zu mir. »Hätten Sie zufällig geklärte Butter, Miss Yoder? Ich brauche sie für das Curry.«

Ich gab zu, daß all meine Butter nicht nur ungeklärt, sondern auch ungenießbar war. »Können Sie nicht Curry ohne Butter machen? Dann werden vielleicht alle davon essen.«

Lydia lächelte geduldig. »Aber das Curry enthält Joghurt. Wer keine Butter ißt, ißt sicher auch keinen Joghurt.«

»Tiere einzusperren ist eine Art von Sklaverei, und ihnen die Milch wegzunehmen ist zweifellos eine Art von Mißbrauch«, wandte Jeanette ein. »Vermutlich sogar sexueller Mißbrauch. Und außerdem verstopfen Milchprodukte die Blutgefäße, ganz zu schweigen davon, daß Milch einer der Hauptgründe für Blähungen ist.«

»Haben Sie dann vielleicht Olivenöl?« erkundigte sich Lydia freundlich. Wie ich diese Frau bewunderte!

»Ja, das habe ich«, erwiderte ich froh. Normalerweise habe ich das Zeug nicht vorrätig, aber diese Flasche hatte ein Gast zurückgelassen, ein italienischer Graf, der sich für alles erwärmen konnte, das extra vergine war. Die Zweiliterflasche, die er uns hinterlassen hatte, war ein schwacher Ausgleich für die vielen Male, die er mich im Gasthof herumgejagt hatte. Wenn er nicht bereits achtzig oder wenigstens ein bißchen appetitlicher gewesen wäre, hätte er mich vielleicht sogar erwischt.

»Gut, mit Olivenöl geht es genauso«, antwortete Lydia. Sie mußte eine Heilige sein.

Nachdem das geklärt war, gingen wir alle wieder zurück an die Arbeit. Nach ein paar Minuten stießen Joel und Garrett zu uns. Dann eine verstimmte Linda.

»Im Keller ist kein Löwenzahnessig, Miss Yoder. Nur Millionen und Abermillionen schrecklicher Spinnen. Sie müssen den Kammerjäger rufen!«

Ich konnte sehen, daß sie zitterte, und ihr Gesicht hatte die Farbe einer geschälten Lauchstange, aber ich hatte keinerlei Schreie gehört. »Sind Sie sicher, daß Sie ganz bis nach hinten durchgegangen sind, bis zu den Regalen hinter dem Heizkessel?«

»Miss Yoder, selbst Indiana Jones hätte das nicht über sich gebracht! Der Ort wimmelt nur so von diesen krabbelnden Biestern. Ich bestehe darauf, daß Sie den Kammerjäger rufen!«

Das waren ziemlich harsche Worte für eine solche Rotzgöre, wenn Sie mich fragen. »Miss McMahon, ich bin schockiert, Sie so reden zu hören. Ich dachte, Sie verehren das Leben! Spinnen kann man also töten. Was, bitte, ist da schlimmer? Eine böse alte Kuh zu töten, um sie aufzuessen, oder eine ganze Gemeinschaft unschuldiger Insekten umzubringen?!«

»Spinnen sind keine Insekten! Und sie sind nicht unschuldig. Sie sind schrecklich!«

»Sind Sie je von einer gebissen worden?«

»Nein.«

»Beraubt, vergewaltigt oder anderweitig angegriffen?«

»Sehr komisch«, sagte Jeanette. Diese Frau war lästiger als ein betrunkener Ziegenbock. »Lassen Sie das arme Kind in Ruhe. Sie hat absolut recht. Diese Gegend ist ein einziger Müllplatz.«

»Stimmt, Bette Davis sind Sie nicht«, meinte Delbert fröhlich.

»Sie hat nicht von sich geredet.« Ich glaube, das war es, was ich sagte.

»Wie?«

»Wenn Sie keinen Basmatireis haben, tut es ein gewöhnlicher Langkornreis auch«, sagte die stets aufmerksame und kooperative Lydia.

»Nun, wo sind die Bohnen in der Dose, die ich aufmotzen soll?« erkundigte sich Garrett ungeduldig.

Bevor ich antworten konnte, schlenderten Susannah und Schnuckelchen ziellos herein. Zunächst konnte ich nur annehmen, daß Schnuckelchen sie begleitete, aber es wäre eine sichere Wette gewesen. Susannah trug genügend Stoff durch die Gegend, um eine dänische Dogge darin zu verstecken. Wenn ich nur daran dachte, machte ich schon fünf Kreuze. Wäre Schnuckelchen eine dänische Dogge gewesen, hätte ich eine Woche zuvor auf meinem Kopfkissen etwas anderes gefunden als die kleinen Kügelchen.

Billy schüttete seinen Hirschpfeffer höflich in einen gußeisernen Topf um, den er dann in den Ofen schob, um auf dem Herd mehr Platz zu schaffen. Ich sagte Susannah, sie solle ihm danken.

Da Susannah zu nichts zu gebrauchen ist und anämischer zu sein behauptet als ein Dauerblutspender, holte ich selbst den Riesentopf für ihre Kekse heraus. Schließlich wollte sie eine doppelte Ladung davon machen.

Für Susannahs Rezept muß man nur ein paar Minuten am Herd stehen, aber meine Schwester war entschlossen, diese Minuten so zu gestalten, daß uns jede einzelne bewußt wurde. Unerwarteterweise stimmte sie ein schrilles Geheul an. Ich bin sicher, daß jeder im Raum außer mir erschrak. Ich erkannte indessen sofort, daß es sich dabei um ein jahrhundertealtes Kirchenlied, den *Ausbund*, handelte. Es ist noch nicht einmal ein mennonitisches, sondern ein amisch-mennonitisches Kirchenlied, und ich kann nur raten, daß Susannahs Motiv dafür wohl der Versuch war, ihrem aufmerksamen Publikum einen authentischen Eindruck von pennsylvanisch-deutschem Brauchtum zu vermitteln – was sie mit ihren Kochkünsten nicht würde erreichen können.

Daß sich Susannah an das Lied erinnerte, überraschte mich. Mama pflegte es früher für mich zu singen, als ich noch ein Kind war, aber ich bin zehn Jahre älter als Susannah und kann mich nicht erinnern, daß Mama es nach Vollendung meines zehnten Lebensjahrs noch gesungen hätte. Auf jeden Fall klingt der *Ausbund* für englische Ohren eher wie ein Wehklagen. Und obwohl Susannah weder richtig sang noch den Text korrekt wiedergab, war sie eindeutig laut.

Bevor es jemand anders tat, eilte ich zum Herd hinüber, um ihr mitzuteilen, sie solle Ruhe geben. Ehe ich jedoch auch nur die Chance hatte, den Mund zu öffnen, sperrte Susannah ihren noch weiter auf. Was noch Sekunden zuvor geklungen hatte wie Wehklagen, wurde nun zu einem regelrechten Geheul. Ich bin sicher, daß ich zunächst die einzige war, die den Unterschied bemerkte.

Ich packte sie an den Schultern und drehte sie herum. »Was ist los?«

Susannah kämpfte sich frei, drehte sich wieder zum Topf und schrie noch lauter als zuvor. Dann begann sie wild zu gestikulieren und auf den Topf zu zeigen, als versuche sie sich im Brustschwimmen. Vielleicht stimmte etwas mit dem Topf nicht ganz. Ich beugte mich vor und untersuchte seinen Inhalt aufmerksam. Dann hätte ich fast selbst angefangen zu schreien.

Aus dem Topf, völlig bedeckt mit Schokolade und Erdnußbutter, blinzelte mich Schnuckelchen an. Auch sein kleines Maul war geöffnet, und er hätte wohl auch geschrien, wenn es nicht mit Erdnußbutter verstopft gewesen wäre.
Ohne auch nur nachzudenken, riß ich den Topf vom Herd und ließ seinen Inhalt in die Spüle plumpsen. Dann drehte ich den Kaltwasserhahn so weit auf wie möglich und richtete den Spritzschlauch auf den halbgaren Hund. Susannah war inzwischen dabei, in Ohnmacht zu fallen. Glücklicherweise gelang es Billy Dee, sie zu packen, bevor sie über den Herd sackte.
»Was zur Hölle ist hier los?« herrschte Jeanette uns an.
»Hauen Sie ab!« schnauzte ich zurück. Das kalte Wasser genügte nicht, um die heiße, klebrige Masse von dem Hundefell zu lösen. Ich nahm warmes.
Jeanette schob sich in meinen Aktionsradius. »Was zum Teufel ist das? Ich verlange, es zu erfahren. Mein Gott, eine Ratte!« kreischte sie. Auch sie begann in Ohnmacht zu fallen, aber als keiner Anstalten machte, sie aufzufangen, kam sie so rechtzeitig wieder zu sich, daß sie sich an der Spüle festhalten konnte.
»Dies ist keine Ratte!« rief ich, so daß alle es hören konnten. »Es ist Schnuckelchen, der Hund meiner Schwester.«
Linda schnappte nach Luft, und obwohl ich ihr den Rücken zugekehrt hatte, bin ich mir sicher, daß auch sie versuchte, in Ohnmacht zu fallen. »Erst Spinnen«, hörte ich sie sagen, »und nun Ratten. Ich rufe höchstpersönlich das Gesundheitsamt.«
Zu diesem Zeitpunkt etwa steckte ich meinen Finger in das kleine Hundemaul und zog einen Klumpen Erdnußbutter heraus. Augenblicklich hörte ich Schnuckelchen keuchen, und seine kleine Brust begann, sich auf und ab zu bewegen. Sekunden später war er wieder lebendig genug, um so

jämmerlich zu jaulen, wie ich es noch nie gehört hatte. Selbst ich hatte Mitleid mit dem verklebten Köter.
»Es ist ein Hund!« hörte ich Lydia ausrufen.
»Ratten können sich genauso anhören«, sagten Jeanette und Linda wie aus einem Munde.
Susannah hatte inzwischen das Bewußtsein wiedererlangt und stand mühsam auf. Billy Dee, wie immer ganz Gentleman, machte sich Sorgen, sie könne wieder zusammenbrechen, und versuchte, sie dazu zu überreden, noch flach liegenzubleiben. »Bitte, liegen Sie still, Miss Entwhistle«, bat er. »Sie sind blasser als ein Yankee im Februar.«
»Lassen Sie mich!« schrie sie. »Da drüben ist mein Baby!«
Beim Klang der Stimme seines Frauchens begann Schnukkelchen noch lauter zu jaulen.
Widerstrebend half Billy Dee Susannah auf die Füße und führte sie hinüber zur Spüle. Inzwischen hatte ich es geschafft, den Hund einigermaßen zu säubern, und er sah Schnuckelchen zumindest entfernt ähnlich. Natürlich sieht jedes kleine Tier, egal ob Hund oder Katze, halb so groß aus, wenn es naß ist. Offen gesagt, ich habe schon Ratten gesehen, die doppelt so groß waren wie Schnuckelchen.
»Schau, es ist eine Ratte!« kreischte Jeanette. »Sie ist direkt von der Decke in den Topf gefallen. Gott weiß, was wir heute abend alles zu essen kriegen!«
»Ich glaube, mir wird übel«, stöhnte Linda.
Susannah riß mir ihr Baby aus den Händen und hielt es vors Gesicht, um es genau zu inspizieren. Der Hund wimmerte immer noch. Sie begann, seinen kleinen Körper mit Küssen zu bedecken. Jetzt wimmerte er sogar noch lauter.
»Ich denke, Sie bringen ihn am besten zum Tierarzt«, schlug Billy Dee vor.
Nun begann Susannah zu wimmern. »Mein Baby, mein armes kleines Baby, und es ist alles deine Schuld.«

Ich glaube, sie meinte mich. Schließlich war es meine Idee gewesen, daß sie etwas zum Abendessen kochen sollte. Natürlich war sie nicht fair, aber dies war nicht der geeignete Zeitpunkt, sie darauf hinzuweisen.

»Ich hole unsere Mäntel, und wir gehen direkt zu Doc Shafer«, sagte ich ruhig. »Lydia, würde es Ihnen etwas ausmachen, dafür zu sorgen, daß das Abendessen auf den Tisch kommt und jeder etwas zu essen bekommt? Mr. Grizzle, würden Sie bitte Dr. Shafer anrufen und ihm mitteilen, daß wir kommen? Ich glaube, er macht um sechs zu. Seine Nummer finden Sie neben dem Telefon an der Rezeption.«

Papa wäre stolz darauf gewesen, wie vernünftig ich war. Ich glaube, diese Eigenschaft habe ich von ihm geerbt. Wie dem auch sei, es ist ganz natürlich für mich, in einer Krisensituation ruhig zu handeln und Verantwortung zu delegieren, außer wenn wirklich ernsthaft etwas passiert, beispielsweise wenn auf einen geschossen wird. Papa pflegte immer zu sagen, ich sollte Manager werden und mich damit beschäftigen, ein Geschäft oder eine Organisation zu leiten. Susannah wiederum meint, ich solle mich um meine eigenen Angelegenheiten kümmern. Mama wäre wohl eher Susannahs als Papas Meinung, aber sie war zu liebenswürdig, um so etwas zu äußern.

Während Susannah und Schnuckelchen wimmerten, fuhr ich sie in aller Ruhe zu Doc Shaffer, der sechs Meilen entfernt auf der anderen Seite von Hernia lebt. Old Doc ist in erster Linie Viehdoktor, und seine Spezialität sind Steißgeburten bei Kühen. Doc hat unser Vieh schon vor meiner Geburt betreut. In den letzten Jahren hat seine Arthritis ihm das Knien unmöglich gemacht – und das ist notwendig, um in den Geburtskanal einer Schwarzbunten hineinzugreifen –, so daß er seinen Schwerpunkt auf die Behandlung von Haustieren verlegt hatte.

»'n Abend, Ladies«, wünschte Doc freundlich.
Weder Susannah noch Schnuckelchen brachten einen zusammenhängenden Satz zustande, also informierte ich Doc über alle Einzelheiten. »Ich habe sofort die Schokoladenmischung entfernt und ihn erst mal unter kaltes Wasser gehalten«, schloß ich.
»Das haben Sie gut gemacht, Magdalena. Ich habe schon immer gesagt, Sie wären ein guter Tierarzt geworden.«
Ich merkte, wie ich rot wurde. »Danke, Doc. Sind die Verbrennungen schlimm?«
Er schüttelte den Kopf. »Soweit ich das sagen kann, sind sie hauptsächlich ersten Grades. Aber bei diesen kleineren Rassen ist das Problem eines Schocks mindestens genauso schlimm. Was ich gerne tun würde, ist, ihm ein Beruhigungsmittel zu geben und ihn über Nacht zur Beobachtung hierzubehalten. Ich denke, bis morgen ist er wieder so gut wie neu.«
Wenn man hörte, was Susannah nun von sich gab, hätte man meinen können, ich hätte ihren Köter in ein Brötchen gesteckt und mit Senf beschmiert.
»Ich gehe hier ohne mein Baby nicht raus!« schrie sie. »Mein Baby! Mein kostbares kleines itsy-bitsy Baby! Mein Schnuckelpurzelchen!«
Ich hatte noch nie ein solches Benehmen bei einer erwachsenen Frau erlebt. Wäre es eine Rolle in einem Film oder Buch gewesen, hätte ihr wohl jemand rechts und links eine runtergehauen, um sie zum Schweigen zu bringen. Obwohl ich bezweifle, daß es etwas genutzt hätte.
»Wirklich notwendig wäre es, Susannah ein Beruhigungsmittel zu geben.« Ich konnte nicht umhin, dies zu sagen.
»Ich könnte ihr eine Spritze zur Beruhigung geben«, stimmte Doc zu. Er wies auf die Reihen von Flaschen hinter ihm auf dem Regal.

»Wäre das legal?« erkundigte ich mich hoffnungsvoll. »Ich meine, ich möchte nichts Falsches veranlassen.«
Old Doc lächelte. »Nächsten Monat werde ich zweiundachtzig. Wenn sie mir die Zulassung wegnehmen, setze ich mich zur Ruhe. Also, wem wollen Sie trauen, mir oder den Gesetzgebern?«
Ich dachte einen Augenblick lang an Garrett Ream und beschloß, mich für Doc zu entscheiden. Es gab nur diese Lösung – oder ich mußte Susannah über Nacht bei ihm lassen. Ich hatte ganz einfach nicht die Kraft, die ganze Nacht wach neben einer schreienden Susannah zuzubringen.
»Geben Sie ihr eine«, sagte ich.
Susannah sah die Spritze nicht kommen, aber vermutlich spürte sie sie. Allerdings nur einen kurzen Augenblick. Fast sofort wurde ihr Schreien zu Schluchzen, und dann wimmerte sie nur noch schwach. Erstaunlicherweise beruhigte sich auch Schnuckelchen, und es war nach kurzer Zeit bereits unmöglich zu sagen, von wem welcher Ton kam.
»Sind Sie sicher, daß sie in Ordnung sein wird?«
»Sie wird schlafen wie ein Baby. Vielleicht in diesem Fall eher wie ein Lämmchen. Das war mein bester Schlaftranquilizer.«
»Danke, Doc.«
»Sagen Sie«, begann er fast schüchtern. »Ich habe hinten etwas gebackenen Schinken und Kartoffelauflauf. Ob Sie wohl Lust hätten, mit mir zusammen zu Abend zu essen?«
Docs Frau, die geborene Anna Speicher, war nun schon siebzehn Jahre tot. In alten Zeiten hatte Mama Doc immer eingeladen, zum Abendessen zu bleiben. Daddy neckte sie ständig und behauptete, sie tue es, weil Doc nett anzusehen sei, aber ich bin mir sicher, daß es mehr war als das. Mama

hatte eine Schwäche für alle, die allein oder bedürftig waren, und außerdem waren Anna Speicher-Shafer und Mama Basen dritten Grades. Und zwar nicht um irgendwelche Ecken.

Als Old Doc also anbot, sich auf diese Weise zu revanchieren, überlegte ich nicht lange, bevor ich die Einladung annahm. Vor allem, nachdem ich mir vor meinem geistigen Auge kurz die Meute im PennDutch vorgestellt hatte. »Was ist mit Susannah?« fragte ich.

»Wir können sie ruhig auf dem Sofa hier drinnen lassen. Auf diese Weise können wir beobachten, ob sie in Ordnung ist, bevor Sie sie mit nach Hause nehmen.«

Er setzte das nun ruhige Schnuckelchen in einen Käfig, und ich half ihm dabei, Susannah auf die Couch zu bugsieren. Dann setzten sich Doc und ich hin und aßen ein gutes, altmodisches Essen, wie es sein sollte. Außer dem Schinken und dem Kartoffelauflauf gab es grüne Bohnen mit Speck, getrockneten Maispudding und Rhabarber-Erdbeer-Kuchen. Den Rhabarber und die Bohnen hatte Doc, wie er erklärte, im letzten Frühjahr eingemacht.

»Essen Sie immer so?« fragte ich erstaunt.

Doc wartete, bis er den Bissen des frisch aufgebackenen, vor Butter triefenden Brötchens heruntergeschluckt hatte, bevor er antwortete. »Das muß ich wohl. Ich lebe, um zu essen, und wenn es sich nicht lohnt, zu essen, kann ich genausogut aufgeben und sterben.«

»Es gibt Leute, die von sich sagen, sie essen, um zu leben«, konterte ich.

Old Doc schnaubte verächtlich. »Dann sind sie krank.«

»Wie bitte?«

»Zumindest bei Tieren ist das eine Tatsache. Wenn ein Tier nicht fressen will, ist die Wahrscheinlichkeit groß, daß es krank ist.«

»Könnten Sie mir bitte den Schinken reichen?« bat ich rasch und stellte unter Beweis, daß ich so gesund war wie ein Roß.
Doc lächelte anerkennend. »Es macht mein Herz glücklich, eine Frau so essen zu sehen, Magdalena. Das ist ein Zeichen von Leidenschaft, müssen Sie wissen.«
Irgendwie bezweifelte ich das. »Doc, ich muß Sie etwas fragen.«
»Fragen Sie nur.« Der alte Kauz wedelte mit einem Löffel voller überbackener Kartoffeln verführerisch vor meiner Nase hin und her. Natürlich machte so alles Sinn. Old Doc muß auch in Mama verliebt gewesen sein, denn neben Mama hätte Roseanne Barr wie eine Bohnenstange gewirkt.
Ich ignorierte die angebotenen Kartoffeln. »Es ist folgendes, Doc. Ich nehme an, Sie haben schon von der Frau gehört, die draußen im Inn die Treppe hinuntergefallen ist.«
Er nickte.
»Nun, Chief Myers sagt, daß entweder Unfall oder Mord in Frage kommt. Wenn es aber ein Unfall war, Doc, kann ich vielleicht gerichtlich belangt werden und alles verlieren, was ich habe. Möglicherweise sogar den Gasthof!«
»Wer sagt das?«
»Bisher nur Melvin Stoltzfus.«
Doc schnaubte verächtlich. »Dieser Junge würde selbst vom Nordpol aus den Weg nach Süden nicht finden. Es scheint mir, Magdalena, daß Sie wirklich ein Problem hätten, wenn die andere Möglichkeit zutreffen sollte.«
»Sie meinen, daß niemand mehr dort übernachten möchte, wo ein Mord geschehen ist?«
»Das kommt vielleicht später. Aber zunächst würde ich meinen, Ihr größtes Problem liegt darin, daß sich bei Ihnen im Haus vielleicht ein Mörder aufhält.«
»Sie meinen *jetzt*?«

Docs Blick war Antwort genug. Melvin, schieb ab! Warum hatte ich die Folgen nicht selbst gesehen?! »Warum hat Chief Myers mir das nicht ein wenig klarer gemacht?« fragte ich, sobald ich wieder sprechen konnte.

»Wie bitte? Um sich einen schönen Angelurlaub zu verderben?« gab Doc zurück. Es klang nicht so, als ob er scherzte. Vorübergehend hoffte ich, daß nicht nur Tammy Myers zu nahe an den Niagarafällen stand, sondern auch, daß sie es geschafft hatte, den Chief mitzureißen, als sie hinunterstürzte. Ich informierte Doc über einige Dinge.

Er hörte intensiv zu, schien aber vor allem an Jumbo Jim's Brathähnchen- und Meeresfrüchtepalast interessiert. »Wieviel kostet eine Portion extraknuspriges Hähnchen?« erkundigte er sich, indem er meine Erzählung unterbrach.

»Zuviel, um dafür zweihundertfünfzig Meilen zu fahren«, fuhr ich ihn an.

»Nur ruhig, Mädchen, nur ruhig«, sagte Doc. »Ich habe das Gefühl, ich habe einen wunden Punkt erwischt. Wie lange haben Sie mit diesem Kerl gesprochen?«

»Ich werde es Sie wissen lassen, wenn ich meine Telefonrechnung bekomme.«

»So lange, hm?« Doc hörte sich fast an, als sei er eifersüchtig.

»Und er hat mich einmal angerufen, allerdings war ich da nicht zu Hause«, fügte ich hinzu, nur um ihm eins auszuwischen.

»Wie ist er an Ihre Nummer gekommen?« Doc war eindeutig eifersüchtig.

»Keinen Schimmer. Susannah hat den Anruf entgegengenommen. Sagen Sie, Doc, wollen Sie nun hören, was noch passiert ist, oder nicht?«

»Sicher«, sagte Doc. »Jedenfalls ist Baltimore weit weg. Von diesem Kerl werden Sie nichts mehr hören.«

Ich ignorierte Docs letzten Kommentar und erzählte ihm, wie ich den Notausgang offen gefunden und daß jemand den Kofferraum von Miss Browns Wagen aufgebrochen hatte. Natürlich, so betonte ich, sei es möglich, sogar wahrscheinlich, daß all diese Dinge nichts damit zu tun hatten, daß Miss Brown nähere Bekanntschaft mit meiner unmöglich steilen Treppe gemacht hatte.

»Soll ich mit Ihnen fahren und die Nacht über bleiben?« fragte Doc freundlich.

Ich lehnte das Angebot ab. Welchen Schutz konnte ein zweiundachtzigjähriger Schwerenöter schon bieten? Ich dankte Doc für das reichhaltige Mahl und wehrte höflich, aber bestimmt seinen Gutenachtkuß ab.

Susannah schlief den ganzen Weg nach Hause und machte mir überhaupt keine Mühe. Als ich zurück zum Inn kam, war Billy Dee der einzige, der noch auf war, und ich bat ihn, mir dabei zu helfen, Susannah ins Bett zu verfrachten. Zur Belohnung machte ich dann eine Kanne heiße Schokolade und lud Billy Dee ein, mir im Clubzimmer Gesellschaft zu leisten.

»Ich habe gerade Tee getrunken, Miss Yoder. Aber ich würde mich gerne einen Augenblick zu Ihnen setzen, um ein wenig zu plaudern.«

Fröhlich trank ich Billy Dees Anteil der Belohnung. »Also, wie lief das Abendessen?« fragte ich scheinbar so ganz nebenbei. Ich starb schier vor Neugierde, es zu erfahren. Ich wollte auch wissen, wer das Geschirr gespült hatte.

Billy kicherte. »Sie haben einen denkwürdigen Abend verpaßt, Miss Yoder.«

»Magdalena, bitte.«

Er nickte. »Na, da war vielleicht was los. Mr. Ream, seiner Lady und diesem Delbert schmeckte mein Hirschpfeffer prima. Obwohl der Kongreßabgeordnete das Lorbeerblatt rügte. Aber die anderen! Puh! Man hätte meinen können, ich hätte ein Stinktier aufgetischt, so wie sie alle ans andere Tischende flüchteten.«

»Wie war das übrige Essen? Haben Sie es probiert?«

»Zum Teil. Aber man könnte mir gar nicht genug bezahlen, daß ich mich an diesen Mampf wagen würde, den Jeanette auftischte. So ein Porree gehört in den Müll, nicht auf den Tisch. Aber der Topf, den Ihre Köchin herüberbrachte, war goldrichtig. Ich habe mir zweimal davon genommen.«

»Welcher Topf und welche Köchin?«

»Wissen Sie, dieser kleine Frauentyp mit den ... äh ... den äh ... den großen ... äh.«

»Freni? Freni Hostetler war da?« Der Bereich, in dem Freni Umfang aufwies, war nur zu offensichtlich. Susannah und ich haben oft überlegt, daß ihr Familienzweig wohl alle Brustgene unseres Genpools aufgebraucht hat. Es mag leicht übertrieben sein, aber wenn Susannah und ich uns flach auf den Rücken legten, würden wir einen ausgezeichneten Golfplatz abgeben.

»Yeah«, sagte Billy Dee. »Mrs. Hostetler, so heißt sie.«

»Aber Freni arbeitet doch nicht mehr für mich!«

»Sie haben sie gefeuert?«

»Sie hat gekündigt. Aber bei Freni ist es immer das gleiche. Wie lange war sie da?«

»Sie brachte nur den Topf und ging wieder. Na ja, sie fragte schon, wo Sie seien. Sie schien irgendwie enttäuscht, daß Sie nicht da waren.«

»Nun, so ist das Leben. Wie war Lindas Salat?«

»Miss Yoder, ich meine Magdalena, wenn ich den Namen von etwas nicht kenne, ist es nicht sehr wahrscheinlich, daß ich es esse.«

»Aber es war nur ein Salat.«

»Das hat sie auch gesagt, aber es war Grünzeug drin, das ich noch niemals vorher im Leben gesehen hatte.«
In Anbetracht des Zustands von Sams Gemüse zweifelte auch ich daran, daß Linda die korrekte Bezeichnung hätte angeben können.
»Und Lydias vegetarisches Curry?« erkundigte ich mich. »Das klang meiner Meinung nach köstlich.«
Billy seufzte. »Mrs. Ream ist eine schrecklich nette Frau, und ich wollte ihre Gefühle nicht verletzen, besonders nachdem sie meinen Hirschpfeffer gegessen hatte und so, also probierte ich ihr Gericht.«
»Und?«
Sein Gesichtsausdruck sprach Bände. »Ich bekam nicht mehr als einen Bissen herunter«, sagte er überflüssigerweise. »Aber die Bohnen von Mr. Ream schmeckten mir. Und wissen Sie was? Selbst das Zeug, das Joel kochte, war nicht einmal so schlecht. Ich hatte noch niemals zuvor gekochte Bananen gegessen, aber sie waren besser, als es sich anhört. Sie mundeten allen sogar so gut, daß Joel aufstehen und noch ein paar mehr machen mußte.«
»Ich muß ihn um das Rezept bitten«, entgegnete ich, obwohl ich mir ziemlich sicher war, daß ich sie nicht mögen würde.
Billy Dee und ich tratschten noch ein bißchen. Er gestand, daß er und Lydia den Abwasch gemacht und aufgeräumt hatten, er aber Lydia hatte versprechen müssen, sich ihr gegenüber deswegen nicht verpflichtet zu fühlen. Ferner informierte er mich darüber, daß die Pläne für den nächsten Tag ziemlich genau die gleichen waren wie für den heutigen. Außer natürlich, daß sein Team wachsamer sein und Mr. Reams Gruppe nicht entkommen lassen würde. Deshalb hatte er sich auch schon die Freiheit genommen, für seine Gruppe ein paar belegte Brote vorzubereiten.

»Und machen Sie sich keine Gedanken wegen des Frühstücks«, sagte Billy Dee. »Wir richten es uns einfach selbst, wenn Ihnen das recht ist.«
»Absolut. Hatten Mr. Ream und Delbert den ganzen heutigen Tag kein Glück bei der Jagd?«
»Sie behaupteten, sie hätten keinen einzigen Bock gesehen, bei dem es sich gelohnt hätte, zu schießen. Aber«, er senkte die Stimme verschwörerisch, obwohl keine Seele wach war, die uns hätte hören können, »unter uns, ich glaube nicht, daß sie überhaupt jagen waren. Zumindest nicht auf Hirschjagd. Nein, ich glaube nicht, daß Hirsche das Wild ist, hinter dem sie her sind.«
»Was dann?« Was für eine Schande, daß Billy Dee sich vom Rationalen ins Absurde vorwagte.
Billy produzierte ein breites Grinsen. »Das möchte ich morgen herausfinden. So wahr ich Billy Dee heiße.«

17

Es war meiner Erinnerung nach überhaupt erst das zweite Mal, daß ich länger schlief als Susannah. Das erste Mal war der Morgen nach dem Abschlußball meiner High-School. Nicht etwa, daß ich die ganze Nacht aufgewesen wäre, gefeiert und getrunken hätte. Ich war die ganze Nacht wach und weinte, weil Mama mich nicht gehen lassen wollte, obwohl ich von Eldon Shrock eingeladen worden war, der mein Vetter vierten Grades um zwei Ecken war und der Sohn von Hernias Bürgermeister. Mama sagte, und Papa stimmte stillschweigend zu, daß Tanzen das Werkzeug des Teufels sei, um junge Leute zur Unzucht zu bewegen.

»Wenn man sich immer aneinander reibt, führt das zu Bedürfnissen, die der Körper nicht kontrollieren kann«, hatte Mama erklärt.

»Aber wir tanzen vor allem Twist«, argumentierte ich. »Wir berühren uns noch nicht einmal dabei.«

»Trotzdem, Magdalena, zwischen euch beiden werden Vibrationen hin- und herspringen wie Blitze zwischen zwei Gewitterwolken.«

»Aber Mama, Twist tanzen macht Spaß. Es ist nicht verfänglicher, als sich mit einem Handtuch abzutrocknen.« Ich lieferte ihr eine kurze Demonstration.

Mama war rot geworden und hatte sich schnell abgewendet. »Nicht einmal mit deinem Papa würde ich so etwas tun!« Das war's dann. Kein Ball für mich, nur eimerweise Tränen und eine Woche lang rote Augen. Bei Susannah, die zehn

Jahre jünger ist, war natürlich alles anders. Sie tanzten nicht mehr Twist. Selbst der Freddy war zu jener Zeit verschwunden. Bei Susannahs Abschlußball tappten und fummelten Pärchen in einer schummrig beleuchteten Turnhalle herum, so eng miteinander verschlungen wie Brezeln.

Aber es war sinnlos, Mama zu fragen, warum Susannah gehen durfte und ich nicht. Inzwischen hatte sich die Welt zu sehr verändert und Mama ebenfalls. Irgendwann zwischendurch hatte Mama die langen Zöpfe abgeschnitten, die sie von jeher um den Kopf gewickelt trug. Ich war noch dabei, mich von dem Schock zu erholen, als sie sich für die Gartenarbeit lange Hosen kaufte. Hätte Mama länger gelebt, hätte sie schließlich sogar in der Stadt Hosen getragen und Lippenstift aufgelegt. Ich vermisse sie noch immer schrecklich, aber ein Teil in mir ist froh, daß sie zu jenem Zeitpunkt gegangen ist. Vielleicht ist es unfair von mir, so etwas zu sagen, aber Mütter sollten wie Mütter aussehen und sich auch so benehmen, finden Sie nicht?

Auf jeden Fall wachte ich an jenem Morgen auf, weil Susannah mich schüttelte und mir ins Ohr brüllte.

»Geh weg«, sagte ich. Ich drehte mich auf die rechte Seite und zog das Kissen über den Kopf.

»Wenn du nicht mitkommst, gehe ich allein«, rief Susannah. »Schnuckelchen muß absolut verzweifelt sein, weil es nicht weiß, wo seine Mama ist.«

»Seine Mama lebt in einem Zwinger in New Jersey, Susannah. Warum schreibst du ihm nicht einfach einen Brief und erklärst ihm das?«

»Sehr komisch, Mags. Kommst du nun mit, oder kriege ich dein Auto?«

»Wie hast du geschlafen? Wie ein Lämmchen?«

»Nicht schlecht, obwohl ich mich offen gesagt an nichts von dem erinnern kann, was geschehen ist, nachdem Doc sagte, er wolle Schnuckelchen die Nacht über behalten. Ich nehme an, ich war müde nach all dem Streß.«

Arme Susannah, manchmal macht es noch nicht einmal Spaß, ihr Sand in die Augen zu streuen. Grollend stand ich auf und fuhr sie hinaus zu Doc. Schon bevor ich aus dem Wagen stieg, konnte ich Schnuckelchens hohes Gekläff durch Docs geschlossene Tür hören.

Doc war gerade dabei, Vorbereitungen für die Operation eines chinesischen Kampfhundes zu treffen, als wir kamen, aber er schien dennoch froh, uns zu sehen. »Es wird höchste Zeit, meine Damen. Ihr kleiner Hund möchte gern zurück nach Haus.«

Susannah sah mich vorwurfsvoll an, und Old Doc schaute Schnuckelchen an, wie er wohl eine Laborratte betrachten würde, die ihn einmal zu oft gebissen hat.

»Wie geht es ihm?« fragte ich. Man soll die Hoffnung nie aufgeben.

»Den Umständen entsprechend gut«, erwiderte Doc unverbindlich.

Zumindest in jenem Augenblick wirkte Susannahs Köter auf mich wie die Gesundheit in Person. Sobald Schnuckelchen aus dem Käfig gelassen wurde, sprang er in Susannahs Arme, leckte ihr einige Male das Gesicht ab und hüpfte dann ohne weitere Umstände in die unteren Regionen ihrer Stoffbahnen. Für den Rest des Tages war nichts mehr von ihm zu sehen.

Als wir zum Haus zurückkamen, schlug ich Susannah vor, wir sollten von der Ruhe und dem Frieden dort profitieren und in den Gemeinschaftsräumen fegen und Staub wischen.

»Aber ich habe Melvin versprochen, mit ihm heute abend nach Breezewood zu fahren, um ins Kino zu gehen«, bettelte meine kleine Schwester. »Ich muß mir die Haare waschen und mich herrichten.«

»Susannah, es ist erst elf Uhr morgens. Du hast massenhaft Zeit, dich herzurichten. Und um welchen Melvin handelt es sich übrigens? Doch nicht Melvin Stoltzfus, den derzeitigen Polizeichef im Dienst?« Ich war gereift genug, keine Anspielung auf den Bullen zu machen, der es nicht zu schätzen gewußt hatte, daß jemand versuchte, ihn zu melken, und auf die Folgen dieser Erfahrung.

»Ist er nicht traumhaft, Mags?«

Ich verdrehte die Augen und rang die Hände.

»Nun, du bist schuld, Magdalena. Ich hatte ihn ewige Zeiten nicht gesehen, und dann hast du erwähnt, daß du ihn gestern getroffen hast. Also habe ich ihn heute morgen, als du noch schliefst, angerufen und ihn gefragt, ob er mit mir einen Kaffee trinken geht, und er hat mich dafür zum Abendessen und ins Kino eingeladen.«

»Da hätte ich mir wohl besser auf die Zunge beißen sollen! Aber inzwischen kannst du mir bei der Hausarbeit helfen, sonst bekommst du diese Woche keinen müden Dollar.«

Papa hatte in seiner Weisheit mir den Hof hinterlassen, unter der Maßgabe, ich solle für Susannah sorgen, bis sie sich selbst als geschäftsfähig und produktiv erwies. Sollte dies eines Tages geschehen, wäre ich moralisch, wenn nicht gar rechtlich, dazu verpflichtet, ihr die Hälfte des Besitzes zu übergeben. Bisher bin ich noch nicht einmal annähernd dazu gekommen, mir über eine eventuelle Partnerschaft Gedanken zu machen.

Susannah machte ein trotziges Gesicht, was Mama lustig gefunden hätte. Ich nicht. »Okay, wenn du eine Minute wartest. Laß mich zuerst hochgehen und Schnuckelchens Schmusedecke suchen. Ich glaube, sie liegt irgendwo unterm Bett.«

Ich seufzte tief und sagte ja. Ein glückliches Schnuckelchen stand für eine glückliche Susannah, und wenn das Apportieren der unterm Bett liegenden Schmusedecke sie zu etwas Mitarbeit verleiten würde, konnte ich damit leben. Obwohl allein die Vorstellung eines Köters mit Schmusedecke über meinen Verstand ging.

»Okay, aber mach schnell. Und rühr ja nichts an dort drin. Das ist jetzt ein Gästezimmer. Wir müssen die Privatsphäre unserer Gäste respektieren.«

Während ich den Kopf des Wischmops auswechselte, entfernte sie sich nach oben. Ich war gerade damit fertig, als ich Susannah schreien hörte. Selbst wenn das Haus voller Menschen gewesen wäre, hätte ich diesen Schrei als ihren erkannt. Es ist ein außergewöhnlich hoher Schrei, der zwar keine Gläser zerspringen läßt, aber die Hühner davon abhält, Eier zu legen, und die Milch sauer werden läßt.

Schnuckelchens Teigbad nicht mitgerechnet, hatte ich Susannah nur zweimal zuvor so schreien hören. Einmal, als sie etwa acht war und auf der Nordweide über ein totgeborenes Kalb stolperte. Und ein zweites Mal, als Reuben Metzer, Hernias einstiger Apotheker und führender Pädophiler, sich vor ihr entblößte. Das geschah bei einem Gewitter an Susannahs zehntem Geburtstag. Obwohl zu dem Zeitpunkt bereits der ganze Raum voller kleiner, im Vollbesitz ihrer Schreikünste befindlichen Mädchen war, konnte ich Susannah augenblicklich heraushören.

Ich legte den Mop hin und stürzte diese unmöglich steile Treppe hinauf, wobei ich immer zwei Stufen auf einmal nahm. Ich fand Susannah in der Tür stehend, von wo aus sie auf die Leiche starrte, die sich an Mamas Dresdner Mustersteppdecke festgeklammert hatte.

Wie ich schon sagte, mir war sofort klar, daß es sich hier um eine Leiche, ein Mordopfer, handelte und nicht einfach um jemanden, der bei einem Schläfchen auf Susannahs Bett zufällig von uns gegangen war. Nachdem ich Susannah nach unten geschickt hatte, damit sie das Borax holte, nahm ich das Telefon mit hinaus in die Halle und rief die Polizei. Erst als Melvin Stoltzfus an den Apparat ging, erinnerte ich mich daran, daß Chief Myers nicht in der Stadt war.

»Es tut mir leid, ich muß mich wohl verwählt haben«, sagte ich. Normalerweise bin ich kein schneller Denker, aber ich würde eher persönlich eine Leiche am äußersten Ende unseres Grundstücks begraben, als Melvin Stoltzfus da mit reinzuziehen.

»Magdalena, sind Sie's? Sagen Sie Susannah, daß meine Mutter soeben angerufen hat und mich bittet, bei ihr vorbeizuschauen und zu überprüfen, warum ihre Waschmaschine so laut dröhnt. Ich werde sie also vor sechs nicht abholen. Oh, und sagen Sie ihr, daß ich den grünen Anzug und eine grüngelb gemusterte Krawatte tragen werde, damit sie weiß, was sie anziehen soll. Außerdem, wissen Sie zufällig, ob Sie Lakritze mag und falls ja, ißt sie lieber Stückchen, Stangen oder Schnecken?«

Das war genug. Melvin Stoltzfus verdiente es, daß man ihm eine Leiche auflud, während sein Vorgesetzter weg war. Wortwörtlich, falls das überhaupt möglich war. »Schieben Sie die Waschmaschine und Susannahs Lakritze auf die Wartebank, Melvin. Sie müssen sofort zum Inn kommen. Es ist jemand ermordet worden.«

»Sie ziehen ziemlich voreilig Schlüsse«, meinte Melvin scheinheilig. »Es war vielleicht ein Unfall. Haben Sie Alvin Hostetler schon angerufen?«

»Ich schicke Ihnen zu Weihnachten ein Lorgnon für besseren Durchblick.«

»Ein was?«

»Vergessen Sie es. Ich spreche nicht von Miss Brown, Melvin. Dieser Mord ist gerade erst geschehen. Es liegt eine Leiche in Susannahs Bett.«

»Susannah ist ermordet worden?«
»Nein, nicht Susannah. Einer unserer Gäste!«
»War er ihr Liebhaber?« Melvin hörte sich an, als sei er kurz davor, in Tränen auszubrechen.
»Es ist kein Er, sondern eine Sie.«
»O mein Gott, das ist ja noch schlimmer.«
»Beruhigen Sie sich, Melvin. Sie hatten kein Verhältnis, das steht fest. Wir benötigten Susannahs Zimmer für einen unserer Gäste, also hat sie bei mir übernachtet. Wie schnell können Sie kommen?«
»Ich komme sofort. In der Zwischenzeit berühren Sie bitte weder die Schußwaffe noch sonst etwas.«
»Es gibt keine Schußwaffe, Melvin.«
»Wie? Keine Schußwaffe?! Aber Sie sagten, es sei Mord?«
»Das ist es auch, Melvin. Kommen Sie her und sehen Sie selbst.«
»Gibt es eine Axt? Oder eine Keule? Vielleicht eine Schaufel?«
»Nur eine Steppdecke, Melvin. Wie ich schon sagte, kommen Sie her und sehen Sie selbst.«
»Eine Steppdecke? Ich verstehe, das Opfer wurde also stranguliert. Vermutlich Tod durch Ersticken?«
»Irgendwie glaube ich das nicht. Kommen Sie her und sehen Sie es sich an.«
»Dann ist es vielleicht gar kein Mord. Sind Sie überhaupt sicher, daß das sogenannte Opfer wirklich tot ist?«
»Melvin, Sakrament, kommen Sie einfach her! Und rufen Sie einen Krankenwagen.«
»Dann ist sie doch nicht tot?«
»Melvin Stoltzfus!«
Nach genau acht Minuten tauchte Melvin auf, direkt vor dem Krankenwagen mit der freiwilligen Rettungsbrigade. Sofort nachdem ich Melvin angerufen hatte, hatte ich mit

Old Doc Shafer telefoniert. Er tauchte direkt nach der Ambulanz auf, was beweist, daß nicht alle Achtzigjährigen mit fünfzehn Stundenkilometern durch die Gegend zukkeln. Wäre Melvin nicht der erste in der Prozession gewesen, hätte er Old Doc sicher einen Strafzettel verpaßt.

In Hernia gibt es einen Vollzeithumanmediziner, aber die meisten würden eher die Pest in Kauf nehmen, als einen Blick auf Harold P. Smith' III. Stethoskop zu werfen. Young Harold ist der Inbegriff von Arroganz, und ich habe mir sagen lassen, die meisten Lexika hätten ihre Definition für diesen Begriff im Jahr nach seiner Geburt geändert. Selbst Susannah sagt, sie würde sich lieber mit einem armen Anwalt einlassen, als mit Harold auszugehen. Was das heißt, wissen Sie.

Jedenfalls hatte ich Old Doc gebeten zu kommen, nicht weil er etwas für die Leiche tun konnte, sondern damit er mir half, Melvin Stoltzfus unter Kontrolle zu halten. Schließlich hatte einer von Docs Patienten Melvin gegen den Kopf getreten, und Doc hatte ohne Zweifel beide wieder zusammengeflickt. Auf jeden Fall kennt und respektiert jeder in und um Hernia Old Doc. Doc war meine Versicherungskarte dafür, die Nervenprobe zu überleben, ohne überzuschnappen. Ich führte alle herein und die Treppe hinauf zum Zimmer des Opfers. Inzwischen war Susannah aus dem Wäscheraum ohne das Borax zurückgekommen und stand jammernd neben dem Bett. Aus den unteren Regionen ihrer Bluse folgte Schnuckelchen ihrem Beispiel mit blechernen kleinen Jaulern. Ich beschloß, daß jeder ein bestimmtes Kontingent Trauer brauchte, auch wenn er nicht direkt betroffen war, und ließ sie einfach.

Es gereichte Melvin zu seiner Berufsehre, daß er erst die Leiche zu bemerken schien und dann Susannah.

»Sie haben sie genau so vorgefunden?« fragte er.

»Nee, sie muß inzwischen wohl aufgestanden sein und sich die Haare gekämmt haben.«
»Sehr witzig. Jetzt treten Sie und Susannah bitte zurück, damit ich sie untersuchen kann. Das könnte ziemlich grausam sein.«
»Nichts Grausameres als das, was wir jetzt schon sehen«, erlaubte sich Doc zu bemerken. »Sie wurde vergiftet.«
»Woher zum Teufel wissen Sie das?« schnauzte Melvin ihn an. Offen gesagt war ich überrascht, ihn fluchen zu hören. Doc seufzte. »Beruflicher Instinkt, Mann. Schauen Sie sie doch mal an! Es ist offensichtlich, daß sie unter großen Schmerzen starb und zu schnell, als daß sie um Hilfe rufen oder jemand sie hören konnte. Obwohl es möglich ist, würde ich meinen, daß es angesichts ihres Alters nicht sehr wahrscheinlich ist, daß sie an einem Herzinfarkt gestorben ist.«
»Wie alt war sie übrigens?« erkundigte sich Melvin, indem er sich mir zuwandte.
»Linda war dreiundzwanzig.«
»Also Gift, ganz sicher«, erklärte Doc.
»Wie können Sie da so sicher sein?« wollte Melvin wissen, allerdings etwas weniger angriffslustig.
»Ich kann es nicht mit absoluter Sicherheit sagen«, entgegnete Doc. »Nicht bevor eine Autopsie vorgenommen worden ist. Aber ich würde schwören, daß sie vor mindestens zwölf und höchstens vierzehn Stunden vergiftet wurde.«
»Zwölf Stunden?« fragten Melvin und ich wie aus einem Mund.
»Wie es aussieht. Vielleicht ein, zwei Stunden mehr, wie gesagt. Auch das wird man durch die Autopsie herausfinden. Sie schicken sie direkt zum Gerichtsmediziner des Bezirks?«
Einen Augenblick blickte Melvin wild im Zimmer herum. Es

war offensichtlich, daß es sich um seinen ersten Solomord handelte, möglicherweise gar um seine erste Leiche. Vielleicht erwartete er, eine Reihe Anweisungen an die Wand projiziert zu bekommen. »Ja, ja, selbstverständlich. Gott, ich hoffe, er ist inzwischen zurück.« Er nickte den beiden Männern zu, die mit dem Krankenwagen gekommen waren. Sie waren vor der Tür stehengeblieben, und es schien, als widerstrebe es ihnen auch jetzt, die Schwelle zu überschreiten. Melvin mußte erst deutlicher werden, bevor sie in Aktion traten.

»Achten Sie auf Mamas Steppdecke«, mahnte ich sie. Natürlich beachteten sie mich überhaupt nicht. Sie schoben die Leiche mit allem auf die Bahre. Schon beim ersten Schritt trat einer von ihnen auf einen herabhängenden Zipfel der Steppdecke und zog den Körper fast mit auf den Boden. Die Decke löste sich aus den verkrampften Händen, aber ich war sicher, sie reißen gehört zu haben.

»Schauen Sie sich an, was Sie gemacht haben!« sagte ich. »Ich könnte niemals so sauber nähen wie Mama.« Ich hob die Decke, besudelt wie sie war, hoch und legte sie aufs Bett. Dann bemerkte ich auf dem Bett und auf dem Boden Hülsen von Sonnenblumenkernen, dort wo die Decke kurz den Boden berührt hatte.

»Hilf mir das Bett abzuziehen«, sagte ich barsch zu Susannah.

»Berühren Sie nichts, verflucht noch mal«, kam es scharf von Melvin.

»Warum nicht?«

»Weil Sie Spuren vernichten könnten, deshalb.«

Offensichtlich sah Melvin Stoltzfus zuviel fern. »Auf Bettdecken gibt es keine Fingerabdrücke, Mel.« Ich begann an einer Ecke des Bettzeugs zu zerren.

»Hallo, was ist das denn?« fragte Melvin. Er langte über mich und hob etwas vom Bett auf, das braun und verschrumpelt aussah.

»Oh, das ist nur eine Sonnenblumenkernschale«, sagte ich so unbekümmert ich konnte. »Linda aß ständig welche.«

Melvin zog mit einer Hand die Hosen über sein hüftloses Becken und steckte mir mit der anderen die dumme Hülse praktisch in die Nase. »Sie versuchen wohl, Spuren zu beseitigen, Magdalena?!«

»Beruhigen Sie sich, Melvin«, erwiderte ich so sanft ich konnte. »Wenn ich Spuren vernichten wollte, hätte ich doch wohl alle Schalen beseitigt, bevor Sie hier aufgetaucht sind. Schließlich sind sie kaum zu übersehen. Es liegt ja eine Unmenge davon herum.«

»Schön, aber in ›Der entwendete Brief‹ war es auch offensichtlich«, sagte Melvin wichtigtuerisch.

Dunkel erinnerte mich das an etwas. Ich eilte in Gedanken zurück, und mir fiel der Englischunterricht in der elften Klasse ein, wo wir eine Geschichte von Edgar Allan Poe gelesen hatten, in der ein Brief so versteckt wurde, daß er für alle weithin sichtbar war. »Melvin«, sagte ich langsam, so daß er es wenn nötig von den Lippen ablesen konnte. »Niemand hat versucht, diese Sonnenblumenkernhülsen zu verstecken. Sie denken doch nicht allen Ernstes, sie seien giftig, oder?«

Aber genau das tat Melvin wohl. Er fiel auf alle viere, hob jede kleine Schale auf und tat sie sorgfältig in ein Plastiktütchen, das er mitgebracht hatte.

18

Ich wartete, bis Melvin fast mit dem Auflesen fertig war, bevor ich wieder das Wort ergriff. »Darf ich jetzt das Bett abziehen?« fragte ich vernünftig.

»Zum Teufel, nein!« Er explodierte fast. »Es gibt vielleicht noch weitere Spuren.«

»Dann ziehen Sie es selbst ab, wenn Sie damit fertig sind«, erwiderte ich ruhig. Ich packte meine immer noch jammernde Schwester bei den Schultern und schob sie aus dem Zimmer.

Doc wartete ein paar Minuten, dann folgte er mir. Wir gingen die Treppe hinunter zum Gemeinschaftsraum.

»Kannten Sie diesen Gast gut?« erkundigte er sich.

»Wie?«

Er zeigte zurück auf das Zimmer, in dem sich jetzt nur noch Melvin aufhielt. »Die Tote meine ich. Kannten Sie die Lady gut, als sie noch lebte?«

Ich schüttelte den Kopf. »Nicht wirklich. Nur zwei Tage. Alles, was ich von ihr weiß, ist, daß sie Vegetarierin ist und hier war, um gegen die Jagd zu protestieren. Oh, und wenn die Gerüchte zutreffen, dann ist sie die uneheliche Tochter des Kongreßabgeordneten.«

»Welches Kongreßabgeordneten?«

»Wie dumm von mir, tut mir leid. Garrett Ream.«

»Dieser Grünschnabel? Wie dem auch sei, wissen Sie, ob sie schwanger war?«

»Linda schwanger?«

»Es ist, wie alles andere, nur eine Vermutung, aber möglicherweise trifft sie zu. Natürlich müssen wir auf den Autopsiebericht warten.«

Ich vertraute Doc genug, daß ich ihn nicht einmal hätte fragen müssen, warum er glaubte, Linda sei schwanger gewesen. Ich tat es trotzdem.

Doc lachte, was sich in seinem Alter mit ziemlicher Wahrscheinlichkeit wie Gegacker anhört. »Intuition, Magdalena. Das und die Tatsache, daß ein Fläschchen Vitamine für werdende Mütter auf ihrem Nachttisch stand. Es ist zwar möglich, aber eher unwahrscheinlich, daß jemand, der nicht schwanger ist, sie nimmt.«

»Das darf doch wohl nicht wahr sein. Linda schwanger! Wenn dieser Schwachkopf die Tabletten dort drin sieht, denkt er vermutlich, es war ein Selbstmordversuch.«

»Mit Vitamintabletten?«

Ich erinnerte Doc an Melvins Erlebnis mit dem Stier. Je mehr ich darüber nachdenke, desto sicherer bin ich mir, daß noch nicht einmal Melvin so dumm sein konnte. Aber man muß schon ziemlich beschränkt sein, überhaupt in eine solche Geschichte hineinzugeraten.

Old Doc lachte, bis ich dachte, er könnte einen Herzinfarkt bekommen. »Leider erinnere ich mich nicht an ein solches Ereignis. Aber wenn es tatsächlich passiert ist, bin ich mir sicher, daß Melvin darin verwickelt war. Hier!« Er griff in seine Tasche und holte ein Fläschchen mit Vitaminen heraus. »Selbst Melvin kann sie nicht falsch interpretieren, wenn er sie gar nicht zu sehen bekommt, Magdalena. Ich habe sie mir geschnappt, während der Trottel sämtliche Schalen dieser Sonnenblumenkerne aufhob. Es kommt überhaupt nicht in Frage, daß er uns vorzeitig dazu bringt, im trüben zu fischen.«

»Aber Doc! Erfüllt das nicht den Tatbestand der Beweisunterschlagung?«

»Welcher Beweise? Niemand würde glauben, diese junge Dame habe sich umgebracht, indem sie eine Überdosis Vitamine nahm. Niemand, das heißt niemand außer Young Melvin, der das ohnehin letztendlich auch begreifen wird. Also tue ich eigentlich nichts anderes, als die Zeit zu verkürzen, die er brauchen wird, um Beweise und zufällig vorhandene Gegenstände voneinander zu unterscheiden. Haben Sie übrigens bemerkt, daß das Bitte-nicht-stören-Schild an der Tür immer noch nach außen zeigte?«

»Welches Bitte-nicht-stören-Schild? Wir benutzen solche Schilder hier nicht.«

»Tun Sie doch. Rote Buchstaben auf weißem Grund. Ungefähr so groß. Hab's selbst gesehen. Klar und deutlich.«

»Nein, es gehört uns nicht.« Ich schüttelte Susannah sanft. »Hast du ein Schild an der Tür bemerkt, als du zuerst hineingingst?«

Susannah brach in Tränen aus und warf die Arme um mich. Ich hasse es, wenn jemand das tut, selbst wenn es sich dabei um meine eigene Schwester handelt. Mein Freiraum ist mir sehr wichtig, aber natürlich bemerkte Susannah mein Unbehagen nicht. »Ich hätte da nicht hineingehen sollen«, jammerte sie. »Ich hätte gleich damit anfangen sollen, Staub zu wischen, wie du mir gesagt hast.«

»Unsinn«, tröstete ich sie. »Daß du nach Schnuckelchens Schmusedecke gesucht hast, hat mit Lindas Tod nichts zu tun. Also, hing ein Bitte-nicht-stören-Schild an der Tür, oder nicht?«

Susannah nickte. »Ja, Mags. Aber ich schwöre, daß ich geklopft habe, bevor ich eintrat. Außerdem habe ich ziemlich sanft geklopft. Ich meine, ich wäre überhaupt nicht hineingegangen, wenn irgend jemand geantwortet hätte.«

»Wie finde ich das denn? Ein gefälschtes Schild. Sie nehmen doch nicht an, daß der Mörder ...«

»… das Schild an die Tür hängte, so daß möglichst lange niemand die Tote finden und er genügend Zeit haben würde, sich in Sicherheit zu bringen?« beendete Old Doc den Satz für mich.

»Heißt das, wenn die Gäste heute nachmittag aus dem Wald zurückkommen, ist derjenige, der nicht darunter ist, der Mörder?« fragte Susannah erstaunlich vernünftig.

»Ja, so in etwa.«

»Nicht unbedingt, und vermutlich ganz und gar nicht«, widersprach Old Doc.

»Aber Sie sagten …«

»Ich erwähnte das als Möglichkeit, aber ich halte es nicht für wahrscheinlich. Dieser Mörder ist zu schlau, als daß er sich durch sein Fehlen identifizieren ließe. Ich gehe davon aus, daß derjenige, der diese junge Dame tötete, sich ziemlich sicher fühlt und plant, die Dinge abzuwarten.«

»Aber warum hat er dann das Schild an der Tür gelassen?«

»Nur um sicherzugehen, daß das Gift wirken kann, bevor das Opfer entdeckt wird. Selbst wenn es Geräusche von sich gegeben hätte, hätte das Schild an der Tür die anderen vermutlich zumindest eine Zeitlang davon abgehalten, nachzusehen. Die meisten Menschen tun das selbst bei lauten Geräuschen nur widerwillig, wenn ein Bitte-nicht-stören-Schild an der Tür hängt.« Ich könnte schwören, daß der alte Esel mir nun zuzwinkerte.

Susannah gab ein wirklich obszönes Lachen von sich. »Können Sie das noch mal wiederholen?«

Ich glaube, ich wurde nicht rot. »Wollen Sie etwas essen?«

»Aber immer doch!« sagte Doc. Schließlich lebte er, um zu essen. »Aber nur, wenn Sie es frisch zubereiten. Wer weiß, was in den Resten im Kühlschrank drin ist.«

Ich lachte nervös. »Eigentlich gibt es keine Reste. Zumindest von gestern abend. Billy Dee, einer unserer Gäste, sagte, er und Lydia Ream, die Frau des Kongreßabgeordneten, hätten anschließend alles aufgegessen. Das sind die beiden, die die Küche aufgeräumt haben«, erklärte ich.

Old Doc wirkte plötzlich ernst. »Genau dort können Ihre Beweise liegen.«

»Billy Dee? Lydia Ream? Das glaube ich nicht. Sie sind die zwei angenehmsten von dem ganzen Verein. Ich habe noch kein schlechtes Wort aus Lydias Mund gehört, und was Billy Dee betrifft, so kommt er mit allen aus, außer vielleicht mit Mrs. Parker. Aber nicht Mrs. Parker wurde vergiftet, sondern Linda McMahon.«

»Das sind reine Vermutungen«, sagte Melvin, der ins Zimmer trat. »Wir wissen erst, woran sie starb, wenn uns der Laborbericht vorliegt.«

»Müssen wir auch bis dann warten, um festzustellen, ob sie überhaupt tot ist?« Ich weiß, ich hätte das nicht sagen sollen, aber ich konnte nicht anders.

Doc kicherte. Susannah wurde rot, und Melvin starrte nur wütend geradeaus. Es war ein Glück für Schnuckelchen, daß ich nicht sehen konnte, wie es reagierte.

»Nun, einige Dinge sind offensichtlich«, erläuterte ich.

Melvin reckte sich zu seiner vollen Größe, wodurch er nicht mehr so sehr wie eine Gottesanbeterin wirkte, sondern eher wie ein Kind mit weit aufgerissenen Augen, das versucht, einen Erwachsenen zu spielen. »Wer sich auf bloße Vermutungen stützt, ist ein Idiot.«

»Ich lasse es nicht zu, daß man in diesem Hause solch unflätige Reden schwingt, Mr. Stoltzfus.«

»Herrgott, Magdalena, er hat doch nur versucht, zu argumentieren«, äußerte meine ach so fehlgeleitete Schwester.

»Susannah Yoder! Mama würde …«

»Entwhistle, Mags, laß Mama da raus. Was Melvin gesagt hat, stimmt. Du ziehst immer voreilige Schlüsse. Und noch etwas. Du verurteilst immer andere. Du setzt immer deine strengen Maßstäbe an und fällst über andere her. Als hättest nur du recht. Als sei das, was für dich richtig ist, auch für alle anderen richtig. Du bist nichts als kritisch, weißt du das? Du bist anderen Menschen gegenüber zu hart, Mags. Gönn uns doch manchmal eine Atempause.«

Nun, ich mußte nicht da sitzen bleiben und mir so etwas gefallen lassen. »Doc, apropos Mittagessen, warum begeben wir uns nicht in die Küche, statt zu bleiben, wo wir unerwünscht sind?«

»Gute Idee«, antwortete Doc.

»He, wir müssen auch etwas essen«, sagte Susannah.

»Schön, dann geh in die Küche und richte etwas.«

»Möchtest du zum Mittagessen bleiben, Honey?« fragte Susannah Melvin. Wann ihre Beziehung Zeit dazu gefunden hatte, zum Honey-Stadium zu erblühen, war mir ein Rätsel.

»Nun«, sagte Melvin gedehnt. »Ich muß hierbleiben, um die Verdächtigen zu vernehmen, wenn sie zurückkommen. Wie wäre es, wenn wir beide eine Pizza bestellen würden?«

»Traumhaft«, erklärte Susannah begeistert.

Es war eine Tatsache, daß die arme Mama am heutigen Tag viel körperliche Ertüchtigung bekommen würde. In Hernia gibt es keine Pizzeria, und was immer Susannah und Melvin in Mamas Gesellschaftszimmer zu tun planten, es hatte wenig, wenn nicht überhaupt nichts mit Essen zu tun.

»Vergiß nicht, daß dies ein christliches Haus ist, Susannah«, mahnte ich sie sinnloserweise.

Meine Schwester tat so, als sei sie schockiert. »Du ziehst schon wieder voreilige Schlüsse, Mags!«

»Zumindest ist das eine anständige Art der Beschäftigung.«

»Zu dumm, das du nie Gelegenheit hattest, beides miteinander zu vergleichen«, konterte sie grausam.

Ich setzte mich keinen weiteren Attacken aus. Statt dessen

wurde ich meinen Frust los, indem ich mich daranmachte, Doc das beste Mittagessen zu kochen, das er in den letzten siebzehn Jahren gegessen hatte. Zumindest behauptete er das. Wir verbarrikadierten uns in der Küche und hauten rein wie Halbwüchsige.

Wir hatten gerade den letzten Rest Kirschkuchen mit Eiscreme aus schwarzen Kirschen verdrückt, als Billy Dee in die Küche platzte. »Was zum Teufel ist hier los, Miss Yoder, und wer zum Teufel ist das im Gesellschaftsraum?«

Vielleicht lag es daran, daß ich satt war, oder daran, daß ich erkannte, daß es sinnlos war, aber ich ignorierte Billy Dees Flüche.

»Sie wissen schon, daß Linda tot ist?«

Billy Dee fiel schwer auf einen der Küchenhocker. »Das ist es, was der Typ da drinnen behauptet. Stimmt das? Mein Gott, er hat Jeanette mit seinen Anschuldigungen richtig hysterisch gemacht.«

»Linda ist tot«, sagte ich freundlich. »Das steht fest. Susannah hat sie gefunden, und ich habe es auch selbst gesehen. Es war schrecklich. Und der Typ da drinnen ist von der Polizei. Ich mußte ihn rufen.«

Billy Dee schüttelte verwirrt den Kopf. »Ich kann es einfach nicht glauben. Gestern abend war sie noch kerngesund. Und dieser Mann behauptet, es war vielleicht Mord. Glauben Sie das?«

Ich blickte rüber zu Doc.

»Ich kann es nicht mit Sicherheit sagen«, meinte der. »Aber es sieht so aus. Meiner Meinung nach wurde sie vergiftet.«

Billy Dee fuhr sich mit den Händen durch das noch dichte, nur leicht ergraute Haar. »Das ist so verflucht schwer zu glauben. Wer würde so etwas tun?«

»Sie wissen das vielleicht besser als wir«, erwiderte ich.

»Was soll das heißen?«
»Nun, Sie kannten Linda besser als ich. Also wissen Sie wahrscheinlich viel besser, wer ihren Tod möglicherweise gewollt hat.«
»Linda? Ich habe nicht den leisesten Schimmer! Jeanette ja, aber nicht Linda. Verflucht, ich war schon selbst in Versuchung, Jeanette umzubringen, aber ich weiß von niemandem, der etwas gegen Linda hat.«
»Nun, dann war es vielleicht ein Unfall«, schlug ich vor.
»Möglicherweise. Wenn sie einen Giftpilz gegessen hat oder so was. Aber um aus dem, was man auf Sam Yoders Regalen findet, etwas so Giftiges zu mischen, müßte man schon Hexenmeister sein!«
»Das weiß ich nicht. Sam verkauft einige merkwürdige Dinge, Doc.«
Billy Dee schien nicht zuzuhören. »Es ist meine Schuld«, glaubte ich ihn murmeln zu hören.
»Was haben Sie gesagt?«
»Ich hätte sie vielleicht retten können, Miss Yoder.«
»Wieso das denn?«
Er schüttelte den Kopf. »Gestern nacht ging ich, nachdem ich Ihnen eine gute Nacht gewünscht hatte, nach oben, um zu sehen, ob Linda noch wach war. Ich wollte sehen, ob sie Jeanette vielleicht zur Vernunft bringen könnte. Ich dachte, Linda könnte Jeanette unter Umständen davon überzeugen, einfach eine Pressekonferenz abzuhalten und die ganze Verfolgungsjagd abzublasen. Denn es ist nichts anderes als Schikane. Erreichen tut man damit nichts.«
»Andere zu schikanieren scheint Jeanettes Spezialität zu sein. Aber fahren Sie fort, wie hätten Sie Linda retten können?«
Billy schlug sich mit der Handinnenfläche fest aufs Bein, als wollte er sich selbst bestrafen. »Dieses verfluchte Schild hing

schon an der Tür, also machte ich mir nicht einmal die Mühe, zu klopfen. Aber ich hätte wissen sollen, daß da etwas zum Himmel stank. In meinem Zimmer gibt es kein solches Schild, ich hätte etwas merken müssen.«

»Nein«, meinte Doc weise. »Das heißt gar nichts. Viele Leute reisen mit ihrem eigenen Bitte-nicht-stören-Schild. Sie wissen, was ich meine?« Er zwinkerte lüstern, vermutlich wieder in meine Richtung.

»Nein, Doc.«

In diesem Augenblick steckte Joel seinen Kopf durch die Tür. Von meinem Sitzplatz aus wirkte es, als habe er geweint.

»Der Officer möchte Sie sprechen, Billy Dee«, sagte er.

Billy Dee stand auf und ging langsam hinaus. Joel setzte sich an seiner Stelle auf den Hocker.

»Das ist Doc Shafer«, stellte ich vor. »Und das ist Joel Teitlebaum aus Philadelphia.« Ich weiß nicht, wo meine Manieren geblieben waren, als ich Billy Dee hätte vorstellen sollen.

»Ich bin Viehdoktor, kein Menschendoktor«, ergänzte mein Freund bescheiden.

Es hätte ihm gar nicht gleichgültiger sein können. »Es ist alles meine Schuld.« Er wimmerte fast, und es war nun klar, daß er geweint hatte.

»Lassen Sie mich raten.« Ich tat so, als dächte ich nach. »Sie sahen das Bitte-nicht-stören-Schild an Lindas Tür und haben nicht gestört, obwohl Sie ihr andernfalls vielleicht das Leben hätten retten können?«

Joel unterbrach einen tonlosen Schluchzer, als er schon beim Schniefen war, und blickte mich überrascht an. »Woher wissen Sie das?«

»Intuition. Aber vergessen Sie es. Sagen Sie mir, wie es Jeanette geht. Schließlich ist sie Lindas Mutter.« Taktvoll unterließ ich es, zu bemerken, daß ich persönlich der Meinung war, Jeanette sei ebensosehr in der Lage, Liebe zu empfinden, wie eine Runkelrübe.

Young Joels Kinnlade klappte so weit herunter wie meine an dem Tag, als ich zu früh aus der Schule heimkam und entdeckte, wie Mama und Papa miteinander schliefen. »Sie ist was? Was haben Sie gesagt?«

»Ich sagte nur, daß Jeanette Lindas Mutter ist, oder besser gesagt, war. Das wußten Sie doch sicher.«

»Ich kann es nicht glauben. Ich meine, woher wissen Sie das?«

Ich zuckte die Achseln. »Ich nehme an, es hat mir jemand gesagt. Es tut mir leid, ich dachte, es sei allgemein bekannt. Aber abgesehen davon, wie geht es Jeanette?«

Joel zog ein Taschentuch aus der Tasche und verstreute dabei ein paar Sonnenblumenkerne auf meinem Küchenfußboden. »Jeanette ist natürlich sehr betroffen. Schließlich standen sie sich sehr nahe, selbst wenn sie nur Freundinnen gewesen sein sollten. Was wohl nicht der Fall war, da es sich zufällig um Mutter und Tochter handelte.«

»Sie wirkten so, als stünden sie sich nahe«, gab ich zu. »Aber alle Mitglieder des V.G.T. scheinen sich nahezustehen, was für Verdächtige nicht viel Raum läßt, nicht wahr? Es sei denn, der Mörder gehört zur Gruppe des Kongreßabgeordneten?«

Ich sah, wie Joel sich wand, aber vielleicht rutschte er auch nur auf seinem Hocker leicht hin und her. Diese Hocker sind ziemlich hart und unbequem. »Warum um alles in der Welt sollte einer aus dieser Gruppe etwas gegen Linda haben?« fragte er mit weit aufgerissenen Augen. »Sie hat sie am Sonntagabend zum ersten Mal gesehen.«

»Das weiß ich nicht. Aber wenn wir schon von ihnen sprechen, haben Sie sie heute im Wald eingeholt?«

Joels lange Bildhauerhände griffen ziellos nach einem Sonnenblumenkern, der an seinem Taschentuch festhing. »Wenn Sie mich fragen, sind sie heute überhaupt nicht auf die Jagd gegangen. Wir sind an jedem öffentlichen Zugang zum staatlichen Jagdgebiet vorbeigefahren und haben keine Spur von ihrem Wagen entdeckt. Offensichtlich spielen sie nicht fair. Die ganze Sache ist nicht fair. Linda hat niemals einer Fliege etwas zuleide getan, und der Kongreßabgeordnete, der ein widerlicher Typ ist, kommt seinerseits überall davon. Das Leben ist einfach ungerecht.«

»Das Leben ist nie gerecht. Wenn es mal so scheint als ob, ist das purer Zufall.«

»Das Leben ist beschissen«, sagte Old Doc barsch. »Ich müßte das eigentlich wissen, ich habe lange genug gelebt, um eine Art Fachmann auf dem Gebiet zu sein.«

»Aber, mein Gott, das ist zuviel«, schluchzte Joel. Er vergrub das Gesicht im Taschentuch, an dem immer noch der Sonnenblumenkern hing. »Linda hat es nicht verdient, zu sterben. Und ich weiß, daß Sie sie nicht mögen, Miss Yoder, aber auch Jeanette hat es nicht verdient, ihre Tochter zu verlieren. Sie muß schrecklich leiden.«

Ich stand auf und ging in Richtung Gesellschaftszimmer. Ich mußte mit eigenen Augen sehen, wie es Jeanette ging. Zu meiner großen Überraschung schien Melvin nichts dagegen zu haben, als ich in den Raum schlüpfte. Vielleicht bemerkte er es nicht einmal.

Im Gegensatz zu Jeanette. Sie saß auf einem kleinen Hocker vor dem Kamin und weinte leise vor sich hin. Billy Dee kniete halb und hatte den Arm um sie gelegt, und auf der anderen Seite tat Susannah das gleiche. Melvin stand links von Susannah, nicht weit von ihr entfernt, und schien ins Leere zu starren. Sie wirkten wie ein Gemälde, das den Titel »Kummer« hätte tragen können. Außer Jeanette schien niemand zu bemerken, daß ich ins Zimmer getreten war. In

dem Augenblick, in dem ich hineinschlüpfte, stand sie auf und wies mit dem Finger in meine Richtung.
»Da ist sie!« schrie sie. »Da ist die Frau, die mein kleines Mädchen getötet hat!«
Für den Bruchteil einer Sekunde dachte ich daran, mich wieder zu verziehen, aber natürlich war es dazu zu spät. Mit dieser einen Anschuldigung hatte Jeanette Parker ohne Zweifel Mama in ihrem Grab in so rasche Drehungen versetzt, daß die Wärme, die sie erzeugte, Gott sicher dazu zwang, sie an einen anderen Ort zu verlegen. Um Mamas willen mußte ich bleiben und mir Klarheit verschaffen.

19

Melvin Stoltzfus horchte auf. »Was haben Sie da gesagt?«

»Gesagt hat sie nichts«, wagte ich zu äußern. »Sie hat geschrien.«

Jeanettes Finger, der weiterhin auf mich zeigte, vibrierte am Ende ihrer Hand wie das obszöne Ding, von dem ich einmal sah, wie Susannah es versteckte. »Mörderin! Das ist die Frau, die mein kleines Mädchen getötet hat.«

Melvin warf mir einen Blick zu, der bei jemandem mit Lippen wie ein Grinsen gewirkt hätte. »Warum sagen Sie das?«

Jeanette setzte sich wieder. »Sie ist diejenige, die das Essen gekauft hat, das mein kleines Mädchen vergiftet hat. Sie ist es, die uns alle gebeten hat, etwas für dieses verhängnisvolle Mahl zu kochen. Und dann ist sie nicht einmal geblieben, um davon zu essen. Ist das nicht Beweis genug?«

»Sagen wir einmal so, es wirft einige Fragen auf«, sagte Melvin. Offen gesagt, ich war überrascht über diese Einschränkung. Ich hätte gedacht, daß die Gottesanbeterin dankbar für jede Entschuldigung gewesen wäre, um über mich herzufallen.

»Ebenso wie die Tatsache, daß auch Susannah nicht zum Essen geblieben ist. Eigentlich war es ihre Schuld, daß wir überhaupt weg mußten.«

»Vielen Dank, Mags!« rief Susannah aus. »Melvin, auch wenn Mags nicht meine Schwester wäre, könnte ich mir nicht vorstellen, daß sie so etwas tun würde.«

Dieses eine Mal war ich stolz auf meine kleine Schwester.
»Und warum nicht?« erkundigte sich Melvin. Es war offensichtlich, daß er Susannahs Meinung respektierte.
»Nun, zuerst einmal tötet Magdalena nicht einmal Spinnen. Und außerdem sähe es ihr gar nicht ähnlich. Meine Schwester ist einfach zu … zu …«
»Zu dumm?« fragte ich. »Wie wäre es damit, daß ich kein Motiv habe?«
»Nun ja, das auch«, gab Susannah zu.
»Aber wenn man vom Motiv spricht«, fuhr ich fort, »finden Sie möglicherweise eines bei der Ream-Gruppe.«
Jeanette schien, wie Joel zuvor, auf dem Hocker herumzurutschen.
»Wie das?« fragte Melvin.
Ich konnte es nicht über mich bringen, Jeanette anzusehen, als ich sprach, also fixierte ich einen Punkt oberhalb des Kaminsimses, wo Mama das Gemälde »Jesus klopft an die Tür« aufgehängt hatte. Das Bild war inzwischen verschwunden, und an seiner Stelle hing ein leuchtend farbiges deutsch-pennsylvanisches Hexenzeichen. Es war der Situation durchaus gemäß, dort hinzusehen. Ich begann, langsam zu erklären.
»Nun, es wurde mir zur Kenntnis gebracht, daß der Kongreßabgeordnete der leibliche Vater des Opfers ist.«
Jeanette schnappte nach Luft, sagte jedoch nichts.
»Weiter«, sagte Melvin.
»Also, Sie sehen die Verbindung, oder nicht? Vielleicht wollte Mr. Ream Linda aus politischen Gründen aus dem Weg haben, vor allem da er sehr wohl beschließen kann, für die Präsidentschaft zu kandidieren, wenn er den Sprung in den Senat schafft. Eine uneheliche Tochter könnte so schweres politisches Gepäck sein, daß selbst Garrett Ream es nicht tragen kann.« Ich schluckte schwer.

»Warten Sie mal eine klitzekleine Minute«, sagte Billy Dee. »Wer hat Ihnen das gesagt?«

»Wenn Sie nicht glauben, daß Mr. Ream Lindas Vater ist, fragen Sie doch Mrs. Parker.«

»Das ist es nicht, was ich sagen will«, unterbrach Billy Dee ungeduldig. »Wer hat Ihnen gesagt, daß der Kongreßabgeordnete Pläne für die Präsidentschaft hat?«

Ich hoffe, Susannah war stolz auf mich, denn ich sah noch nicht einmal in ihre Richtung. »Ich habe meine Quellen. Aber wie dem auch sei, das ist nicht das Thema. Das Thema ist, daß Garrett Ream ein Motiv hat.«

»Kaum«, sagte Melvin. »Es ist unwahrscheinlich, daß jemand die eigene Tochter umbringt, nur um Präsidentschaftskandidat werden zu können. Entscheidend ist, daß eine Tochter da ist, egal ob sie nun lebt oder tot ist.«

Ich mußte zugeben, daß er recht hatte. »Und was ist mit Mrs. Ream?« Sosehr ich die Frau mochte, ich rettete lieber meine Haut als ihre.

»Was soll mit ihr sein?«

»Nun.« Ich suchte nach Worten. »Vielleicht konnte sie es nicht ertragen, mit der Unbedachtheit ihres Gatten konfrontiert zu werden?«

Jeanette stand auf und stach mit ihrem Finger wieder in meine Richtung. »Linda war nicht das Ergebnis eines unbedachten Zwischenfalls. Garrett war mein Geliebter. Wirklich mein Geliebter. Wir liebten einander leidenschaftlich und lange, bevor er Ihre hochwohlgeborene Hoheit traf.«

»Nun, das geht uns gewiß nichts an, oder? Ich meine, ob Sie und Mr. Ream sich wirklich liebten. Diese Dinge.«

»Offensichtlich waren ›diese Dinge‹ nie Ihre Angelegenheit, also warum halten Sie sich nicht einfach da raus?!«

»Aber meine Damen«, sagte Billy Dee freundlich. »Wie man so sagt, wir sollten beim Thema bleiben.«

»Was ist mit Delbert James?« griff Susannah helfend ein. Obwohl sie meine Schwester ist, scheint es manchmal, daß Susannah eine so schwache Leuchte ist, daß selbst eine Eule bei dem von ihr erzeugten Licht nicht lesen könnte.

»Wieso denn er?« fragten Melvin und ich gleichzeitig.

Susannah sperrte stillschweigend den Schnabel auf wie ein Huhn, das das Beil gesehen hat, aber nicht weiß, in welche Richtung es rennen soll.

»Da hat sie vielleicht recht«, meinte Billy Dee galant. »Delbert James kann es gewesen sein. Eigentlich kann es jeder von uns getan haben – aus Versehen.«

»Sie meinen, daß das eigentliche Opfer nicht Linda McMahon war?« Melvin schien bei den sich nun öffnenden unendlichen Möglichkeiten wieder zum Leben zu erwachen.

»Yeah, das ist es, was ich meine. Nehmen wir nun diesen Delbert. Ich kenne ihn kaum, aber er und Mr. Ream machen auf mich einen zu verkniffenen Eindruck, wenn Sie mich fragen. Als habe der eine vielleicht gegen den anderen etwas in der Hand. Vielleicht hat er versucht, Mr. Ream zu vergiften oder anders herum, und Linda hat aus Versehen etwas gegessen, was gar nicht für sie bestimmt war.«

»Oder vielleicht sind Delbert und Mr. Ream schwul, und Mrs. Ream hat versucht, Delbert zu vergiften«, schlug Susannah vor. Ehrlich, sie hätte es lieber dabei belassen sollen.

»Machen Sie sich nicht lächerlich!« sagte Jeanette. »Garrett ist alles andere als schwul.«

Niemand spricht so mit meiner Schwester, außer vielleicht ich selber. »Nun, dann haben Sie vielleicht versucht, Garrett zu vergiften, weil er Sie sitzenließ, und dabei versehentlich Ihre eigene Tochter erwischt?«

»Mich hat niemand sitzenlassen.« Jeanette kreischte jetzt fast.

Ich ließ mich nicht einschüchtern. »Oder vielleicht haben

Sie versucht, Lydia Ream zu vergiften, weil Sie eifersüchtig auf sie waren?«

»Warum zum Teufel sollte ich auf diese geistlose, spießige Gans eifersüchtig sein? Garrett und ich haben uns vor dreiundzwanzig Jahren getrennt.«

Um die Feindseligkeiten nicht eskalieren zu lassen, unterdrückte ich ein Kichern. Wenn Lydia Ream spießig war, dann war es auch Prinzessin Di. »Kann ich jetzt gehen?«

Ich hatte die Frage an Melvin Stoltzfus gerichtet, aber Jeanette Parker war es, die antwortete. »Verschwinden Sie schon! Übrigens hat eigentlich niemand Sie gebeten, hereinzukommen.«

»Mir gehört zufällig dieses Haus«, erinnerte ich sie.

»Aber nicht mehr lange, das verspreche ich Ihnen. Ich werde Sie auf Schadenersatz in Höhe Ihrer gesamten Besitztümer verklagen, Miss Yoder. Sie hören von meinen Anwälten, sobald ich wieder nach Hause komme.«

»Ha! Nicht, wenn jemand anders Ihnen dabei zuvorkommt«, erwiderte ich. »Wo es nichts zu holen gibt ...« Eher sollten die Erben der mausgrauen Miss Brown mich in den Ruin treiben als die großmäulige Jeanette.

»Der Gasthof läuft ganz auf den Namen meiner Schwester«, kam es von Susannah.

»Die Ratten verlassen wohl das sinkende Schiff, wie?« fragte ich sie.

»Halt Schnuckelchen da raus!«

Ich funkelte alle im Raum zornig an, auch Billy Dee, der mir nicht die Unterstützung hatte zuteil werden lassen, auf die ich gehofft hatte, und verließ den Gesellschaftsraum. Ich zog meinen Mantel aus dem Schrank vorne an der Rezeption und ging aus der Vordertür und ums Haus herum, um die Hühner zu füttern und die Eier einzusammeln.

Daß Mose sich schon um sie gekümmert hatte, war nicht von

Bedeutung. Ich habe es immer als heilsam empfunden, von Hühnern umgeben zu sein. Es ist da etwas in ihrem Protestgeschrei und Gezänk, das mir Kraft gibt, vor allem wenn ich das Gegacker selbst verursacht habe. Hühner und Menschen haben vieles gemeinsam, wenn man mal darüber nachdenkt.

Es gibt »total verrückte Hühner«, »gackernde alte Hühner«, Leute, die »herumstolzieren wie der Hahn auf dem Mist«, und manche, mit denen man noch »ein Hühnchen zu rupfen hat«. Ich nehme an, ein durchschnittlicher Therapeut hätte seine Freude daran, aber ich genieße es, ein Riese in ihrem Liliputreich zu sein. Die Hühner fürchten und respektieren mich, was mehr ist, als ich vom Rest der Welt sagen kann.

Wie üblich räumten sie protestierend und flatternd ihre Nistkästen, als ich dort die Eier herausholte. In den meisten Fällen würden sich die Hühner nicht vom Fleck rühren und manchmal sogar nach der Hand hacken, die versucht, ihnen die Eier wegzunehmen, aber bei meinen Lieblingen ist dies nicht der Fall. Selbst das dümmste Huhn lernt schon früh, daß ich all die schlachte, die ihren Nistkasten nicht augenblicklich freigeben.

Ich hatte es gerade geschafft, Pertelote, meine mutigste Henne, so einzuschüchtern, daß sie ihr Nest verließ, als ich schreckliche Aufregung hinter mir vernahm. Füchse haben zwar von jeher den Ruf, Hühnerställe auszuräubern, aber in Hernia sind es in neun Fällen von zehn Waschbären. In letzter Zeit waren sie immer kühner geworden, und es war inzwischen genauso wahrscheinlich, daß sie bei hellem Tageslicht einen Raubzug im Hühnerstall versuchten, wie des Nachts. Wenn ich nicht eine pazifistische Einstellung geerbt hätte, würde ich mir ein Gewehr kaufen und diese maskierten Banditen ins Jenseits befördern.

Ich wirbelte herum und erwartete schon halb, einen Waschbären zu sehen. »Lydia!«
»Hallo, Magdalena.«
»Was um alles in der Welt tun Sie hier?« Selbst in ihrer Jagdkleidung wirkte Lydia Ream immer noch viel zu elegant, um das Innere eines Hühnerstalls zu beehren.
»Magdalena, ich muß Sie sprechen.« Lydia machte ein paar vorsichtige Schritte nach vorne.
»Machen Sie sich keine Sorgen, diese Hühner haben genausoviel Angst vor Ihnen wie umgekehrt.«
Lydia zeigte auf ihre Schuhe. »Nicht vor ihnen habe ich Angst.«
»Gut, warum gehen wir nicht zusammen in mein Büro?«
Sie fuhr fort, sich den Weg zu mir zu bahnen. »Nein, ich möchte lieber hier reden.«
»Dann machen Sie es sich bequem.« Wie hätte ich es mir erlauben können, Einwände zu machen, wenn sie, die schließlich die Tochter eines Senators und Frau eines Kongreßabgeordneten war, ganz zu schweigen davon, daß sie zur First Lady werden könnte, mit mir in einem Hühnerstall ein Schwätzchen halten wollte?
»Wir sind soeben zurückgekommen«, sagte Lydia. »Kaum waren wir durch die Eingangstür, als dieser kleine, gräßliche Mann sich auf uns stürzte und sagte, Linda sei tot. Er behauptet, sie sei vergiftet worden. Er sagte auch, alle im Inn seien verdächtig, zumindest, bis der Autopsiebericht vorliege. Stimmt das?«
»Bei dem gräßlichen kleinen Mann handelt es sich um Melvin Stoltzfus. Und ja, Linda ist tot. Susannah fand sie am späten Morgen auf dem Bett. Und was den Verdacht betrifft, gibt es Leute, die weniger verdächtig sind als andere.«
Lydia schüttelte den Kopf. »Was für eine Tragödie! Linda

war so jung. Wer hat bloß so etwas Schreckliches tun können? Und dieser Mann – Mellwood Soundso – scheint nicht ein Gramm Sensibilität zu besitzen. Garrett und Delbert sprechen gerade da drin mit ihm, aber ich mußte Sie gleich aufsuchen.«

»Gottesanbeterinnen fressen ihre Männchen auf«, verkündete ich schlicht.

»Wie?«

»Vergessen Sie es. Woher wußten Sie, wo Sie mich finden würden?«

»Ihre Schwester hat es mir gesagt. Sie meinte, Sie finden Hühner tröstlich.« Lydia lächelte, als billige sie das. »Magdalena, ich muß mit Ihnen sprechen, weil Sie eine so vernünftige Frau sind. Sehen Sie, selbst Ihre Schuhe sind vernünftig.«

Lydia lächelte, während ich einen raschen Blick auf meine Füße warf. Wenn Susannah sagt, daß ich vernünftiges Schuhwerk trage, meint sie das als Beleidigung.

»Und so«, fuhr Lydia gewandt fort, »hoffte ich, Sie könnten uns vielleicht aus einer schwierigen Lage heraushelfen.«

»Wer ist ›uns‹, und wo liegt das Problem?« Das letzte Mal, als man mir diese Frage gestellt hatte, war Susannah noch ein Teenager. Sie wollte, daß ich für ihren Freund Kondome kaufte. Natürlich lehnte ich das ab und sagte anschließend Noah, er solle seinen Schwengel in der Hose lassen, wo er hingehörte.

Lydia lächelte, und sosehr ich sie mochte, wußte ich doch, daß es aufgesetzt war. »Nun, mit ›uns‹ meine ich wohl meinen Mann. Verstehen Sie, Magdalena, er kämpft gegen ein leichtes Suchtproblem.«

»Sind solche Probleme je leicht?«

Sie verzog erneut die Mundwinkel nach oben, diesmal voller Geduld. »Was ich meine, ist, daß Garrett weiterhin funktionieren, das heißt seine Pflichten erfüllen kann, wissen Sie. Aber er hat ein Problem, das bestreite ich nicht.«

»Ich verstehe.«

»Ich fürchte, das tun Sie nicht.« Lydia streckte die perfekt manikürte Hand aus und packte mich am Ärmel. »Wir sind diese Woche nicht hier, um zu jagen, Magdalena. Nichts liegt uns im Augenblick ferner als die Jagd.«

»Warum sind Sie dann hier? Wegen des Essens?« Das sollte ein kleiner Scherz sein.

Lydia lächelte noch nicht einmal. »Wir kundschaften eine neue Entzugsklinik in den Laurel Mountains aus. Die Grossinger Beechman Klinik. Haben Sie davon gehört?«

Ich nickte. Im *Weekly Herald* von Hernia hatte es deswegen großen Stunk gegeben. Es stand da etwas über verkiffte Rockstars, die unser friedliches Land überfielen, damit man ihnen den Kopf wieder zurechtrückte, was Haus und Hof der Einwohner in Gefahr brachte. Da ich keinen der Namen kannte und alles privat finanziert wurde, hatte ich dem keine besondere Aufmerksamkeit geschenkt.

»Am ersten Tag unseres Aufenthalts, dem Montag, ging Garrett auf die Jagd, aber nur zum Schein, um seine Fährte zu verwischen. Heute sind wir jedoch direkt zur Klinik gefahren, wo wir ein Gespräch hatten. Ab morgen wollte er sich einer dreiwöchigen Entziehungskur unterziehen.«

»Und Sie haben geplant, all dies geheimzuhalten?«

»Vor der Presse, sicher. Und vor dieser schrecklichen Frau, Jeanette Parker, die schlimmer ist als die Presse. Diese Frau hat nicht aufgehört, Garrett zu verfolgen, seit er im Amt ist. Sie ist davon besessen, ihn politisch zu vernichten.«

»Und diese schreckliche Frau ist natürlich zufälligerweise die Exgeliebte Ihres Mannes.«

Ich wollte nicht grausam sein. Dennoch fiel Lydias Kinnlade

nach unten wie eine aufgeschnappte Falltür. »Sie wissen darüber Bescheid?«
»Die Wände haben Ohren, Lydia, oder in diesem Fall vielleicht die Fußböden. Lassen Sie es sich von einer erfahrenen Wirtin sagen, wenn man nicht zu Hause ist, dann bewegt man sich in der Öffentlichkeit.« Junge, die Wahrheit dieser Behauptung kannte ich nur zu gut. Susannah und ich wohnten nunmehr seit zehn Jahren wie in einem Goldfischglas, auch wenn ich mir das selbst so eingerichtet hatte.
Lydia schien meinen Rat nicht zu würdigen. »Was haben Sie noch gehört?«
»Wie bitte?«
»Was haben Sie noch durch den Fußboden gehört, Magdalena?« Selbst Klassefrauen können sich ekelhaft anhören, wenn sie sich ausreichend darum bemühen.
»Nun, deswegen müssen Sie sich keine Gedanken machen!« Ich war nun auch verstimmt. »Susannah hat sämtliche Bettfedern geschmiert.«
Jetzt lachte Lydia, vielleicht war sie erleichtert. »Nun, mit mir sind wohl einen Augenblick lang die Gäule durchgegangen. Wie dem auch sei, Magdalena, ich bin gekommen, um Sie darum zu bitten, uns dabei zu helfen, daß die Sache nicht an die Öffentlichkeit gerät.«
»Ich verstehe«, antwortete ich, obwohl ich das in Wirklichkeit nicht tat. »Aber wie in aller Welt könnte ich da helfen?!«
Lydia rieb die Sohle eines ihrer teuren Schuhe an einem Strohballen. »Nun, Sie sind in der Gemeinde wohlbekannt, und ich nehme an, Sie haben hier einen nicht zu unterschätzenden Einfluß. Vielleicht könnten Sie den örtlichen Polizeibeamten, den Sie bereits zu kennen scheinen, davon überzeugen, nicht öffentlich publik zu machen, wo Garrett heute war und welche Pläne er hat. Ich meine, nutzen Sie Ihren Einfluß. Schließlich hat das nichts mit der jungen

Linda zu tun, und es könnte für Garretts Karriere eine Katastrophe bedeuten.«

Nun war es an mir, zu lachen. »Ich? Melvin Stoltzfus beeinflussen?! Ich kann noch nicht einmal meine Schwester dazu bewegen, ihre schmutzige Unterwäsche aufzuheben. Aber wenn wir schon einmal dabei sind: Susannah ist es, mit der Sie sprechen sollten. Wenn irgend jemand Einfluß auf Melvin hat, dann sie.«

Lydia schien überrascht. »Nun dann«, sagte sie schließlich, »könnten Sie bei Ihrer Schwester für mich Fürsprache halten? Es ist für mich schwierig, darüber zu reden, wie Sie sich vielleicht denken können, und ich habe bisher nicht wirklich die Gelegenheit gehabt, Ihre Schwester kennenzulernen.«

Ich studierte Lydia Ream einen Moment. Ich genoß den Augenblick. Es liegt etwas ungeheuer Befriedigendes darin, wenn eine reiche, elegante, gebildete Dame des Establishments einen in einem Hühnerstall um Hilfe bittet. »Okay, ich spreche mit Susannah, aber ich zweifle daran, daß es etwas nutzen wird. Wenn Melvin Stoltzfus sich etwas in den Kopf gesetzt hat, kann ihn keiner davon abbringen, nicht einmal Susannah.«

»Aber werden Sie sie veranlassen, es zu versuchen?«

»Sie wird es versuchen, aber wie ich schon sagte, bauen Sie nicht darauf, daß er sich vernünftig verhält. Ihm hat einmal ein Stier einen Tritt gegen den Kopf versetzt, wissen Sie.«

»Wie bitte?«

»Ach nichts, das war bloß ein Scherz. Nun, wenn Sie keine weiteren Fragen haben, ist es wohl Zeit, daß wir hier rausgehen. Hühner haben Flöhe, wissen Sie, und wenn es so kalt ist wie heute, dann hüpfen die Flöhe, die im Stroh sitzen, bei ihrer Suche nach Wärme auch auf Menschen.«

Lydia verließ rasch den Stall, und ich folgte ihr. Sie mochte wohl vor den Flöhen die Flucht ergriffen haben, ich jedoch war schon wieder wie ausgehungert. Streß hat bei mir immer diese Wirkung. Glücklicherweise habe ich weiterhin den Stoffwechsel einer Halbwüchsigen, sonst wäre ich so dick wie Tante Agnes in ihrer besten Zeit. Als die Schwester meiner Mutter starb, wurde sie in der Packkiste begraben, in der ihr Kühlschrank angeliefert worden war. Selbst dann, so wurde mir erzählt, mußten sie die Kiste mit Metallbändern zusammenhalten, damit sie nicht aus allen Nähten platzte.

»Haben Sie schon zu Mittag gegessen?« rief ich Lydia nach. Sie mußte mich wohl nicht gehört haben, denn sie antwortete noch nicht einmal. Selbst wenn sie es tat, kann ich ihr keine Vorwürfe machen. Frauen von Lydias Kaliber sehen sich nicht oft einer Flohpest in einem Hühnerstall ausgesetzt. Selbst ihre Hunde werden häufiger in Wasser getaucht als die Softeistüten bei Neubrander's Milchbar in Schokolade.

Ich für meinen Teil konnte zu dem Zeitpunkt nur noch ans Essen denken. Flöhe und, wenn man es genau betrachtete, auch Gottesanbeterinnen wie Melvin Stoltzfus, würden einfach warten müssen, bis ich etwas gegessen hatte. Mit etwas Glück würde ich Joel noch in der Küche vorfinden und ihn davon überzeugen können, mir schnell ein paar von seinen berühmten gebackenen Bananen zu machen. Da sie die einzige Speise waren, von der am Vorabend alle gegessen hatten und sogar ein zweites Mal genommen hatten, mußten sie gut gewesen sein. Ich konnte es gar nicht erwarten, sie zu testen.

20

Joel Teitlebaums berühmtes Rezept für gebackene Bananen

Einige große, unreife Bananen
nicht zuwenig Zitronensaft
reichlich brauner Zucker
eine gehörige Menge Zimt
ein forschender Geist

Feuerfeste Form mit Butter oder einem anderen Fett einfetten. Bananen schälen und vierteln. Mit der Schnittseite nach oben in die Form legen. Mit Zitronensaft beträufeln. Mit braunem Zucker bestreuen und Zimt darübergeben. Im Ofen auf der zweiten Schiene von unten so lange backen, bis der braune Zucker anfängt, zu schmelzen und zu karamelisieren (nach circa 3 bis 5 Minuten). Mischung von Zitronensaft und Zuckersirup aus der Form über die Bananen gießen und heiß servieren.

21

Leider war Joel nicht in der Küche. Doc war jedoch noch immer dort und bereitete sich voller Begeisterung einen Teller mit Sandwiches mit gebratener Mortadella und Ketchup. Er lud mich dazu ein, mit ihm zu essen, und ich nahm seine Einladung natürlich an.

»Wollen Sie noch ein paar frische Eier dazu?« fragte ich. Pertelotes Produkt fühlte sich noch warm an.

Doc sagte, das wolle er, also holte ich eine weitere Pfanne heraus und briet Pertelotes Ei sowie drei weitere. Ich mag es, wenn meine Eier fettig, nicht ganz durch und fast schwarz vor Pfeffer sind. Auch Doc mag sie so.

»Ich habe Ed Houlihan angerufen, als Sie weg waren«, meinte Doc nebenbei. Mr. Houlihan war der Gerichtsmediziner des Bezirks, ein ausgebildeter Pathologe in Docs Alter. Sie hatten ihr Studium in der Medical School zusammen begonnen, bevor Doc zur Tiermedizin wechselte. Ed war die Antithese von Melvin Stoltzfus, denn er hatte diesen Job schon seit Urzeiten. Soweit ich wußte, hatte niemals jemand gegen Ed bei der Wahl kandidiert, und ich gehe davon aus, daß das auch nie geschehen wird.

Der Job eines Gerichtsmediziners hat in dieser Gegend nichts Romantisches. Das erklärt vermutlich, warum Ed es sich leisten kann, vier Tage lange Wochenendurlaube zu machen.

»Ed ist endlich zurück? Sind die Autopsien schon abgeschlossen?«

Doc schwenkte verärgert seinen Pfannenwender. »Ihr jungen Leute habt keinerlei Geduld. So schnell schlachtet man noch nicht einmal ein Hühnchen. Ich wollte Ihnen nur sagen, daß Ed sagte, er würde mich anrufen, wenn die Ergebnisse vorliegen.«

»Wann, glauben Sie, wird das sein?«

»Sie haben es immer eilig, Magdalena.« Er wedelte wieder mit dem Pfannenwender in der Gegend herum. »Ed mußte mehrere Proben nach Harrisburg schicken, und Sie wissen ja, wie langsam die Jungs dort sind.«

»Ich verstehe.« Wenn sie auch nur annähernd so langsam waren wie die Jungs von der Kfz-Stelle, hätten weder Doc noch ich gute Chancen, das Eintreffen der Ergebnisse noch zu erleben.

»Aber es ist bereits ziemlich klar, daß beide Frauen an Lungenversagen gestorben sind. Miss Brown war offensichtlich schon vor ihrem Sturz tot.« Doc ließ die Neuigkeit sich einen Augenblick setzen.

Mein innerer Stoltzfus kämpfte tapfer, um mich im dunkeln zu lassen, aber dann brach das Licht der Erkenntnis bei mir durch. »Sie meinen, sie wurde ermordet?« rief ich freudig. Das PennDutch gehörte wieder mir. Jeanette hatte mit ihrer Klage keine Chance.

Doc nickte. »Es sieht so aus. Aber es ist noch nicht endgültig. Sie kann auch im Todeskampf die Treppen hinuntergefallen sein, was nicht unbedingt heißt, daß sie ermordet wurde. Sie hat vielleicht aus anderen Gründen aufgehört zu atmen.«

»Und Linda? Sie sagten, sie sei ebenfalls an Lungenversagen gestorben. Also war es kein Gift?«

Doc warf mir einen Blick zu, der Buttermilch hätte sauer werden lassen, wenn welche dagestanden hätte.

»Ich habe nicht gesagt, daß es kein Gift war. Lungenversa-

gen tritt häufig bei rasch wirkenden Giften ein. Bei pflanzlichen und tierischen Giften gleichermaßen.«
»Tiergifte? Was für welche?«
»Vor allem von Schlangen. Es kommen auch einige Meerestiere in Frage.«
»Spinnen?«
Statt wieder wütend zu werden, lachte Doc. »Hören Sie auf, Magdalena. Linda ist nicht von einer Spinne ins Jenseits befördert worden. Soviel konnte Ed bereits sagen.«
Ich stieß einen Seufzer der Erleichterung aus. Nicht daß mir Linda gleichgültig gewesen wäre, aber noch mehr Gedanken machte ich mir, wie ich einen Prozeß wegen Fahrlässigkeit oder wessen auch immer ich angeklagt werden könnte, verhindern sollte, wenn es eine Spinne gewesen wäre. Das heißt, wenn es eine im eigenen Haus aufgewachsene Spinne gewesen wäre und nicht irgendeine exotische, importierte Art.
»Wenn es Sie irgendwie tröstet«, ergänzte Doc unnötigerweise, »diese junge Lady starb, so schnell das überhaupt möglich ist.«
Ich rief mir das Bild der jungen Linda, festgekrallt an einer von Mamas Steppdecken, ins Gedächtnis. »Sie ist vielleicht schnell gestorben, aber ganz sicher nicht ohne Schmerzen. Ich würde es vorziehen, einfach einzuschlafen.«
»Würden wir das nicht alle?«
Ich hätte fast einen Witz gerissen, wie Old Doc zweifellos diese Erde verlassen würde, aber im Geiste tauchte wieder die Szene auf, die ich gerade heraufbeschworen hatte. Es war definitiv etwas faul daran. Irgend etwas paßte eindeutig nicht ins Bild, aber ich konnte die Szene nicht lange genug festhalten, um herauszufinden, was es war.
»Ein Penny für Ihre Gedanken«, sagte Doc freundlich.
»Im Augenblick sind sie nicht viel wert, das steht fest. Ich

habe daran gedacht, wie Linda auf Susannahs Bett lag. Irgendwas stimmte da einfach nicht.«

Doc lächelte. »Außer der Tatsache, daß sie tot war?«

»Ja.«

Just in diesem Augenblick trat Freni durch die Hintertür in die Küche. Sie schien überrascht, jemanden dort vorzufinden, vor allem Doc.

»Guten Nachmittag, Freni«, sagte Doc eindeutig gezwungen fröhlich.

Freni machte mit dem Kopf eine ruckartige, bestätigende Bewegung. Sie mochte Old Doc genausowenig wie er sie. Die Fehde zwischen den beiden geht, wie man mir sagte, sogar noch auf die Zeit vor meiner Geburt zurück. Ich weiß noch nicht einmal sicher, worauf sie beruht, aber ich bin überzeugt, daß sie es beide noch glasklar wissen. Keiner von beiden vergißt jemals etwas, und beide scheinen das echte Bedürfnis zu haben, allgemein abgelehnt zu werden. Freni noch mehr als Doc. Doc hat zumindest Ed Houlihan und ein paar andere Busenfreunde. Freni hat jetzt, wo Mama von uns gegangen ist, nur noch Mose und mich.

»Danke, daß du gestern abend den Schmortopf gebracht hast«, rief ich fast. Ich bin immer dafür, Konfrontationen auszuweichen.

»Kein Problem, Magdalena, außer natürlich, daß du nicht da warst.«

»Sorry, Freni, aber du hast sicher gehört, was mit Schnukkelchen passiert ist.«

»Erwachsene Männer sollten Wichtigeres zu tun haben, als englische Hunde zu behandeln«, sagte Freni und schaute irgendwo an Docs Ohr vorbei. »Auf jeden Fall bin ich hier, um anzufangen, das Abendessen zu richten. Sicher sind immer noch dieselben Leute da?« Freni öffnete den Kühlschrank und fing an herumzukramen.

»Da vermutest du richtig, Freni. Jedenfalls fast, denn einer ist tot.«
Ihre Stimme wirkte nicht überrascht. »Und welcher ist es?«
»Die junge Frau. Linda war ihr Name.«
»Eine Schande«, sagte Freni bloß.
Ohne irgend etwas vorab zu klären, einschließlich ihrer Arbeitssituation, begann sie damit, das Abendessen zu richten. So wie sie vorging, wußte Freni wohl genau, was sie kochen wollte, und da gab es dann keine Diskussion. Wenn man sich ansah, was sie auf den Tisch gelegt hatte, würden Jeanette und Joel ganz einfach kein Glück haben. Freni, das war eindeutig, war als Racheengel zurückgekommen.
Doc und ich nahmen unser zweites Mittagessen in respektvollem Schweigen ein. Wir waren jedoch sehr darauf bedacht, langsam zu kauen, so daß es selbst für Freni deutlich geworden sein müßte, daß wir uns durch ihre Anwesenheit nicht einschüchtern ließen.
Als wir fast fertig waren, verabschiedete ich mich von Doc, der um sechzehn Uhr einen Termin hatte; er sollte den Dobermann des methodistischen Pfarrers kastrieren. Dann faßte ich nach einem raschen Gebet genügend Mut, um mich wieder ins Gesellschaftszimmer zu schleichen. Das Spiel war im wesentlichen noch das gleiche, außer daß sich noch ein paar weitere Spieler hinzugesellt hatten.
»Wo waren Sie also, wenn Sie nicht auf der Jagd waren?« fragte Melvin den Kongreßabgeordneten. Übrigens sprach Melvin mit Mr. Ream in dem gleichen Tonfall wie mit mir, was mich irgendwie beruhigte.
Dieser schien jedoch andererseits nicht die grenzenlose Geduld zu besitzen, für die ich so berühmt bin. »Schauen Sie her, Kleiner«, meinte Garrett. »Entweder ich bin verdächtig oder nicht. Wenn ich es nicht bin, geht es Sie einen

feuchten Dreck an, wo ich heute gewesen bin. Und Sie können verdammt sicher sein, daß ich den Gouverneur darüber in Kenntnis setzen werde. Delbert, rufen Sie Paul an, sobald dieser Kretin uns gehen läßt.«

Möglicherweise tat mir Melvin ein ganz kleines bißchen leid. Schließlich kam er aus demselben Ort und war vermutlich irgendwie mit mir verwandt, wenn ich es genau genug betrachtete. »Entschuldigung«, rief ich dazwischen, »aber da ist ein Anruf für Sie, Melvin. In der Küche.«

Melvin wirkte auf verzweifelte Art erleichtert, obwohl ich fest damit rechnete, daß er mir später einen Anschiß verpassen würde, weil ich ihn mit Vornamen angeredet hatte. Jedenfalls folgte er mir wie ein Hündchen in die Küche. Es war klar, daß er nicht wirklich erwartete, daß dort ein Anruf für ihn war, und ich überlegte kurz, ob ich meine Meinung über seine Intelligenz revidieren sollte, nahm aber dann von diesem Impuls wieder Abstand.

»Melvin, mein Lieber«, hub ich an. »Da gibt es etwas Wichtiges, das ich Ihnen sagen sollte.« »Mein Lieber« ist, falls Ihnen dies bislang entgangen sein sollte, eine Form der Anrede, die Frauen mittleren Alters vorbehalten ist, wenn sie Herablassung üben wollen. Obwohl diese Form der Herablassung üblicherweise von Verkäufern und Verkäuferinnen praktiziert wird, hat auch das gemeine Volk, also wir, rechtmäßigen Zugang dazu. Natürlich müssen wir, wie allgemein bekannt ist, im Alter von etwa fünfundfünfzig das Wort »Lieber« durch »junger Mann« ersetzen, wenn wir uns herablassen, uns herabzulassen. Das Prinzip indes bleibt unverändert.

Als wirklich kulturloser Mann unter vierzig reagierte Melvin auf diese Herablassung viel besser, als er dies je bei einer Konfrontation getan hatte. »Ja, Miss Yoder?«

Ich erzählte Melvin von Lydias Gespräch mit mir im Hühnerstall. Als ich fertig war, wirkte er, als sei er den Tränen nahe. Er war eindeutig ratlos. »Was meinen Sie, was ich tun soll, Miss Yoder?«

»Öfter beten«, sagte Freni. Ich war mir sicher, daß sie es ernst meinte.

»Haben Sie schon in Erwägung gezogen, die großen Jungs hinzuzuziehen?« Ich wollte ihn nicht beleidigen. »Was ich meine: Können Sie das nicht der Bezirkspolizei übergeben? Das heißt, den Sheriff hinzuziehen?«

Melvin schüttelte den Kopf, vermutlich um sein Blinzeln zu verbergen. Angesichts der Größe von Melvins Augen konnte er jedoch niemanden täuschen. »Jeff, ich meine der Chief, hat mich während seiner Abwesenheit mit der Übernahme sämtlicher Vorfälle betraut. Es wird von mir erwartet, daß ich alles erledige, was in diesem Gerichtsbezirk geschieht. Er zählt auf mich, Miss Yoder. Er erwartet von mir, daß ich normal vorgehe.«

»Nun, wie sähe das in diesem Fall aus?«

Es hätte mich nicht überrascht, wenn Melvin jetzt in einem Handbuch geblättert hätte, aber er tat es nicht. »Ich bin befugt, die nächsten vierundzwanzig Stunden oder bis zum Eintreffen des Autopsieberichts alle festzuhalten, die Zugang zum Tatort hatten oder sich dort befanden. Zu diesem Zeitpunkt muß ich dann ...«

»Freni!« Meine Verwandte und zeitweise Köchin versuchte gerade, sich aus der Hintertür zu schleichen. Da das Abendessen nur Stunden entfernt war, konnte ich es mir nicht leisten, das zuzulassen.

»Ich gehe nur hinaus, um ein paar Eier zu holen«, stammelte Freni. Die meisten amisch-mennonitischen Frauen lügen schrecklich schlecht.

Ich lächelte. »Das ist nicht nötig. Ich habe sie gerade vor einer halben Stunde eingesammelt.«

Frenis Gesicht wurde schön tiefrot, eine Farbe, die übrigens recht gut zu ihrem blaugemusterten Baumwollkleid paßte. »G-g-gut«, stotterte sie. »In d-d-diesem Rezept sind viele Eier. Ich brauche noch ein paar mehr. Vielleicht haben sie inzwischen noch welche gelegt.«
Boshaft öffnete ich die Kühlschranktür. »Brauchst du mehr als vier Dutzend?«
»Ich war gestern abend nur zehn Minuten hier«, kam es von Freni. »Ich habe nur einen Schmortopf gebracht. Und das ist der Dank dafür?! Daß man mich beschuldigt, einen Mord begangen zu haben?!«
»Niemand beschuldigt Sie«, versuchte Melvin zu erklären, aber Freni hörte gar nicht, was er sagte.
»Deine Großmutter und ich sind Cousinen«, erklärte sie. Ich bin mir sicher, sie meinte das nicht wortwörtlich. »Aber wir sind mehr wie Schwestern. Und dein Großvater ist mein Cousin auf der Bontragerseite. Ich kenne dich schon seit deiner Geburt, Melvin, lange bevor dir der Bulle einen Tritt gegen das Hirn versetzt hat, und du hast den Nerv, mich des Mordes anzuklagen?!«
»Freni!« Diesmal kam es von Mose. Ich hatte sein Hereinkommen nicht bemerkt, so packend war Frenis Vorstellung gewesen.
Ich überließ Mose den Versuch, Freni zu beruhigen, während ich das gleiche bei Melvin tat. Die Bemerkung über den Fußtritt an seinen Kopf schien ihn aus der Fassung gebracht zu haben. Vielleicht war doch etwas Wahres an der Story? Zweifellos hatte Melvin sie nicht zum ersten Mal gehört.
»Achten Sie gar nicht auf ihre Worte, Melvin. Freni Hostetler ist so erregbar wie ein Telefonmast auf dem Mars. Sie spricht zuerst und denkt anschließend. Aber in ihrem tiefsten Innern ist sie ein Schmusekätzchen.«

»Katzen haben Krallen, Miss Yoder. Aber abgesehen davon, was meinen Sie, soll ich jetzt tun?«

»Alle Gäste hierbehalten«, riet ich, »aber Freni lassen Sie bei sich zu Hause übernachten, wenn sie hier fertig ist. Wir wissen ja, wo wir sie finden können. Wo soll sie schon hin, mit ihrem Buggy über die Grenze von Maryland stürmen, oder was?«

Zu meiner großen Überraschung nahm Melvin meinen Rat an. Er erzählte allen außer Freni, daß noch niemand belastet sei, daß aber keiner befugt sei, die Stadtgrenzen von Hernia zu verlassen, bevor der Autopsiebericht vorlag. Ebenso erstaunt war ich, daß sich tatsächlich niemand darüber beschwerte, eine weitere Nacht im PennDutch verbringen zu müssen. Vielleicht lag das daran, daß alle schon die ganze Woche im voraus bezahlt hatten? Auf jeden Fall hatte sich sogar Mr. Ream ein wenig beruhigt.

Zu Freni sagte Melvin gar nichts mehr. Die Hostetler-Farm liegt übrigens direkt hinter der Stadtgrenze, was Melvin zweifellos wußte. Ich finde, Freni hätte dankbar sein sollen, daß er die Angelegenheit wohl unter den Tisch fallen lassen wollte, aber natürlich war dem nicht so. Sie machte sich nicht einmal die Mühe, ihre Kochzutaten wieder in den Kühlschrank zu tun, bevor sie ging.

»Ich verbitte es mir, von Sarah Stoltzfus' Enkel so angesprochen zu werden, Magdalena. Deine Mama würde sich im Grab umdrehen, wenn sie wüßte, daß dieser Grünschnabel Melvin mich des Mordes beschuldigt hat.«

»Laß Mama da raus, Freni!«

»Und sprich nicht mit mir in einem solchen Ton, Magdalena. Ich stehe nicht einfach da und lasse mir das gefallen.«

»Dann geh nach Hause, Freni.«

»Gut. Das werde ich. Ich kündige!«

»Bis zum nächsten Mal, Freni.«

Glücklicherweise gelang es Mose in diesem Moment, seine Frau aus der Tür zu schieben. Ich brauche wohl kaum zu erwähnen, daß er mir leid tat. Er würde für immer und alle Zeiten seine Frau aus unangenehmen Situationen befreien müssen – Situationen, in die sie durch ihre unamisch-unmennonitische Verhaltensweise selbst hineingeriet. Freni mußte sich entweder einer Therapie unterziehen oder erwägen, Baptistin zu werden. Pazifistin war sie jedenfalls keine.

Ich schaute mir das Durcheinander an, das Freni auf dem Tisch hinterlassen hatte. Was sie als Abendessen geplant hatte, war mir rätselhaft. Zweifellos irgend etwas mit Schweinshaxen und gewürzten Apfelringen, aber sicherlich kein Menü, das die Mehrzahl unserer Gäste gebilligt hätte.

»Was kann ich kochen, das alle mögen?« fragte ich mich. Mehrmals. Es ist eine wohlbekannte Tatsache, daß Selbstgespräche ein Beweis hoher Intelligenz sind.

Die überdurchschnittlich Intelligenten geben jedoch auch gleich die Antwort. »Warum soll ich mir überhaupt die Mühe machen?« hörte ich mich schließlich antworten. »Mach ihnen einfach Tomatensuppe und ein paar Sandwiches mit gerösteter Erdnußbutter. Angesichts der derzeitigen Umstände sollten sie froh sein, wenn sie überhaupt etwas bekommen.«

Und die meisten waren das auch.

22

Jeanette kam noch nicht einmal zum Abendessen herunter. Ich konnte ihr deswegen wohl kaum Vorwürfe machen. Als Mama und Papa starben, aß ich etwa eine Woche nichts. Trotzdem brachte ich ihr nach dem Essen einen Teller Suppe und ein Sandwich mit gerösteter Erdnußbutter hinauf.

»Danke«, war alles, was sie sagte.

Ich konnte es nicht glauben. Ich hatte zumindest eine harsche Kritik, möglicherweise gar eine erneute Anklagetirade erwartet, aber nichts von alledem geschah. »Lassen Sie mich wissen, wenn Sie etwas brauchen«, bot ich an. Ich meinte es ernst.

»Danke«, wiederholte sie.

Ich ging die Treppe wieder hinunter und fühlte mich ziemlich unwohl. Das war nicht die Jeanette, die mir vor wenigen Stunden noch Anschuldigungen an den Kopf geworfen hatte. Diese Frau erschien mir fast wie eine Fremde.

Abgesehen von ihren zahmen Antworten, hatte sich etwas Grundlegendes an ihr geändert. Ich kam nicht darauf, was genau es war, aber ich dachte mir, es habe möglicherweise sogar etwas mit ihrer äußeren Erscheinung zu tun.

Die intensive, wenngleich negative Energie, die Jeanette sonst ausstrahlte, war auf irritierende Art nicht spürbar. Diese Jeanette wirkte so lebhaft wie ich wohl nach einem zu langen Mittagsschlaf.

Natürlich dachte ich nicht weiter über sie nach. Sie war

schließlich erwachsen. Und außerdem hatte ich meine eigenen Probleme, mit denen ich fertig werden mußte.

»Wie kannst du es wagen?« schrie Susannah, als ich in die Küche zurückkam.

»Was wagen?«

»Melvin hat gerade angerufen, um unsere Verabredung heute abend ganz abzusagen.«

»Ein Grund zur Dankbarkeit.«

»Was soll das heißen? Magdalena, es ist alles deine Schuld. Wenn du nicht dein großes Schandmaul aufgerissen hättest, wäre ich jetzt in Breezewood und würde Popcorn fürs Kino kaufen.«

»Hast du die Steppdecke und Lindas Bettzeug gewaschen, wie ich es dir gesagt habe?« Bei Susannah standen die Chancen mindestens fifty fifty, sie durch einen abrupten Themawechsel ablenken zu können.

»Ja, ich habe sie gewaschen. Und das ist auch so etwas – ich verstehe nicht, warum ich das machen mußte.«

»Du möchtest doch heute nacht in sauberer Bettwäsche schlafen, oder?«

Susannah stampfte mit dem rechten Fuß auf und schlug mit der Hand so fest auf den Küchentisch, daß das arme Schnukkelchen sicher bebte. Auf jeden Fall jaulte es auf.

»O nein, Magdalena. Ich schlafe nicht in einem Bett, in dem gerade jemand gestorben ist.«

»Dann such dir ein Fleckchen auf dem Boden des Gesellschaftszimmers«, riet ich ihr. »Bei mir schläfst du auf keinen Fall, das steht fest.«

»Magdalena!«

Ich erinnerte Susannah daran, daß Grandma Yoder in meinem Zimmer gestorben war, genau gesagt in meinem Bett. Das war der richtige Dreh. Susannah hatte sich vor Grandma Yoder schon immer ein wenig gefürchtet, was wohl ganz verständlich ist. So lange ich mich zurückerinnere, war Grandma Yoder eine ausgemergelte, hohläugige, stets mißgelaunte Frau gewesen. Sie starb, als Susannah erst fünf war, aber meine Schwester ist fest davon überzeugt, die alte Frau danach mindestens zweimal am Fußende ihres Bettes stehen gesehen zu haben. Und, wie ich bereits berichtete, habe auch ich selbst sie einige Male gesehen. Offensichtlich waren das Tatsachen, die Susannah vergessen hatte.

»Dein Zimmer, in dem die junge Linda verstarb, befindet sich im neuen Flügel, Grandma war nie dort«, erinnerte ich sie. »Und außerdem kannst du, wenn du für dich bist, die ganze Nacht fernsehen.«

Jetzt war Susannah kooperativ.

Als ich das wenige Abendessengeschirr abgespült hatte, natürlich ohne Susannahs Hilfe, hatten sich sozusagen alle auf ihr Zimmer begeben. So dachte ich zumindest und ließ fast einen Schrei los, als ich nachsah, ob die Eingangstür verschlossen war, und auf dem Rückweg Joel Teitlebaum kauernd auf dem Boden hinter der Rezeption fand.

»Was um alles in der Welt tun Sie hier?« fragte ich, als ich schließlich meine Stimmbänder wieder in der Gewalt hatte.

Joel stand schüchtern auf und streckte mir eine Handvoll Postkarten entgegen. »Ich habe sie mir angesehen und versucht, die herauszusuchen, die ich kaufen wollte, als mir alle irgendwie aus der Hand rutschten.«

Ich holte ein paarmal tief Luft. »Nun, Sie haben mich fast zu Tode erschreckt. Ich dachte, alle seien auf ihrem Zimmer.«

Joel steckte die meisten Postkarten wieder zurück in den Ständer. »Ich bin selbst auf dem Weg ins Bett, sobald ich das hier bezahlt habe. Es war ein langer Tag, auch wenn es noch früh ist.«

»Sie mochten Linda, nicht wahr?« Ich war nicht neugierig, nur auf meine Art mitfühlend.

»Ja, Linda war in Ordnung«, antwortete Joel. Das ist es, was ich an jungen Leuten heutzutage mag: Sie sind selten gefühlsduselig.

»Ich bin mir sicher, daß Sie sie vermissen werden. Ich wette, daß Sie sich wirklich nahestanden.«

Joel räusperte sich, bevor er das Wort ergriff. »Miss Yoder, ich fürchte, Sie haben den Falschen im Auge. Nicht Linda und ich waren sich nahe, sondern Linda und Billy Dee.«

»Ich verstehe.« Ich hätte es schon früher bemerken sollen. Wie ungewöhnlich dumm von mir. Schließlich hatte ich gesehen, daß Billy Dee und Linda in trauter Zweisamkeit am Stepprahmen im Speisezimmer saßen, während Joel allein im Gesellschaftszimmer Sonnenblumenkerne mampfte.

»Gute Nacht, Miss Yoder«, wünschte Joel. Er schien jetzt noch verwirrter als vor einer Minute, als ich ihn auf allen vieren entdeckt hatte.

»Gute Nacht, Joel. Und danke, daß Sie neulich abends mit Ihren berühmten gebackenen Bananen ausgeholfen haben. Ich hörte, sie seien der Hit des Hauses gewesen. Es wurde mir sogar berichtet, sie seien das einzige Gericht gewesen, das allen schmeckte.«

Joel wurde rot. »Na ja, ich habe das Rezept von einem westafrikanischen Zimmergenossen. Es ist sehr einfach, sie zu machen. Ich bin wirklich froh, daß sie allen geschmeckt haben. Mrs. Ream tat mir leid. Niemand, außer wir drei Vegetarier, aß von ihrem Gemüsecurry. Man hätte meinen können, wenigstens ihr Mann würde davon etwas versuchen.«

»Ich habe gehört, es sah nicht besonders einladend aus«, sagte ich zu Billy Dees Verteidigung.

»Schon, aber das ist immer noch keine Entschuldigung für unhöfliches Benehmen.«
Ich verzichtete auf den Hinweis, daß Joel vermutlich Billy Dees Rehpfeffer nicht angerührt hatte oder die Bohnen des Kongreßabgeordneten, die mit Speckstückchen abgerundet worden waren. Es hat sowieso keinen Sinn zu versuchen, den Blickwinkel anderer Leute zu ändern. Wir sehen alle, was wir sehen wollen. Und das gilt um so mehr für die jungen Leute. Ich beschloß, seine Bemerkung einfach zu ignorieren.
»Sagen Sie, Joel«, fragte ich, »es würde Sie wohl nicht interessieren, mit mir Karten zu spielen?«
Er schaute mich überrascht an.
»Oh, nicht mit Figurenkarten«, versicherte ich ihm schnell. »Wir Mennoniten verwenden diese nicht. Ich denke an Rook. Ich könnte nachsehen, ob Susannah mitspielen will, und das Schmusekätzchen könnten wir vielleicht als vierte Hand einsetzen?«
Ich war überraschend wenig müde, in Anbetracht des Tages, den ich hinter mir hatte. Ich hätte geglaubt, daß eine zweite Leiche in meinem Gasthof mich fix und fertig machen und emotional und physisch dazu zwingen würde, in einen tiefen, sicheren Schlaf zu flüchten. Aber nichts dergleichen. Vielleicht lag das daran, daß ich am Morgen so lange geschlafen hatte, oder vielleicht daran, daß ich psychologisch nicht der Norm entsprach, aber ich muß zu meiner Schande gestehen, daß ich mich noch immer völlig munter fühlte. Vielleicht sogar high, aber ich bin mir nicht sicher, wie sich das anfühlt.
Offensichtlich teilte Joel meine Munterkeit und meinen Elan nicht oder hatte ganz einfach keinerlei Interesse, mit einer Frau Spiele zu spielen, die alt genug war, um seine Mutter sein zu können. Er sagte, er fühle sich unge-

wöhnlich müde, und meinte, er brüte vielleicht sogar etwas aus.

Wir wünschten uns abermals eine gute Nacht, und da ich nichts weiter zu tun hatte, ging ich auf mein Zimmer, legte mich aufs Bett und fing an zu lesen. Ich sollte wohl in diesem Zusammenhang bemerken, daß ich unglaublich gerne lese. Ich bin mir sicher, einige Leute denken, daß ich, nur weil ich ein einfaches Leben führe, auch einen einfachen Geist habe. Wenn die wüßten!

Als ich in die dritte Klasse ging, rief meine Lehrerin Mama zu sich und teilte ihr mit, daß ich einen IQ von 146 hätte und die Schule empfehle, mich in die fünfte Klasse zu versetzen. Mama weigerte sich, eine solche Möglichkeit auch nur in Erwägung zu ziehen. Wenn ich eine Klasse übersprang, würde das dazu führen, daß ich eine arrogante und stolze Einstellung bekam, erklärte meine Mutter der Lehrerin. Ich sollte nie erfahren, daß ich klüger war als alle anderen in meiner Klasse. Und dann schuf Mama ihr eigenes Lehrprogramm, indem sie mir alle Feinheiten von Bescheidenheit und Demut beibrachte, um sicherzustellen, daß sie alles, was meine Lehrerin vielleicht klammheimlich tun würde, zunichte machte.

Erst als Susannah auf die High-School ging und mit Hilfe ihres Studienberaters herausfand, daß sie einen IQ von 142 hatte, begann mir etwas zu dämmern. Wenn Susannah so intelligent war, so schloß ich, war ich es auch. Wenn nicht gar intelligenter. Aber inzwischen hatte ich mein Selbstvertrauen verloren und die Idee, aufs College zu gehen, aufgegeben. Dennoch kam eines Tages bei einem Streit mit Mama die Wahrheit heraus. Unter uns gesagt, Mama verdient einige Zusatzdrehungen im Grab für das, was sie getan hat.

Jedenfalls lese ich, wie ich schon sagte, für mein Leben gern.

Meine Bücher haben mich immer weit über die Grenzen meiner natürlichen Umwelt hinausgetragen, und ich glaube, ohne sie würde ich das Leben im PennDutch Inn nicht ertragen. Leider gibt es in Hernia keine Bibliothek, noch nicht einmal eine kleine. Aber Old Doc Shafer hat eine und brachte mir immer körbeweise Bücher zum Lesen mit, als ich noch ein Kind war. Mama hatte überhaupt nichts dagegen, vorausgesetzt, sie konnte sie vorsortieren.

Inzwischen bietet selbst die Bibliothek in Somerset nur magere Beute in bezug auf Bücher, die ich noch nicht gelesen habe. Glücklicherweise hat Doc eine Nichte in Pittsburgh, die ihn fast jede zweite Woche besucht und der es gar nichts auszumachen scheint, für mich immer wieder zur Carnegie-Bibliothek zu fahren. Von Zeit zu Zeit hält sie sogar im Mystery-Lovers-Buchladen in der Vorstadt von Oakmont und nimmt mir ein oder zwei Krimis mit.

Ich hatte gerade mit einem Buch von Paul Theroux, meinem Lieblingsreiseschriftsteller, begonnen, als das Telefon klingelte. Ich hob erst nach dem siebenten Läuten ab, aber vielleicht hätte ich noch länger warten sollen, denn selbst jetzt muß ich mich wohl mürrisch angehört haben.

»Miss Yoder?« fragte eine schüchterne Stimme.

»Das kommt darauf an, wer das wissen will.«

»Hier spricht Melvin, Miss Yoder. Melvin Stoltzfus.«

»Worum geht es, Melvin? Ich kann Sie kaum hören.«

»Miss Yoder, ich habe soeben einen Anruf vom Gerichtsmediziner bekommen und habe eine Reihe Fragen, die ich Ihnen gerne stellen möchte.«

»Fragen Sie nur, Melvin.«

»Wußten Sie, daß Linda McMahon schwanger war?«

»Sie hat mir nie ein Sterbenswörtchen davon gesagt«, sagte ich wahrheitsgemäß.

»Nun, sie war es – Ende des dritten Monats, was mich zu

meiner zweiten Frage bringt. Haben Sie vielleicht eine Idee, wer der Vater sein könnte?«

»Na, hören sie mal, Melvin Stoltzfus, Sie sollten sich was schämen!« rief ich, zu Recht indigniert. »Dies ist ein christliches Haus, und ich erlaube keine Schweinereien. Und im übrigen sagten Sie gerade selbst, daß sie bereits im dritten Monat war. Wenn das der Fall ist, ist es sicher nicht hier passiert. Soweit ich weiß, ist Billy Dee Grizzle der Vater.«

»Warum sagen Sie das?«

»Melvin, mein Lieber, das war ein kleiner Scherz.«

»Ich muß Mr. Grizzle morgen früh dazu befragen«, antwortete Melvin ziemlich ernst. »Bis dahin gibt es da etwas, von dem ich meine, Sie sollten es wissen.«

»Reden Sie, Melvin, ich höre.«

»Heather Brown und Linda McMahon wurden ohne jeden Zweifel vergiftet.«

»Ich sagte schon, ich höre, Melvin. Weiter. Das hatte ich bereits vermutet.«

»Beide Frauen starben an demselben Gift, aber der Mörder verabreichte Linda McMahon zwei verschiedene Gifte.«

»Zwei Gifte?«

Ich dachte, ich hörte Melvin tief Luft holen. »Ja, zwei, aber nur eines davon hat sie getötet.«

»Wie meinen Sie das?«

»Verstehen Sie, Miss Yoder, das Gift, das tödlich war, war eine sehr rasch wirkende Art von Digitalis, die innerhalb von Minuten ein Lungenversagen bewirkt. Lungenversagen heißt ...«

»Ich weiß, was es heißt, Melvin. Fahren Sie fort.«

»Nun, von Harrisburg aus haben sie den Computer in Washington angezapft und fanden interessanterweise heraus, daß diese besondere Art von Digitalis nur bei einer Pflanzenspezies vorkommt, die ausschließlich in Marokko wächst.«

»Marokko?«

»In den tieferen Lagen des Atlasgebirges, um genau zu sein. Der arabische Name dieser Pflanze ist Gouza. Es ist eine sehr ungewöhnliche Pflanze mit grünen Blüten, wobei diese Blüten der giftigste Teil der Pflanze sind. Obwohl sie frisch zu sich genommen noch rascher zum Tod führen, sind sie auch getrocknet, mit Tee aufgebrüht, zweifellos tödlich.«

Es hörte sich an, als verlese Melvin ein Merkblatt, das die CIA ihm gefaxt hatte. Vielleicht tat er das ja. »Und was ist mit dem zweiten Gift, das nicht tödlich war?«

»Ach das. Das war nur die gewöhnliche alte *Aethusa cynapium.*«

»Klingt für mich wirklich ziemlich gewöhnlich.«

»Das ist Hundspetersilie, wissen Sie.«

»Hundspetersilie! Das Zeug wächst überall dort, wo man es nicht brauchen kann. Ich versuche es schon seit Urzeiten aus dem Garten wegzubekommen.«

»Genau. So war es jedenfalls einfach, sich dieses Gift zu beschaffen.«

»Wie giftig ist sie?«

»Nun, lassen Sie mich sehen. Sie enthält etwas, das *Cynapin* heißt und *Cicutoxin.*«

»Sprechen Sie deutsch, Melvin.«

»Sie ist offensichtlich nicht annähernd so toxisch wie die marokkanische Pflanze. Es sind zwar schon Todesfälle durch Hundspetersilie bekanntgeworden, aber manchmal braucht es bis zu drei Tagen, bis sich die Symptome bemerkbar machen. Wenngleich sie schon nach wenigen Stunden auftreten können, je nachdem, wieviel die fragliche Person gegessen hat und wie ihr Gesundheitszustand ist.«

»Ich verstehe. Wie sind die Symptome, Melvin?«

»Nun, der Gerichtsmediziner hat nicht viel darüber gesagt, da sie nicht daran gestorben ist ... nein, warten Sie, er sagte, die ersten Symptome seien eine allgemeine Müdigkeit und eine sich nach und nach verstärkende Muskelschwäche.«
Ich versuchte, ruhig zu bleiben. »Melvin, wenn es eine Zeitlang dauert, bis die Hundspetersilie ihre Wirkung tut – ist es nicht möglich, daß andere, außer Linda, davon gegessen haben? Daß das Gift direkt vor unserer Nase langsam wirkt?«
Ich glaubte zu hören, wie Melvin sich am Kopf kratzte. »Ich nehme an, daß das möglich ist, Miss Yoder, aber es macht keinen Sinn, oder? Der Mörder verwendete zwei Gifte, erinnern Sie sich? Wenn einer von Ihnen das marokkanische Gift bekommen hätte, wäre er jetzt mausetot.«
»Aber, Melvin.« Törichterweise insistierte ich. »Was ist, wenn es zwei Mörder gibt? Was, wenn derjenige, der das marokkanische Gift verwendete, nur Miss Brown und Linda töten wollte, der zweite jedoch noch andere umbringen wollte, nicht nur die beiden Frauen? Was ist, wenn es zwei voneinander unabhängige Mörder mit unterschiedlichen Plänen gibt, Melvin?«
Es tut mir leid, dies zu sagen, Mrs. Stoltzfus, aber just in diesem Augenblick lachte Ihr Sohn. »Magdalena! Susannah hatte recht, Sie haben eine lebhafte Phantasie. Zwei Mörder gleichzeitig am selben Ort, mit zwei verschiedenen Motiven? Wissen Sie, wie die Chancen sind, daß so etwas passiert?«
Was hatten Chancen damit zu tun? Wie standen überhaupt die Chancen für jemanden, im PennDutch Inn zu sterben? Ich meine, noch nicht einmal Mama und Papa sind hier gestorben, und was Grandma Yoder betrifft, sie war siebenundneunzig und hätte von Rechts wegen in einem Pflegeheim sterben sollen. Wie standen die Chancen, daß Miss Brown ankommen und danach diese Welt verlassen sollte,

bevor sie überhaupt Gelegenheit dazu hatte, dem Penn-Dutch wieder den Rücken zu kehren? Was spielte es also noch für eine Rolle, wie die Chancen standen, als Susannah ins Zimmer trat und die tote Linda vorfand, die sich mit den Händen an eine Steppdecke klammerte, die überhaupt nicht in diesem Zimmer hätte sein sollen.

»Vergessen Sie die Chancen!« Ich schrie fast. »Benutzen Sie Ihren Schädel! Warum um alles in der Welt sollte jemand einem anderen ein langsam wirkendes Gift geben, wenn er ihm später ein schnell wirkendes verabreichen wollte? Und wie kommt es, daß Miss Brown nur ein Gift intus hatte, Linda aber zwei?«

»Ihren Kommentar über meinen Kopf hätten Sie sich sparen können«, fuhr mich Melvin an. »Und da Sie Zivilistin sind, Miss Yoder, glaube ich kaum, daß wir dieses Gespräch fortsetzen müssen.« Er legte auf.

»Aber Melvin, ich denke, ich kenne einen Ihrer Mörder«, äußerte ich dennoch.

Ich versuchte sofort, Melvin wieder anzurufen, aber die Leitung war besetzt. Ich versuchte es in den nächsten zehn Minuten mindestens sechsmal, aber es war immer das gleiche.

Schließlich gab ich auf und rief statt dessen Old Doc an. Er nahm beim ersten Läuten den Hörer ab. »Hallo?«

»Doc!« Aber ich kam nicht dazu, mehr zu sagen, denn just in dieser Sekunde öffnete sich die zweite Tür zu meinem Zimmer, und Billy Dee Grizzle trat herein. In der Hand trug er dasselbe Jagdmesser, mit dem er den Bock gehäutet hatte.

23

»Legen Sie den Hörer hin«, sagte er außerordentlich ruhig und sanft.

Ich gehorchte.

»Jetzt kommen Sie her.«

Ich erhob mich von dem Bett, auf dem ich gesessen hatte, und versuchte, einen Schritt in seine Richtung zu machen. Aber ich stellte fest, daß meine Füße plötzlich wie angewurzelt waren. Ich war willens, sie zu bewegen, aber sie gehorchten mir nicht.

»Ich sagte, Sie sollen hier rüberkommen!«

Ich öffnete den Mund, um zu sprechen, aber ich brachte nichts heraus.

Billy Dee machte ein paar Schritte nach vorn, das Messer deutlich sichtbar. »Es tut mir leid, dies zu sagen, Miss Yoder, aber wenn Sie nicht kooperativ sind, muß ich Sie so weit aufschlitzen wie den Bock heute nachmittag.« Er fuhr mit der Messerspitze leicht von seiner Kehle bis zur Leistengegend über seine Kleidung. »Anschließend weide ich Sie aus.«

Nun schrie ich, zumindest im Geiste, denn es kam kein Laut aus mir heraus. Wie Susannah schrie ich lautlos.

Billy Dee sprang nach vorne und packte mich mit der Linken am Haar. Dann drehte er mich mit einem Ruck herum und legte mir den rechten Arm um den Hals. Die Spitze seines Messers setzte er an jenen weichen Punkt zwischen der Rückseite meines linken Ohrs und meinem Schädel. »Gehen!«

Ich befahl meinen Füßen, sich in Bewegung zu setzen. Wie widerstrebende, unorganisierte Truppen gehorchten sie schließlich, und ich taumelte vorwärts. Bei jedem Schritt konnte ich spüren, wie die Spitze des Messers sich mir in die Haut drückte. Bei jedem Atemzug, den ich machte, konnte ich Billy Dees Alkoholfahne riechen. Wie ein monströses Paar kopulierender Käfer stolperten wir im Tandem zur Tür.

»Zur Küche«, grunzte er.

Vielleicht war es Billy Dees Atem oder vielleicht nur die Tatsache, daß mein Geist nicht länger ein solch unermeßliches Grauen ertragen konnte, aber ich hatte irgendwie das Gefühl, wieder zu mir zu kommen. Es war, als sei ein Wasserhahn wieder aufgedreht worden und als fließe die Energie, die vorübergehend gestaut gewesen war, wieder durch mich hindurch. Ich konnte damit aufhören, jedem Fuß zu befehlen, sich zu bewegen und mich an jeden Atemzug erinnern zu müssen.

Sobald sich die Küchentür hinter uns schloß, ließ Billy Dee meine Haare los. Mit der linken Hand schob er mich vorwärts in die Raummitte.

»Jetzt drehen Sie sich herum«, befahl er.

Ich tat, wie mir geheißen.

»Denken Sie besser nicht einmal ansatzweise daran, wegzulaufen, Miss Yoder. Ich treffe mit diesem Ding einen Baumstumpf aus fünfzig Meter Entfernung.«

Ich schaute ihn nur an.

Er wirkte fast verlegen. »Wissen Sie, irgendwie mag ich Sie, Miss Yoder. Es ist ein Jammer, daß Sie sich einmischen mußten.«

Ich dachte daran, ein oder zwei kluge Dinge zu sagen, biß mir jedoch auf die Zunge.

»Jetzt, wo Sie in die Sache verwickelt sind, habe ich schließlich keine Wahl mehr, oder?« Ich versuchte, mütterlich auszusehen, aber offenbar besaß Billy Dee keinerlei Schuldbewußtsein. »Und es war ein so verflucht guter Plan, Miss Yoder. Jeanette einfach fühlen zu lassen, wie es ist, eine Tochter zu verlieren. Viel besser, als sie zu töten, finden Sie nicht auch?«

Gott sei Dank beschloß selbst Billy Dee nach einer endlos scheinenden Pause, daß es sich hier um eine rhetorische Frage gehandelt hatte. »Ich hatte nicht vor, mein einziges Kind zu töten«, sagte er ruhig. »Ich hatte es verdammt noch mal nicht verdient, dafür ins Gefängnis zu wandern. Und es steht bombenfest, daß ich nicht mehr dorthin zurückgehe. Wissen Sie, ich bin kein großer Geist, aber das war ein verdammt gut durchdachter Plan. Seit die alte Hexe mir vor sechs Wochen sagte, daß wir hier runterfahren würden, um gegen den Kongreßabgeordneten zu demonstrieren, wußte ich, daß das meine Chance war. Wir können es uns nicht leisten, Chancen an uns vorübergehen zu lassen, nicht wahr, Miss Yoder?«

Ich schüttelte den Kopf. Ich hätte alles getan, um ihn zum Reden zu ermutigen. Sein Messer war wesentlich schärfer als seine Zunge.

»Und ich habe auch die ganze Zeit meine Hausaufgaben gemacht. Als ich herausfand, daß Mr. Ream eine Reise nach Marokko gemacht hatte, wußte ich, was ich zu tun hatte. Verstehen Sie, die haben da diese Wildblumen. Ein merkwürdig aussehendes grünes Zeug, das sie ... oh, was soll's, ich kann mich an den Namen der verdammten Pflanze nicht erinnern. Irgendein verfluchtes arabisches Wort, wie ...«

»Gouza«, half ich aus.

»Ja, stimmt.« Meine Unterbrechung schien ihm fast willkommen. »Jedenfalls habe ich einen Kumpel, der noch im Seehandel tätig ist und von Zeit zu Zeit nach Tanger kommt.

Er schuldete mir einen Gefallen. Einen großen. Und er hat Beziehungen, solche, von denen Sie keine Vorstellung haben. Also ließ ich mir von ihm etwas von dem Zeug schicken. Natürlich ist es getrocknet nicht so wirksam, aber wie Sie sehen konnten, ist es immer noch kräftig genug, um zum Ziel zu führen.« Sein Kichern klang schauerlich.

»Es hört sich so an, als hätten Sie sich eine ganz schöne Mühe gemacht«, sagte ich und versuchte, mich bewundernd, nicht kritisch, anzuhören.

Billy starrte mich an.

»Ich meine«, beeilte ich mich zu erklären, »daß Sie vermutlich eine ganze Reihe Gifte aus der näheren Umgebung hätten bekommen können. Ohne sich bis nach Marokko zu bemühen.«

Er brach in Gelächter aus. »Aber verstehen Sie denn nicht? Das meinte ich doch mit der verdammt guten Idee. Ich wußte, daß Jeanette und der Kongreßabgeordnete etwas miteinander hatten. Nein, das war alles andere als ein Geheimnis. Zumindest nicht, was Jeanette anbelangt. Sie betonte immer, wie sie von ihm getäuscht worden sei. Schimpfte ihn einen Widerling. Direkt vor Linda.« Er klopfte sich mit einem Finger an die Stirn. »Es lag auch auf der Hand, daß sie ihn erpreßt hat.«

»Erpreßt?«

»Ja, Ma'am. Sogar die arme Linda wußte davon, und sie haßte ihre alte Mama.«

»Hat Ihnen Linda das gesagt?«

»Ein bißchen Süßholzraspeln kann weit führen, wenn Sie wissen, was ich meine.«

Ich hätte ihm am liebsten das Grinsen aus dem Gesicht geschlagen. »Das ist absolut widerlich, Billy Dee. Linda war noch ein Kind.«

»Wie dem auch sei, als ich erst einmal wußte, daß der

Kongreßabgeordnete erpreßt wurde, war mir klar, daß ich den perfekten Sündenbock vor mir hatte. Mit seiner Sucht und alldem konnte er sich nämlich keine Erpressung leisten. Das marokkanische Zeug zu besorgen war der leichteste Teil der Übung.«

»Sie wußten auch vom Drogenmißbrauch des Kongreßabgeordneten?«

»Wie ich schon sagte, Miss Yoder, ich habe meine Hausaufgaben gemacht. Dann stellte ich sicher, daß eine andere interessierte Person genausoviel darüber wußte wie ich. Das gab ihr mehr oder weniger ein Motiv, das genauso stark war wie das ihres Mannes.«

»Nicht etwa Lydia?«

»Teufel, ja. Und das ist auch eine verfluchte Schande. Schöne Frauen wie sie sollten nicht gezwungen sein müssen, sich solche Dinge anzuhören.«

»Aber warum sollte sich Lydia an Linda vergreifen? Man könnte meinen, in diesem Fall würde sie eher Jeanette oder Garrett bestrafen wollen.«

»Und was würde besser diesen Zweck erfüllen, Miss Yoder?«

»Aber was ist mit dem Baby, Billy Dee? Sie wußten doch, daß Linda schwanger war? Wie konnten Sie Ihr eigenes Baby töten? Vor allem, nachdem Sie Jennifer Mae verloren hatten?«

Ein paar Sekunden lang zitterte Billy Dees Oberlippe. »Lassen Sie Jennifer Mae da raus, Miss Yoder! Ich habe erst vor einer Woche oder so erfahren, daß Linda schwanger war, und da war es natürlich schon zu spät.«

»Warum war es zu spät?«

»Die Mühlen der Gerechtigkeit hatten bereits begonnen zu mahlen, Miss Yoder.« Er lachte. »Sehen Sie, der Gerechtigkeit muß Genüge getan werden, koste es, was es wolle.«

»Selbst auf Kosten Ihres eigenen Fleischs und Bluts?«

Billy Dees Antwort bestand darin, daß er das Messer in meinen Küchentisch rammte. Die Klinge schien etwa zweieinhalb Zentimeter in das harte, gealterte Holz einzudringen. Für den Bruchteil einer Sekunde erwog ich, zur Tür zu stürzen, aber schon hatte Billy Dee das Messer wieder herausgezogen. Es funkelte und sah immer noch so scharf und bösartig aus wie zuvor.

»Noch irgendwelche Fragen, Miss Yoder?«

Ich hatte einen Kloß in der Größe einer Zuckermelone im Hals. Meine Zukunftsaussichten waren nicht gerade gut. Aber wenn ich schon das Zeitliche segnen mußte, dann konnte ich das ebensogut nach Beantwortung all meiner Fragen tun. »Ja, ich habe in der Tat noch eine Frage. Was hatte Miss Brown mit alledem zu tun? Warum haben Sie sie getötet? Das haben Sie doch, Billy Dee?«

Ein breites Lächeln kroch über sein Gesicht, so wie man lächelt, wenn man auf selbstgefällige Art mit sich zufrieden ist. »Ach, die sogenannte Miss Brown, ja, die habe ich getötet. Wie sie auch geheißen haben mag, Brown hieß sie jedenfalls nicht, das ist so sicher wie das Amen in der Kirche. Die Hexe war eine *Fed.*«

»Was ist das denn?« Nun, wenn man kurz davor steht, ins Jenseits abzuwandern, braucht man sich keine Sorgen mehr darum zu machen, ob man dumm erscheint oder nicht.

Billy Dee lächelte immer noch, sein Gesichtsausdruck wurde aber weicher und fast wohlwollend. Vielleicht unterrichtete der Mann gerne, vor allem Schüler mit einer langsamen Auffassungsgabe. »*Feds* sind die Beamten beim amerikanischen Drogendezernat. Miss Brown, oder wer zur Hölle sie auch immer gewesen sein mag, war eine vielbeschäftigte Frau. Sie hatte eine heiße Spur zu den Verbindungsleuten meines Kumpels in Marokko. Einer davon war ein Amerikaner, der das Zeug gerne nach Hause schickte.« Sein Lächeln wurde zum Lachen. »Die Welt ist klein, nicht wahr, Miss Yoder?«

»Ich weiß nicht. Ich habe zuwenig davon gesehen, um das beurteilen zu können.«

»Das ist aber schade«, erklärte Billy, und es klang so, als meinte er es wirklich ernst. »Aber ich gebe Ihnen mein Wort, sie ist klein, wirklich klein. Es hat sich herausgestellt, daß Miss Brown, oder wer immer sie gewesen sein mag, ebenfalls dem Kongreßabgeordneten auf der Spur war. Und wissen Sie, was? Die beiden Spuren haben eine Verbindung. Es sieht so aus, als habe Garrett regelmäßig bei meinem marokkanischen Lieferanten eingekauft. Gar nicht so dumm von ihm, denn die südamerikanischen Quellen werden heutzutage zu genau überwacht. Wie dem auch sei, diese Frau kam her, um zu sehen, ob sie den Kongreßabgeordneten auf frischer Tat ertappen könnte, *bevor* er sich in dieser Klinik aufnehmen ließ, dieser ... äh ...«

»Grossinger-Beechman-Klinik.«

»Genau, so hieß sie. Verstehen Sie, wenn sie das geschafft hätte, hätte sie ein Druckmittel in der Hand gehabt. Sie hätte eine ganze Reihe Verdachtsmomente bestätigen können. Die meisten heißen Spuren führten nach Marokko.«

»Und eine davon sind Sie?«

Er wirkte überrascht, dann amüsiert. »Zum Teufel, nein! Mit Drogen habe ich nichts am Hut.«

»Sie kaufen nur tödliches Gift?«

»Ja, so könnte man sagen. Wirklich tödliches Gift. Das beste. Jedenfalls hatte ich keine Angst, daß Miss Brown mich festnehmen würde ... das hätte bei weitem nicht ausgereicht, um mich wieder ins Kittchen zu befördern. Ich wollte aber nicht, daß sie alles verdarb, indem sie den Kongreßabgeordneten an der Angel hatte, bevor ich Gelegenheit hatte, ihm Lindas Tod in die Schuhe zu schieben. Also hielt ich mit mir selbst Kriegsrat und beschloß, daß Miss Brown eine schöne Reise treppab machen würde, nachdem ich sie von der *Gouza* hatte probieren lassen.«

»Ich bin mir sicher, daß Sie einen guten Kapitän für Kreuzfahrten abgeben würden, aber ich bin mir auch sicher, daß Miss Brown Ihre *Gouza* nicht freiwillig schluckte.«

Er lachte erstaunlich laut. Sicher hatte ihn jemand gehört.

»Sie war für ihr Alter eine muntere kleine Frau, das muß man ihr zugute halten. Natürlich sorgte ich für Ablenkung, indem ich die Spinne auf Lindas Bett setzte. Alle, die Linda kannten, wissen, was sie vor Insekten, vor allem Spinnen, für einen Horror hatte. Und nichts war leichter, als hier eine zu finden. Sie müssen wohl akzeptieren, Miss Yoder, daß Sie keine sehr gute Wirtin sind.«

Selbst angesichts des Todes fühlte ich, wie ich bei einer solchen Anschuldigung ganz rot im Gesicht wurde. »Es war Susannahs Zimmer!«

Seine Augen funkelten böse. »Jene Spinne habe ich im Speisesaal gefunden, auf einem der Maiskolben, die Sie dort stapeln. Ich steckte sie in das Glas, das Sie mir für die Erdwürmer gaben. Ehrlich, Miss Yoder, ich möchte nicht ungebührlich sein, aber eine Landwirtin wie Sie sollte wissen, daß niemand im November mit Würmern fischen geht.«

»Aber Papa ...« Dann erinnerte ich mich daran, daß, wenn Papa außerhalb der Saison fischen ging, dies im Februar war. Allerdings war das Eisfischen, und er benutzte dabei Rauchspeck als Köder.

»Ja, ja, so ist es. Diese Spinne war ein nettes, dralles Tierchen. Und ich hätte nicht gewußt, wo ich sie hinstecken soll, wenn Sie mir nicht freundlicherweise das Glas gegeben hätten.«

»*Das Glas* war es! Ich – äh – habe es in Miss Browns Zimmer gesehen.«
»Haben Sie das? Nun, es ist nicht mehr dort. Ich hatte neulich nacht nicht mehr die Gelegenheit, noch mal dort reinzugehen, um es zu holen. Das hätte zuviel Lärm gemacht, weil der Raum ja versiegelt war, aber schließlich habe ich es doch bekommen. Natürlich hätte mir klar sein sollen, daß eine Schnüfflerin wie Sie mir zuvorkommen würde.«
»Ich schnüffle nicht«, sagte ich. Wenn ich schon sterben mußte, wollte ich zumindest die Dinge richtigstellen.
»Und ich nehme an, Sie haben herausgefunden, daß ich es war, der den Kofferraum der alten Wachtel aufgebrochen hat?«
»Nicht früh genug, fürchte ich.«
»Natürlich befand sich nichts darin, weswegen ich mir hätte Sorgen machen müssen. Reine Zeit- und Energieverschwendung! Keine Papiere oder so, in denen mein oder Mr. Reams Name stand. Wie Sie wissen, war der Kofferraum völlig leer.«
»Außer dem Sonnenblumenkern. Sie sollten sich schämen, einem netten Jungen wie Joel alles in die Schuhe schieben zu wollen!«
Billy Dee zuckte die Achseln. »Irgend jemand muß es schließlich ausbaden, und es steht verdammt noch mal fest, daß nicht ich es sein werde. Aber woher wußten Sie, daß nicht Teitlebaum den Kofferraum geöffnet hatte?«
»Sie hinterließen Ihre Visitenkarte am Tatort. Tabak ist tödlich, wissen Sie.«
»Messer auch«, sagte Billy Dee sanft. Ich brauchte nur einen kurzen Blick auf das Messer zu werfen, und auch dieser Punkt ging an ihn.
Ich überlegte krampfhaft, wie ich Zeit schinden konnte.

»Wenn Sie wollen, könnte ich Ihnen eine Tasse Kaffee machen. Und ein Speck-Tomaten-Sandwich. Es dauert gar nicht lange.«
Billy Dee zog ein kleines Fläschchen mit einer smaragdgrünen Flüssigkeit aus seiner Hemdtasche.
»Wenn wir schon davon sprechen, wie lange etwas dauert, Miss Yoder – ein paar Tropfen hiervon auf der Zunge würden schon genügen, um Sie zu erledigen. Miss Brown hat den Mund natürlich nicht freiwillig geöffnet, aber es war wirklich nicht viel schwieriger, als einer Katze oder einem Hund eine Tablette zu verabreichen. Haben Sie das je getan, Miss Yoder? Einem Tier eine Tablette gegeben?«
»Es gibt Katzen, die ziemlich schlimm kratzen«, sagte ich. »Sie machen auch eine Menge Lärm, wenn sie sterben. Warum gehen Sie nicht einfach, Billy Dee? Sie haben bekommen, wofür Sie hergekommen sind. Warum schneiden Sie nicht einfach die Telefonschnur durch, lassen die Luft aus unseren sämtlichen Autoreifen und verschwinden? Bis zur Stadt sind es zehn Kilometer, und Sie können schon halb in Maryland sein, bevor ich so weit gekommen bin.«
Als Antwort ließ Billy Dee das Messer kreisen und begann dann, mit ihm an seinen Bartstoppeln zu kratzen. Die Klinge war offenbar so scharf wie bei einem Rasiermesser, denn kleine Stoppeln rieselten wie Pfeffer aus einer Pfeffermühle.
Mir fiel nichts mehr ein, was ich hätte sagen können. »Nun, Miss Yoder«, sagte Billy Dee in die Stille hinein, »wir haben heute abend viel zuviel geredet. Es ist Zeit für ein bißchen Action, finden Sie nicht auch?«
»Ich weiß nicht, was Sie meinen«, brachte ich mühevoll heraus.
»Sicher tun Sie das. Sie sind eine gutaussehende Frau. Ein ganzes Stück hübscher als diese Miss Brown. Es wäre an der

Zeit, daß Sie und ich ein wenig Spaß haben, bevor wir uns voneinander verabschieden müssen.«
Ich wußte, daß ich vermutlich in Ohnmacht fallen würde, wenn ich mich nicht setzte. Ich versuchte zu sprechen, aber ich brabbelte nur unverständliches Zeug.
»Was war das?«
»Bitte, Billy, darf ich mich setzen?« brachte ich heraus.
»Setzen!« Er stieß mit dem Fuß einen Stuhl hinter mich und bewegte das Messer langsam wieder auf meinen Hals zu. Mit der freien Hand fing er an, mir übers Haar zu streicheln. »Wenn Sie sich wieder beruhigt haben, Miss Yoder, machen Sie und ich zusammen einen kleinen Spaziergang.«
Ich versuchte, mich wieder zu fangen, aber es schien, als hätte ich Steine in der Brust. »Wohin gehen wir, Billy?«
Seine Hand ließ von meinem Haar ab und glitt zu meinem Gesicht. »Ich fand es sehr interessant, wie Sie mir in der Scheune zusahen, Miss Yoder. Sie haben mich auf die Idee gebracht. Das ist eine mächtig tolle Scheune, Miss Yoder, also denke ich, daß Sie und ich sie entsprechend nutzen werden.«
»Aber Mose wird dort sein«, widersprach ich. »Eine der Kühe ist krank, und er bleibt gern über Nacht dort, wenn das der Fall ist.« Das war natürlich gelogen, aber sogar Mama wäre auf diese Lüge stolz gewesen.
»Vor 'nem alten Mann hab' ich keine Angst«, meinte Billy. Er hörte sich bei dem Gedanken an eine Konfrontation mit Mose fast fröhlich an. »Nun, es ist wohl an der Zeit, daß wir uns dorthinbegeben. Ich habe diese Nacht noch viel zu erledigen.«
»Ich kann mich nicht bewegen, wenn Sie mir das Meser an den Hals halten«, klagte ich.
Er zog das Messer ein paar Zentimeter zurück, so daß ich Platz zum Stehen hatte. »Jetzt stehen Sie auf.«

»Bitte, bitte«, bettelte ich. »Sie können mich hier festbinden, wenn Sie wollen. Sie können mich sogar knebeln. Und dann gehen Sie. Bis morgen früh würde ich Ihnen keine Schwierigkeiten machen.«

Ich glaubte, Billy Dee nun ärgerlich grunzen zu hören. Ich schloß die Augen und wartete auf den Schnitt des Messers oder zumindest auf einen Faustschlag. Ich wäre lieber mit Mama und Papa im Tunnel gestorben, aber wenn ich schon so ins Jenseits befördert werden sollte, betete ich darum, daß er es kurz machen würde.

Aber ich spürte keinen Schmerz. Statt dessen schien mir das Messer in den Schoß zu fallen und dann harmlos auf den Boden zu gleiten. Ich hörte das Pling seiner Klinge, als es auf dem Linoleum aufkam. Und es klang auch so, als sei Billy Dee, nur Sekunden nach dem Messer, ebenfalls auf den Boden gefallen.

Ich hielt die Augen geschlossen, aus Angst, das Grauen werde irgendwie zurückkehren, wenn ich sie öffnete.

Ich fühlte, wie sich eine Hand auf meine Schulter legte; Billys war das nicht, soviel wußte ich.

»Magdalena?«

Ich riß meine Augen auf und konnte kaum glauben, was ich sah. »Doc«, rief ich aus.

Die Hand klopfte mir sanft auf die Schulter.

»Ist ja schon gut, Magdalena, alles ist wieder gut. Der Hurensohn ist k.o. wie ein Preisboxer. Natürlich gab ich ihm eine doppelt so hohe Dosis wie Susannah.«

»Wie?«

Old Doc wedelte stolz mit der Spritze. »Ich bin nur froh, daß der Bastard nicht hörte, wie ich mich hereinschlich, und sich nicht umdrehte. Aber was für die Gans gut ist, ist es auch für den Ganter, wie man so sagt. Als Sie den Hörer auflegten, wußte ich, daß irgend etwas oberfaul war. Ich wäre sogar noch schneller hergekommen, aber ich mußte zwei Minuten warten, bis ich meinen verdammten Kuchen aus dem Rohr nehmen konnte. Natürlich hatte ich keine Gelegenheit mehr, ihn zu glasieren.«

»Was?«

Doc lächelte edelmütig. »Macht nichts. Wenn ich zurückkomme, wird er schön abgekühlt sein. Das ist sowieso der beste Moment für die Glasur. Soll ich Schokolade oder Vanille nehmen? Was ziehen Sie vor?«

»Karamel«, sagte ich, nur um zickig zu sein.

24

Nach einem stillen Übereinkommen warteten wir bis zu unserem zweiten Stück Kuchen, bevor wir über die Ereignisse des vorigen Abends und die Umstände sprachen, die zu ihnen geführt hatten. Instinktiv war Doc und mir klar, daß das erste Stück Kuchen genossen werden mußte, und wenn man spricht, kann man nicht richtig auf Aroma, Beschaffenheit und Geschmack achten.

Nachdem ich den zweiten Bissen meines zweiten Stücks geschluckt hatte, war ich soweit, Doc über einige der ihm zu der Geschichte noch fehlenden Details zu informieren.

»Die Steppdecke war's«, sagte ich. »Das war die Hauptsache. Es hat mich insgeheim die ganze Zeit gestört, ich war nur zu dumm, den Zusammenhang zu erkennen. Ich hätte es natürlich sofort bemerken sollen, als ich sah, daß Linda sich an Mamas Dresdner Mustersteppdecke festgeklammert hatte.«

Da es erlaubt ist, beim zweiten Stück Kuchen mit vollem Mund zu sprechen, tat Doc dies. »Was ist so verdammt Besonderes an dieser Decke? Soweit ich mich erinnere, haben Sie sie in jedem Zimmer.«

»Aber genau das ist es ja! Jedes Zimmer hat eine Steppdecke, aber eine besondere. Jede ist anders gemustert. Diese Decke, die Dresdner Mustersteppdecke, die Mama genäht hat, gehört in Billy Dees Zimmer, nicht in Lindas! Also, verstehen Sie, als ich sie in Lindas Zimmer sah, wußte ich, daß etwas nicht am richtigen Platz war, nur ist mir nicht klargeworden, was es war.«

Ich schob einen Bissen von Docs unverschämt feuchtem Kuchen in mich hinein. »Tatsache ist, daß genau das geschah. Linda hatte Billy Dee gegenüber erwähnt, daß sie fror, und er bot ihr an, ihr einen Kräutertee und eine zusätzliche Decke zu bringen. Natürlich war dies für ihn die perfekte Gelegenheit, ihr das Gift zu verabreichen. Sobald das Gift anfing zu wirken, schnappte sich Billy Dee die Teetasse und die extra Decke und verschwand.«

»Ich verstehe«, erwiderte Doc. »Und Mr. Grizzle, der zu den durchschnittlich unsensiblen Männern gehört, erwischte die falsche Decke.«

»Nun, sie ähneln sich im Prinzip schon sehr.« Es überraschte mich selbst, daß ich für Billy Dee in die Bresche sprang. »Die Decke, die Linda ursprünglich hatte, war auch ein Dresdner Steppmuster, aber es war nicht die, die Mama genäht hat.« Ich schluckte schwer und ließ die Wahrheit heraus. »Mamas Decke ist nicht halb so schön.« Sorry, Mama, für diese zusätzliche Drehung.

»Noch etwas Kaffee, Magdalena?«

Ich nickte. »Was merkwürdig ist, Doc, Billy Dee schien so ein netter Mann zu sein. Er war immer so höflich zu mir, außer natürlich letzte Nacht.«

»Man darf niemandem restlos trauen, Magdalena«, sagte Old Doc weise. »Wollen Sie noch etwas Kuchen?«

Ich schüttelte den Kopf. »Aber Lydia, das war eine noch größere Überraschung für mich.«

»Sagen Sie«, sagte Doc mit Nachdruck. »Melvin gab sich heute früh, als ich ihn anrief, ziemlich mysteriös. Er scheint nicht glücklich darüber zu sein, daß er die Ehre mit Ihnen teilen muß.«

»Ach, vergessen Sie Melvin. Heute abend geht er sowieso mit Susannah aus. Das muß ihm genügen. Zurück zu Lydia. Sie hat gestern abend auch ein volles Geständnis abgelegt.

Ich hasse es, es zuzugeben, aber was das Geld betrifft, hatte Billy Dee recht. Nun, zumindest in gewisser Weise. Sie war es, die aus dem Hinterhalt auf mich schoß. Sie war an jenem Morgen zu Hause geblieben, während Delbert versuchte, Garrett in die Klinik zu bringen. Anscheinend hatten die Reams an jenem Morgen einen Streit, denn Garrett weigerte sich, einige Dinge aufzuklären, bevor er in die Klinik ging. Garrett, ich meine Mr. Ream, änderte seine Meinung auf dem Weg dorthin, aber das ist eine andere Geschichte. Wie dem auch sei, als Lydia mich übers Feld zu Freni gehen sah, nahm sie an, es sei Jeanette, die sich sogar möglicherweise insgeheim mit Garrett traf. Als sie herausfand, daß das im Wald ich war, zog sie sich zurück. Auf dem Weg zurück ins Haus lief sie durch Hundspetersilie, und ihr kam die Idee, Jeanette zu vergiften. Obwohl es Lydias Hauptziel war, sich an Jeanette zu rächen und sie aus dem Weg zu räumen, damit sie beim Griff ihres Mannes nach der Präsidentschaft nicht störte, war sie nicht besonders abgeneigt, auch die arme Linda zu vergiften. Schließlich war Linda der konkrete Beweis für die Untreue ihres Gatten. Natürlich wußte Lydia, daß ihr Mann von dem schrecklichen Curry nichts essen würde. Er haßt Knoblauch, und sie tat vier ganze Zehen hinein.«

Doc hatte nicht die Gelegenheit erhalten, von Lydias besseren Eigenschaften etwas mitzubekommen. »Yeah«, sagte er. »Aber es ist verdammt sicher, daß es ihr nicht die Bohne ausmachte, wenn sie auch alle anderen vergiftete. Diese Frau verdient es, in der Hölle zu schmoren, bis sie schön goldbraun gebraten ist.«

Ich kicherte, was vielleicht nicht ganz passend war. »Wie auch ihre endgültige Strafe aussehen mag, Doc, sie wird in der Zwischenzeit genügend leiden. Ich habe noch nie gesehen, daß jemand so schlimm von Flöhen zugerichtet wurde.

Es sieht so aus, als hätten sie nur darauf gewartet, daß eine nette, kultivierte englische Lady vorbeikommt, um ihnen als Abendessen zu dienen.«

Doc lächelte zufrieden. »Was ist mit dem Berater des Kongreßabgeordneten, Mr. James, so hieß er doch? Beim Essen neulich abend deuteten Sie an, daß er und Mrs. Ream möglicherweise etwas füreinander empfinden.«

Ich hielt ihm meine Tasse hin, damit er mir noch Kaffee einschenkte. »Da habe ich mich getäuscht, Doc. Das alles diente, zumindest von ihrer Seite, dazu, ihn unter Kontrolle zu halten. Delbert mag seinerseits schon etwas für Lydia empfinden. Melvin glaubt, daß vielleicht Delbert es war, der am ersten Tag draußen im Wald auf Jeanette schoß. Schließlich hat er immer einen Revolver zum Schutz des Kongreßabgeordneten bei sich.«

Doc stellte die Kaffeekanne hin. »Oh, es kann auch ganz einfach Mr. Ream selbst gewesen sein, der mit dem Revolver seines Beraters auf Jeanette schoß. Leider werden wir vermutlich nie die ganze Wahrheit erfahren. Beide Männer sind so schlüpfrig wie drei Tage altes Fleisch.«

Ich war froh, daß wir nur Kuchen aßen und keine andere Mahlzeit. »Auf jeden Fall, Doc, denke ich, daß es möglich wäre, daß Delbert Lydia verehrt. Er war ziemlich am Boden zerstört, als Melvin sie verhaftete. Jedenfalls, wenn Sie mich fragen, schien er viel zu sehr darauf bedacht, schwul zu erscheinen.«

»So eine Art Tarnmanöver?«

»Genau. Aber in Wahrheit verachtet Lydia ihn. Es sieht so aus, als mache sie ihn dafür verantwortlich, daß ihr Mann mit Drogen versorgt wurde und seine Affäre mit Jeanette so lange geheimhielt. Sie hat selbst zugegeben, daß sie froh gewesen wäre, wenn auch er von ihrem Gemüsecurry etwas gefuttert hätte, aber sie vergaß, daß er allergisch gegen

Knoblauch ist und somit das Zeug nicht anrühren würde, obwohl es ihm geschmeckt hätte. Unglücklicherweise mußte Joel leiden, der noch nicht einmal auf ihrer Abschußliste steht. Aber es geht ihm im Krankenhaus wieder ganz ordentlich. Jeanettes Zustand ist immer noch kritisch, aber ich bin mir ziemlich sicher, daß sie durchkommen wird. Schließlich sterben nur die Guten jung.«

»Was bedeutet, daß Sie die ganze Zeit in Sicherheit waren«, neckte mich Doc.

Ich spürte, wie mich eine Gänsehaut überlief.

»Vielleicht. Aber wissen Sie, ich hätte Lydias Gemüsecurry gegessen, wenn ich dagewesen wäre.«

Plötzlich war ich wütend, sowohl auf Lydia, die mein Vertrauen mißbraucht hatte, als auch auf Freni, deren schwaches Ego die ganze Situation überhaupt erst heraufbeschworen hatte.

»Eines ist sicher, Doc. Nie mehr lasse ich Gäste in meine Küche. Noch nicht einmal, wenn ich jedes Essen selbst kochen muß.«

»Gute Idee«, pflichtete Doc mir bei. »Es sollte nie mehr als ein Koch in der Küche sein. Vielleicht zwei, aber das ist das Maximum. Wie das Sprichwort schon sagt, viele Köche verderben den Brei.«

»In diesem Fall waren es eher Schurken, Doc.«

Wir lachten beide, und ich schenkte noch etwas Kaffee ein.

»Sagen Sie, Doc, ich habe vielleicht dieses Wochenende ein Rendezvous«, sagte ich schüchtern.

Doc strahlte. »Ich habe Sie noch nicht gefragt, aber sicher, Kindchen.«

Ich tätschelte ihm warm die freie Hand. »Danke, Doc, aber es ist mit jemand anderem.«

Docs Gesicht verdüsterte sich. »Sam hat doch wohl nicht seine Frau verlassen, oder?«

»Hören Sie auf zu phantasieren, Doc. Jumbo Jim rief mich heute morgen an. Wir haben fast eine Stunde miteinander geplaudert.«

»Sie meinen den Typ mit den Hot dogs unten in Baltimore?«

»Hähnchen, Doc. Ja, den. Er hat meine Nummer über die Auskunft herausgekriegt. Er will dieses Wochenende heraufkommen und mich treffen. Er meint, wir hätten viel gemeinsam.«

»Warum? Ist er reich?«

Ich versuchte, einen entsetzten Eindruck zu machen, stellte aber fest, daß ich innerlich kicherte. »Ich weiß nicht, ob er reich ist, Doc. Aber wir haben beide kleine Betriebe, und er ist in meinem Alter ...«

»Also das ist es! Für einen alten, glatzköpfigen Mann haben Sie keine Zeit. Ich habe Ihnen wohl umsonst den Hof gemacht?«

»Auf einer vielbefahrenen Straße kann kein Gras wachsen, Doc«, sagte ich schnell. Ich hatte keine Ahnung, was das hieß, aber ich habe es Susannah ein- oder zweimal sagen hören, als sie Freunde mit Glatze mitbrachte.

»Und auf Dächern, unter denen ein Feuer brennt, bleibt kein Schnee liegen«, fügte Doc hinzu. Er schien sich wieder gefangen zu haben.

»Wie ich schon sagte, Doc, es ist nur eine Möglichkeit. Vielleicht kommt er ja überhaupt nicht.«

»Ich hoffe, er kommt nicht«, sagte Doc, als er mir ein weiteres Stück seines köstlich feuchten Kuchens servierte. Ich aß es trotzdem.

25

Doc Shaffers Kakao-Mokka-Kuchen

320 g	gesiebtes Mehl
240 g	Zucker
4	Eßlöffel Kakao
1	Teelöffel Instantkaffee
2	Teelöffel Backpulver
1/2	Teelöffel Salz
180 g	weiche Butter
2	Eier
240 ml	Milch

Die trockenen Zutaten in einer großen Schüssel mischen. Butter und Eier hinzufügen. Mischen. Milch hinzugeben und gut rühren, bis ein glatter Teig entsteht. Teig in zwei kleine, runde Kuchenformen (Durchmesser 20 cm) geben, die vorher gefettet und mit Mehl eingestaubt worden sind. 20 Minuten bei 200 Grad backen, bis am Zahnstocher, mit dem man in die Kuchenmitte sticht, kein Teig mehr klebenbleibt. Abgekühlt glasieren.

Docs Karamelglasur

500 g	brauner Zucker
250 ml	Sahne
3	Teelöffel Butter
$^1/_2$	Teelöffel Vanille
1	Prise Salz

Den Zucker und die Sahne etwa eine halbe Stunde auf kleiner Flamme köcheln lassen. Dann ein bißchen von der Mixtur in kaltes Wasser fallen lassen. Wenn sie dort zu einer weichen Kugel wird, Topf vom Herd nehmen, Butter, Vanille und Salz hinzugeben. Weiterrühren, bis die Mischung eine solche Konsistenz erhält, daß sie auf den Kuchen gestrichen werden kann.